KB177007

심청설화연구

심청전 에
나오는 임당수가 장산곶 앞에 있다는 것
을 왜 느끼느냐 하면, 제 나름대로 생각하기는, 그곳이
물살이 상당히 쎕니다, 물살이 쎈데, 옛날에 중국하고 무역을 했
다고 하는데, 무역하는 배들이 지나가다가 물 때를 잘못 만나서 사고를
당하고 그러니까, 거기다가 처녀를 사서 제사를 지냈다는 그것이 위치적으
로, 지리적 조건이 타당성이 있지 않느냐 생각합니다. 저희들은 분명히「심청전」
이라고 하는 것은 장산곶, 백령도 여기가 발상지가 아니냐'라고 굳게 생각을 하고
있습니다. 우리가 보아도 코 앞에는 장산곶이고, 임당수가 요 앞에 있고, 또 객관적으
로 입증할 수 있는 게 연화리 연꽃이 있고, 연봉바위로 환생했다는 연봉바위가 백령
도 대청도 중간에 있고 말이지요. 그러면은 여기가 우연의 일치인지는 몰라도, 장산곶
하고 장산곶 임당수에서 연화리 마을, 연화리 마을에서 연봉바위, 이게 하나의 직선
으로 되어 있는 것 아니예요. 임당수는 아시지요. 소설의 무대 자체는 여기가 아니더
라도 임당수는 인정이 되는 것이지요. 거기는 파도가 높고 그래서, 미국의 피지엠
(PGM)도 여기는 통과를 못합니다. 밖으로 돌아야 해요. 엄청나게 파도가 쎕니
다. 물이 돌기 때문에요. 그렇다면, 그 당시, 소설이든 뭐든 간에 그 당시 배들
이 거기를 임의 통과하지 못했다는 것은 말할 것도 없지요. 지금도 마찬
가지니까요. 지금 북한 군함도 거기를 통과하지 못합니다. 밖으
로 돌아야 합니다. 그 곳이 장산곶인데, 지리적으
로 그렇고 물도
그렇습니
다.

바람만
조금만 불었다하든 배
가 후딱 뒤집혀지고 말아, 거
기서. 그러니까 그걸 돌아야 되
는데 그걸 돌고 무사히 갈려면, 용왕
용왕한테 제물로 처녀를 바쳐야 되거든.
이 사람들이 장삿꾼들이라 항시 배를 무
대로 하고 사는 사람이기 때문에 꼭 제물
로 처녀가 필요하거든. 그래서 희생물이
심청이야. 무역을 범선으로 다녔는데, 풍
랑이 심하니까 바다 용왕님한테 처녀를
제물로 해서 바치던 풍습이죠. 그래야
만이 뱃길이 파도없이 왕래가 되고
하니까. 그걸 공양미 삼백 석을
절에 바친다 해서, 심청이가
제물이 되어 가지고, 장
산곶에서 인당수가
있어요. 거기서
제사를 지낸
거죠.

**소설『심청전』에서 제재를 취해 구전되는 설화를 '심청설화'라고 부르며,
이러한 현상을 크게 '소설의 설화화'라고 정의한다.**

심청설화연구

이영수 지음

남
방 장
사에게 공
양미 삼백 석을 팔
려 가지고 인당수에 나갈 적에 얘기한 것. 그렇게 한 다음에 그 장사꾼이 불쌍하니까
쌀을 더 줘 가지고 삼백 석을 주는 것 갖다가 불공하고 그 심 봉사가 쌀을 더 주니까 먹을 것을
더 주니까 뺑덕어미라고 첩을. 할머니를 얻어 가지구 그 할머니가 그것을 다 흘어 먹고 됐어. 심청이가
인당수에 빠져서 용궁에 들어가서 즈그 어마니 만나보구 어마니 젖도 빨아보구 그렇허구 용궁에서 내보내
서 고 장삿꾼이 정말 장사 갸 가지구 정말 장사 해가지구 정말 장사 해가지구 돌아올 적에 돌아올 적에 용궁에서 큰 맹꼬
리 같은 거기다가서 심청이를 띠쳐 가지구서 고 남방장사 해가지고 장산곶에 돌아올 적에 돌아올 적에 거기다가 큰
연꽃에다가서 심청이를 옇고서 그 연꽃을 바다에다 띄워서 대강대강 섞어 알아둬 잉.(화자: 녹음을 한다구)(조사자:
네.) 그것부터 얘기하면 안되구. 그것을 띄우는 데 이 장사꾼들이 신당이 인당수에 심청이를 넣구서 돌아가서 장사를
잘 해가지고 돌아오는 데, 바다에 장산곶을 요래 돌아오니까 아주 꽃이 큰게 아이 떴단 말이야. "야야 저게 무슨 꽃
이냐" 가서 그걸 건져 주셨어요. 아 꽃이 너무나 아 멋이고 크구 하니까 갔다가. 이를테면, 지금으로 말하면 대통령한
테 나라 임금한테 바쳤다. 근데 그게 뭐 전설은 전설인데. 임금님이 큰 옥상에다 갔다 놓구서. 아-, 아무튼 있는데. 아
아 그 책에는 그렇게 했다. 아니 어디 좀 식장을 나갔다 돌아오믄, 아- 밥상도 차려 있고, 야야 이상하다. 하루는 지
켜서 있으니까, 아, 그 꽃이 흔들리더니 거기서 아, 처녀가 나와가지고는 상을 차려 놓고 그렇하니께 나와 가지
고 꼭 붙잡아 가지구, "사람이냐, 원수이냐", "사람이냐 짐승이냐" 아 그 다음 심청이가 지 아버지 눈 띠우라고
인당수에 제물로 들어갔던 그 이야기를 주욱 했어. 그렇게 가지구 우리 아버지가 살았을텐데, 우리 아버
지를 좀 찾아 봬야겠다구. 그렇게 해서 삼년 맹인잔치를 했지, 나라에서. 헌데 뭐 뭐 그게 다 그렇게
아슬아슬하게 맨들었다구. 그 삼년을 하는데 뭐뭐 그렇게 맘이 맹인들이 와도 어드메 좌우
간 막판 가는 날 그날 심 봉사가 그걸 아 올라갈 적에 물에도 빠지고 고생 많이 하
고서 찾아갔어. 찾아가서 막판 들어었는데, 밀러서 보니께 얘기를 들
어보니께. 아, 심청이 얘기를 하더던 허니께, 아. 이분이
러구나. 아 목간통 가져가서

채 류
CHAE RYUN

설화는 서사성과 허구성을 가진다는 점에서 소설과 공통적인 특징을 지닌다. 이러한 특징으로 인해 설화와 소설은 장르상의 차이에도 불구하고 양자 간의 영향 관계가 일찍부터 논의되어 왔다. 기존의 연구에서는 '설화의 소설화'라는 시각에 맞춰 어떤 설화가 무슨 소설에 영향을 주었는가에 대한 논의가 주류를 이루었다. 설화가 소설의 형성에 영향을 미쳤다면, 역으로 소설이 설화의 형성에 영향을 주었을 경우도 고려해야 한다.

실제 현장 조사에서 옛날이야기를 들려 달라는 부탁을 받은 설화 전승집단이 『심청전』을 비롯하여 『임진록』, 『흥부전』, 『콩쥐팥쥐』 등과 같은 고전소설을 구술하는 경우를 종종 볼 수 있다. 그렇다면 이를 소설로 보아야 할 것인가 아니면 설화로 보아야 할 것인가. 설화 전승집단이 구술한 『심청전』, 『임진록』, 『흥부전』, 『콩쥐팥쥐』 등은 판소리 창자나 전기수가 대본에 있는 그대로 가창·구송하는 것과는 그 성격이 다르다. 설화전승집단은 단순히 소설의 내용을 전달하려는 의도에서 구술하는 것이 아니다. 자신들의 경험을 토대로 소설의 내용을 해석하고 재구하여 구술하기 때문이다. 다시 말해서 소설을 바탕으로 해서 꾸며낸 이야기를 통해 흥미와 재미, 교훈 등을 주려는 설화전승집단의 의도가 밑바탕에 깔려 있다. 따라서 이 책에서는 설화전승집단이 소설 『심청전』을 토대로 구술한 것을 설화로 보아야 한다는 관점에서 출발한다. 이렇게 구술된 설화를 '심청설화'라고 부르며, 이러한 현상을 크게 '소설의 설화화'라고 정의한다.

　『심청전』과 같은 고전소설의 설화화는 구전문학에서 부족한 구성과 내용의 단순성을 보완해 주는 구실을 한다. 그리고 '설화의 소설화'가 소설에 소재를 제공하여 그 폭을 넓힌 것과 마찬가지로 '소설의 설화화'는 설화의 외연을 확대시키는 역할을 하게 된다. 채록된 '심청설화'의 경우, 『심청전』의 설화화임에도 불구하고 소설에서 일탈하는 모습을 보인다. '심청설화'가 민담과 전설의 형태로 구전되는 것으로 보아 설화의 형성과 전승 과정이 그리 단순하지 않음을 알 수 있다. 전승과정에서 끊임없이 변화가 일어나는 것이다.

'심청설화'를 통해 기존의 설화 연구에서 등한시하였던 '소설의 설화화' 과정을 살펴봄으로써 설화를 보는 시각을 넓히고 설화 연구의 새로운 방향을 제시하고자 하는 의도에서 이 책은 이루어졌다. 따라서 이런 시각이 다른 고전소설의 설화화 과정을 밝히는 연구에도 활용될 수 있을 것으로 생각한다.

「'심청전'의 설화화와 그 전승 양상에 관한 연구」로 학위를 받은 지도 벌써 10년이 넘었음에도 불구하고 이와 관련된 책을 내지 못했다. 더 이상 늦출 수 없다는 생각에 틈틈이 손을 보아 이제야 한 권의 책으로 엮어 세상에 내놓게 되었다.

이 책이 만들어지기까지 구전문학 연구의 길을 열어주고 바로 잡아주며 이끌어주신 최인학 선생님, 힘들 때마다 격려를 아끼지 않으셨던 지금은 고인이 되신 김용성 선생님, 그리고 자료와 논문을 꼼꼼히 검토해 주신 최래옥, 최운식, 강재철 선생님께 머리 숙여 감사를

드린다. 그리고 좋은 논문을 쓰도록 격려와 꾸중을 아끼지 않으신 ○○
대학교의 많은 선생님께 감사드리며, 서로의 문제를 토로하고 격려
하던 선후배 동학들에게도 고마움을 전한다. 아울러 책을 엮는 데
기꺼이 도와주신 채륜의 서채윤 사장님과 편집·교정을 맡은 김승민
선생께 감사의 뜻을 전한다.

2014년 4월

이 영 수

| 차 례 |

1장

서 론

1. 연구목적

설화는 구연 현장에서 가장 널리 향유되는 구전문학의 한 갈래로, 일정한 줄거리를 지닌 서사적인 형태로 허구적인 내용을 포함하고 있다. 가령 역사 또는 사실담과 같은 이야기는 그 자체로서는 설화전승집단의 흥미를 끌지 못한다. 여기에 허구적인 요소가 뒷받침되어 그럴듯하게 꾸며졌을 때, 비로소 설화전승집단은 이야기에 흥미를 갖고 이를 구전하게 된다. 이러한 허구적인 요소가 설화전승집단을 설화의 세계로 끌어들이게 하는 원동력이 된다.

설화는 서사성과 허구성을 가진다는 점에서 소설과 공통적인 특성을 지닌다. 이러한 특성으로 설화와 소설은 장르상의 차이에도 불구하고 양자 간의 영향 관계가 일찍부터 논의되어 왔다. "설화를 정착시켜 기록문학적 복잡성을 가미하면 소설이 된다. 설화에서 소설로의 이행은 구비문학이 기록문학으로 바뀌는 현상에서 가장 큰 비중을 차지하는 것이다."[1]고 하여 설화에서 소설로 이행되는 과정을 중요시하였다. 이제까지는 설화와 소설의 관계를 논할 때 '설화의 소설화'라는 시각에 맞춰 어떤 설화가 무슨 소설에 영향을 주었는가에 대한 연구가 주류를 이루었다. 설화가 소설의 형성에 영향을 미쳤다면, 역으로 소설이 설화의 형성에 영향을 주었을 경우도 고려해야 한다. 이에 대한 가능성은 이미 기존 연구자에 의해 언급된 바 있다.[2]

---

1   장덕순 외, 『구비문학개설』(일조각, 1985), 16쪽.
2   조희웅, 『조선후기문헌설화의 연구』(형설출판사, 1982), 138쪽.
    황패강, 『조선왕조소설연구』(단국대학교 출판부, 1981), 33쪽.

실제로 현장 조사에서 옛날이야기를 들려 달라는 부탁을 받은 설화전승집단이 『심청전』과 같은 고전소설을 구술하는 경우를 종종 볼 수 있다. 그렇다면 이를 소설로 보아야 할 것인가 아니면 설화로 보아야 할 것인가. 설화전승집단이 『심청전』을 구술하는 것은 판소리 창자나 전기수가 대본에 있는 그대로 가창歌唱·구송口誦하는 것과는 그 성격이 다르다. 설화전승집단은 단순히 소설의 내용을 전달하려는 의도에서 구술하는 것이 아니다. 설화전승집단은 소설을 자신들의 경험을 토대로 해석하고 이를 재구하여 구술한다. 다시 말해서 소설을 바탕으로 해서 꾸며낸 이야기를 통해 흥미와 재미, 교훈 등을 주려는 설화전승집단의 의도가 밑바탕에 깔려 있다. 따라서 이 글은 설화전승집단이 소설 『심청전』을 토대로 구술한 것을 설화로 보아야 한다는 관점에서 출발한다. 설화전승집단이 『심청전』을 토대로 구술한 설화를 '심청설화'라고 부르며, 이러한 현상을 크게 '소설의 설화화'라고 정의한다.[3] 이에 대해서는 최근 최운식이 『심청전』의 배경지를 고증하면서 부분적으로 논의하였으며,[4] 이수자는 설화의 화자를 연구하면서 이에 대해 간략하게 언급한 바 있다.[5] 지금까

---

3 이 책에서 설화라는 용어는 전설과 민담을 아우르는 말로 쓰고자 한다.
   최인학, 『한국 민담의 유형 연구』(인하대학교 출판부, 1994), 3쪽.
   강재철, 「설화의 개념·갈래·명칭」, 『설화문학연구』상(단국대학교 출판부, 1998), 239쪽. 강재철은 기존의 설화라는 용어가 연구자에 따라 다르게 사용되고 있으며 그 개념 또한 혼란스럽다고 하였다. 그는 설화를 '신화·전설·민담'을 통칭하는 광의의 명칭이면서 동시에 신화를 제외한 '전설·민담'을 지칭하는 협의의 명칭으로 구분하여 사용하자고 제안하였다.
4 최운식, 「심청전설」과 「심청전」의 관계」, 『고소설의 사적 전개와 문학적 지향』(보고사, 2000), 681~690쪽.
5 이수자, 『설화 화자 연구』(박이정, 1998), 31~36쪽 참조.

지 '소설의 설화화'에 관한 본격적인 연구는 전무한 상태이다.

구전문학은 구전되는 것이 원칙이기 때문에 문학적 완성도가 기록문학에 비해 다소 떨어진다. 설화와 소설을 비교하면, 설화가 소설에 비해 형식과 내용이 단순함을 알 수 있다. 그런데『임진록』,『흥부전』,『콩쥐팥쥐』,『심청전』등과 같은 고전소설의 설화화는 구전문학에서 부족한 구성과 내용의 단순성을 보완해 준다. 그리고 '설화의 소설화'가 소설에 소재를 제공하여 그 폭을 넓힌 것과 마찬가지로 '소설의 설화화'는 설화의 범위를 확대시키는 구실을 하게 된다.

이 글에서는 기존의 설화 연구에서 소홀히 다루었던 소설에서 제재를 취해 설화로 정착된 '소설의 설화화' 과정을 살펴보고자 한다. 다양한 소설이 설화로 이행되었지만, '심청설화'에 국한하여 논의를 진행한다. 이는 '심청설화'가 채록된 설화의 양이 비교적 많고, 민담과 전설의 범주를 넘나들면서 다양한 형태로 전승하기 때문이다. 구전설화는 끊임없이 변화하기 때문에 동일한 이야기도 구술하는 화자의 능력에 따라 다르게 구술된다. 따라서 구전설화의 전모를 올바로 파악하려면 동일한 이야기와 관련해서 전승되는 각 편의 수가 많아야 한다. '심청설화'는 이러한 요건을 충족시키기에 충분할 만큼의 설화가 채록되었다.

채록된 '심청설화'의 형성과 전승 과정을 통해 설화전승집단의 전승 의식과 가치관을 살펴본다. 그리고 전승 양상을 통해 설화전승집단이 '심청설화'에서 핵심적인 요소로 인식하고 있는 것을 추출한다. 이 작업은 '심청설화'가 다양한 형태로 전승되는 이유를 규명하기 위한 것이다. '심청설화'는『심청전』을 토대로 형성된 것임에도 불구하고, 이야기의 전개 방식이 소설과 차이를 보인다. 『심청전』의 설화화 과정에서 나타나는 변화는 설화의 전반적인 특징을 반영한 것일 수도 있고, '심청설화'에 국한해서 나타나는 특징일 수도 있다. 『심청전』의 설화화 과정에서 나타난 특징은 다른 소설들이 설화화 된 경우에도 전부 또는 일부를 적용해 볼 수 있을 것이다.

'심청설화'를 통해 기존의 설화 연구에서 등한시하였던 '소설의 설화화' 과정을 살펴봄으로써 설화를 보는 시각을 넓히고 설화 연구의 새로운 방향을 제시하고자 하는 의도에서 이 글은 이루어졌다. 따라서 이런 시각이 다른 고전소설의 설화화 과정을 밝히는 연구에도 원용되었으면 한다.

2. 연구사 검토

설화는 구전문학 중에서 산문형식을 띤 것으로, 설화 그 자체로서 구전되기도 하지만 새로운 형태인 소설로 이행되기도 한다. 설화와 소설의 관련 양상에 관한 기존의 연구는 구전문학에서 기록문학으로의 이행인 '설화의 소설화'를 문학사의 일반적인 현상으로 파악하였으며, 이에 관한 연구가 일찍부터 활발하게 이루어졌다. "설화의 전시를 방불케 하는 작품"[6]이라는 평가를 받는 『심청전』도 예외는 아니다. 『심청전』은 동일한 유형의 설화가 발견되지 않은 까닭에 다

---

6   장덕순, 「심청전연구」, 『한국고전소설』(이상택·서대석·성현경 편, 계명대 출판부, 1982), 156쪽.

른 고전소설에 비해 근원설화에 대한 연구가 더욱 복잡한 양상을 띠고 있다. 기존 연구자들이 『심청전』의 근원을 탐구하면서 사용한 설화를 정리하면 다음과 같다.

① 효녀지은설화(『삼국유사』소수所收의 류類인 이른바 효행설화)

② 옥과현 성덕산 관음사 연기설화류의 불교적 연기설화

③ 거타지설화, 또는 인신공희·악마퇴치설화류의 일련의 영웅설화

④ 태몽설화

⑤ 용궁설화

⑥ 개안설화적 모티프류類인 맹인득명설화

⑦ 환생설화

⑧ 민속적 분위기가 강한 이른바 처녀생지설화處女生贄說話

⑨ 황천무가로부터 기원을 잡는 설화

⑩ 기타 유사설화로서 인도의 전동자專童子·법묘동자설화法妙童子說話와 일본의 소야희小夜姬설화[7]

⑪ 우부현녀愚夫賢女 설화

　기존의 연구자들은 『심청전』의 줄거리에서 가능한 한 많은 설화적 요소들을 추출하였다. 그래서 새로운 연구가 진행되면 거기에 맞는 설화가 등장한다. 이러한 근원설화에 관한 연구는 소재론적 범주

7　성기열, 『한국구비전승의 연구』(일조각, 1982), 56~57쪽.

를 벗어나지 못한다는 비판을 받았음에도 불구하고 오늘날까지 지속되고 있다.[8]

이제까지 『심청전』의 배경 설화 연구가 문헌을 중심으로 한 것이라면, 처음으로 현장에서 채록된 설화를 가지고 『심청전』에 접근한 사람은 최운식이다.[9] 최운식은 백령도를 수차례 답사해서 채록한 '심청전설'을 가지고 소설 『심청전』과 비교·고찰하였다. 그는 '심청전설'이 백령도 지역의 지형과 해류의 흐름, 민속을 바탕으로 하여 구성된 전설임을 밝혔다. 『심청전』은 소설책 보급의 제한성과 독서 능력의 문제 때문에 서민들 사이에서는 널리 읽히지 못하고 구전으로 전해 오는 과정에서 그 내용이 단순해졌다. 이것이 백령도를 중심으로 한 황해도 해안 지방의 '심청전설'로 변이되었다는 것이다. 그는 '심청전설'을 토대로 하여 백령도 주변을 소설 『심청전』의 배경지로 추정하였다.[10] 이러한 연구는 현장성을 중시하는 학계의 풍토를 반영한 것이다. 최운식은 '심청전설'이 백령도 지역에 전승하게 된 연유를 그 지역에 존재하는 증거물과 역사적 사실 등을 연계시켜 밝혔다. 최운식의 연구는 처음으로 현장에서 채록된 설화를 가지고 소설과 비교하였다는 점에서 그 의의가 크다. 하지만 이 연구는 채록된 설화의 구

---

8 황패강, 앞의 책, 182쪽.
9 최운식, 앞의 논문, 653~695쪽.
10 현재 전라남도 곡성군에서는 『심청전』의 근원설화의 하나로 지목된 관음사 사적기와 결부하여 곡성군이 『심청전』의 형성 배경지임을 밝히는 작업을 진행하고 있다. 필자는 2000년 7월 10일 관음사 입구 삼거리에 조성된 '효공원'을 답사하고 곡성 주민과 문화재 관계자를 만나 본 결과 곡성군에서는 백령도와 같은 '심청설화'를 채록하기 어려울 것이라는 판단을 하였다. 상세한 것은 연세대학교 국학·고전연구실, 심청선양회 편, 「효녀심청」 팸플릿 참조.

조 분석이 체계적으로 이루어지지 못했다는 점, 그리고 일부 화자들의 구술 내용에 의존하여 결론을 도출하고 있는 점은 보완되어야 할 것으로 생각된다.

3. 연구 자료 및 방법

설화는 설화전승집단에 의해 구전될 때 비로소 생명력을 지닌다. 설화가 생명력을 지닌다는 것은 현장성을 확보하고 있음을 의미한다. 구전문학 연구에서 설화의 현장성은 구술하는 화자들의 의식을 엿볼 수 있다는 점에서 중요하다. 이 글에서 논의의 대상으로 삼은 '심청설화'는 채록자가 임의적으로 변형시킨 것이 아니라 화자에 의해 구술된 내용을 원발음에 유의하면서 충실하게 옮긴 것으로 현장성을 확보한 설화들이다.

필자가 접한 '심청설화'는 모두 81편이다. 기존의 활자화된 '심청설화'는 『심청전 배경지 고증』에 63편[11], 『명칭과학』 5호에 4편[12], 『설화 화자 연구』[13]에 1편 등 68편이다. 그리고 필자가 채록한 13편[14]이 있다. 이 중에서 『심청전 배경지 고증』에 수록된 설화 중에서 문답 형

---

11   한국민속학회, 『「심청전」 배경지 고증』, 인천광역시 옹진군, 83~175쪽. 이 중에서 5편은 구체적인 제목과 함께 문장이 다듬어진 상태로 최운식·백원배 공저, 『백령도』(집문당, 1997)에 재수록되었다.

12   최인학, 「백령도 전설」, 『명칭과학』 5호(명칭과학연구소, 1998), 141~160쪽.

13   이수자, 앞의 책, 271~275쪽.

14   필자는 1999년 8월 25일부터 27일까지 2박 3일 동안 백령도를 답사하여 13편의 '심청설화'를 채록하였다.

식으로 되어 있는 18편은 논의의 대상에서 제외하였다. 따라서 63편의 '심청설화'를 연구 대상으로 삼았다. '심청설화'의 목록은 〈부록 1〉과 같다.[15]

이 글에서는 역사 지리적 방법, 구조주의적 방법, 민속학적 방법, 비교문학적 방법, 현장론적 방법, 실증주의적 방법 등을 원용하였다. '심청설화'는 소설에서 설화화 된 것이므로 그 형성 과정에 관한 논의가 가능하며, '심청설화'의 유형 분류를 통해 전승 양상을 살필 수 있다. 그리고 '심청설화'의 구조 분석을 통하여 설화전승집단의 전승 의식과 설화가 소설에서 일탈하게 되는 이유를 고찰할 수 있다.

제 2장에서는 '심청설화'가 백령도 지역을 중심으로 활발하게 구전되는 이유를 지형적인 특성과 문헌 그리고 설화전승집단이 구술한 설화를 연계시켜 고찰한다. 어느 한 지역을 중심으로 '소설의 설화화'가 진행되는 이유는 그 지역에 설화화 할 수 있는 여건이 조성되어 있기 때문이다. 그리고 채록된 '심청설화'의 전승 양상을 통해 화자들이 설화의 내용 중에서 핵심적인 요소로 인식하고 구술한 단락이 무엇인가를 살펴보고, 어떠한 양상으로 설화가 전승되고 있는가에 대해서도 살펴본다.

제 3장에서는 '심청설화'의 구조를 전체적인 맥락에서 살펴본다. 설화전승집단이 소설을 설화로 재구성하면서 어떤 방식으로 해석하고 전승하고 있는가를 알 수 있을 것이며 이는 '심청설화'가 다양한

---

15 필자가 채록한 '심청설화'는 화자의 이름 뒤에 '심청이야기'라고 쓰고 구체적인 제목을 달지 않았다. 그것은 심청이야기를 해 달라는 필자의 요구에 화자들이 특정의 제목을 달지 않고 구술하였기 때문이다. 필자가 채록한 '심청설화'는 〈부록 2〉에 전문을 실었으며, 가능한 한 원음에 가깝게 기록하였다.

형태로 전승되는 이유를 설명해 줄 것이다. 그리고 『심청전』과 비교해 봄으로써 '심청설화'가 '소설의 설화화' 과정을 거쳤음에도 불구하고 소설에서 일탈하게 된 이유를 살펴본다.

　제 4장에서는 '심청설화'의 특징을 고찰한다. '심청설화'에 나타난 설화전승집단의 전승 의식과 악인형 인물의 망각화, 그리고 설화 습득 매체에 따른 화자들의 구술 능력의 차이 등을 살펴본다.

　이 글은 기존의 연구 성과를 토대로 하여 논의가 미흡했던 부분을 보완하면서 진행하고자 한다.

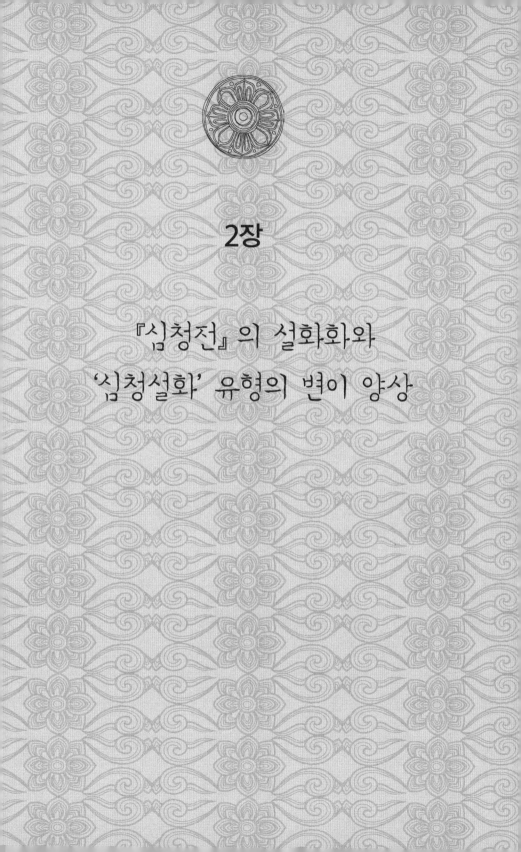

2장

『심청전』의 설화화와
'심청설화' 유형의 변이 양상

1. 『심청전』의 설화화와 '심청설화'의 형성

1) 『심청전』의 설화화 과정

'설화의 소설화'는 문학 현상이 단순한 것에서 복잡한 것으로 이행된다는 시각에서 출발한다. 기존의 설화 연구는 설화가 고전소설의 형성에 영향을 미쳤다고 생각하고 이를 '설화의 소설화'라는 관점에서 연구하였으며, 그동안 상당한 연구 성과를 거둔 것이 사실이다. 그렇다고 문학 현상이 반드시 '단순한 형태에서 복잡한 형태로' 진행되는 것은 아니다. '단순한 형태에서 복잡한 형태로'의 진행이 가능하다면 역으로 '복잡한 형태에서 단순한 형태로'의 이행이 가능하고 그 밖의 다른 가능성도 고려해야 한다.[1] 구전문학의 경우를 살펴보면, 서사민요가 한때는 상당히 복잡한 장편으로 발전했다가 최근에는 전승력이 약화되면서 같은 줄거리와 의미를 지닌 것이 축소 또는 단순화되어 전승하고 있다.[2] 그리고 설화의 경우도 특정한 신화나 전설, 민담의 각 편이 초기의 형태보다 복잡한 형태로 발전된 것도 있지만, 이와는 반대로 단순한 형태 그대로 머물러 있거나 퇴화되어 전

---

1 황패강, 앞의 책, 24쪽.

2 백령도에서 채록된 민요 중에 〈심청 노래〉가 있다. '심청설화'를 구술한 화자 중에서 심청과 관련된 노래가 있다고 하면서 노래를 부른 경우이다. 노래를 처음부터 끝까지 부른 화자는 한 명도 없으며, 몽금포타령 일부를 심청과 관련되었다고 하면서 부르기도 하였다. '심청설화'의 화자들이 부른 노래와 처음에 채록된 것과는 내용과 형식에서 많은 차이점을 발견할 수 있다(서울대학교 문리과대학 학술조사단, 『백령·대청·연평·소청 제도서학술조사보고』(1958), 45~46쪽 및 최운식·백원배 공저, 『백령도』(집문당, 1997), 156~157쪽 참조).

승의 의미를 상실한 것도 있다. 구전문학은 단순한 형식에서 복잡한 형식으로 발전한다는 기본 전제가 지나치게 단선적임을 보여준다.[3] 이러한 현상은 구전문학의 형성과 전승 과정이 그리 단순하지 않음을 의미한다.

'설화의 소설화'가 단순한 형식의 설화에서 복잡한 형식인 소설로 이행된 것이라면, 복잡한 형식의 소설이 단순한 형식의 설화로의 이행도 가능하다. 채록된 '심청설화'를 보면, 실존 인물을 토대로 꾸며낸 이야기가 아니라 조선 후기에 널리 읽힌 고소설『심청전』을 바탕으로 설화전승집단이 현실에 맞게 재구성한 것임을 알 수 있다.[4] 그것은 화자들이『심청전』의 존재를 의식하고 소설과 비슷한 줄거리로 이야기가 전개되도록 노력을 기울이는 것에서도 알 수 있다.

> 심청에 대해서는 심 봉사, 심청의 아바이가 심학규. 심학규씨가
> 눈이 멀어가지구 심청이를 낳아가지구. 지 어마이가 죽으니까,
> 그건 책에서 본 그대로.〈자료 6〉

위의 화자는 "그건 책에서 본 그대로"라고 하여 자신이 구술하는 심청이야기가 소설에 근거한 것임을 밝히고 있다. 채록된 '심청설화'를 보면,『심청전』을 직접 언급하고 구술한 화자보다『심청전』을 언급하지 않고 구술한 화자의 수가 더 많다.『심청전』을 언급하지 않고

3　임재해,「존재론적 구조로 본 설화 갈래론」,『한국·일본의 설화연구』(성기열·최인학 공편, 인하대학교 출판부, 1992), 24쪽.
4　최운식, 앞의 논문, 681~690쪽 참조.

구술한 '심청설화'도 전체적인 맥락에서 보면 소설과 유사한 구성방식을 취하고 있다. 그리고 "유래를 할려면 심청전을 다시 봐야돼"(자료 1), "고담에 나오고 우리 아버지랑 늘 하던 얘기"(자료 37), "심소자 책보믄 그거 아주먼네들은 눈물을 흘리고 웁디다. 그 전에. 아 난 얘기만 들었지요 뭐. 대충 얘기만 들어두 알어요. 그건. 얘기만 해두 그 전엔 다 알았어."(자료 63)라고 하는 부연대목을 통해서 화자들이 『심청전』을 근거로 '심청설화'를 구술한 것임을 짐작할 수 있다. '심청설화'는 『심청전』의 설화화 과정을 거쳐 형성된 것이다.

소설이 설화로 이행되는 계기는 다음의 두 가지 경우를 상정해 볼 수 있다. 하나는 개인이 소설을 읽거나 듣고 감명을 받아 이를 다른 사람에게 들려주는 과정에서 설화화 되는 경우이고, 다른 하나는 설화전승집단이 소설에 등장하는 공간적 배경을 자신들이 살고 있는 지역이라고 믿고 구술한 경우이다. 전자는 개인적인 성향을, 후자는 집단적인 성향을 반영한다. '심청설화'는 위의 두 가지 경우 모두에 해당한다.

문학 작품은 읽어 주는 독자가 존재할 때 의미가 있다. 독자는 작품에 등장하는 주인공에 동화되어 희로애락의 감정을 공유하고, 비극적인 상황으로 치닫는 주인공의 운명을 안타까운 눈으로 바라보며, 주인공의 영웅적인 행위에 경의를 표하기도 한다. 독자는 작품을 읽고 느낀 점을 작품에 반영하고 싶어 한다. 이러한 욕구가 문학 작품을 구전문학의 세계로 끌어들이는 것이다. 실제로 구연 현장에서는 『심청전』·『임진록』·『콩쥐팥쥐』·『장화홍련전』 등의 고전소설들이 민담처럼 이야기된다.[5] 설화전승집단이 고전소설을 민담처럼 이야기하는 것은 즐거움과 재미 그리고 교훈을 주는 요소가 소설 속에 내재되어 있기 때문이다. 이러한 요소를 기반으로 자신이 직·간접으로 습득한 지식을 첨가하여 소설을 흥미롭게 재구성한다. 이렇게 재구된 설화는 청중의 문학적 흥미를 자극하고 화자 자신의 표현 욕구를 만족시킨다.[6] '소설의 설화화'는 개인적인 취향에 의해 이루어지기도 하지만, 설화전승집단이 살고 있는 지역과 소설에 등장하는 공간 배경의 유사성으로 인해 지역 구성원을 중심으로 진행되기도 한다.

설화는 그 지역의 지세·해류·기후 등의 자연환경에 따라 그에 맞도록 풍토화한다. 처음 생겨난 설화일 경우는 이러한 자연조건에 맞도록 구성되고, 전파된 설화일 경우는 그 설화의 내용이 그 지역의 자연환경에 맞도록 변화된다.[7] 설화전승집단이 소설을 특정 지역을 중심으로 설화화 할 경우에도 이에 해당한다. 소설에서 공간 배경으로 등장한 곳과 지리적으로 유사한 장소가 자신들이 살고 있는 지역에 존재하면 소설은 자연스럽게 지역과 결부되어 설화화 하여 구전하게 된다. '심청설화'를 구술한 화자들은 '연화리의 연꽃과 연봉바위'를 증거물로 제시한다. 특정 지역에 기반을 두고 증거물이 제시된다는 점에서 '소설의 설화화' 과정을 거친 설화는 전설적인 색

---

5 이영수, 「전승 시기에 따른 설화의 변이 양상에 관한 연구-〈콩쥐팥쥐〉 설화를 중심으로」, 『인하어문연구』(인하대학교 인하어문연구회, 2006), 333~355쪽
　　이영수, 「〈장화홍련〉 설화 연구」, 『강원민속학』 26집(강원도민속학회, 2012), 181~226쪽 참조.

6 임재해, 앞의 논문, 41쪽.

7 최운식, 『한국설화연구』(집문당, 1994), 51쪽.

채를 띠게 된다. 물론 이러한 증거물과 '심청설화'는 별개라는 입장을 취하거나 증거물을 제시하지 않는 화자들도 있다. 이때 증거물은 전승 의미를 상실하여 증거물로서의 기능을 못하게 된다. 이 부류의 화자들이 구술한 '심청설화'는 전설적인 요소가 약화되어 민담으로 전환하게 된다. 따라서 '심청설화'는 전설과 민담을 넘나드는 양상을 보이게 된다.

'심청설화'는 『심청전』이 설화화 과정을 거쳐 형성된 것으로, 설화의 속성상 여러 가지 변화를 겪으면서 전승하게 된다. '심청설화'의 형성과 전승 과정에 나타난 변화는 설화가 소설화되면서 거친 변화와는 정반대의 상황으로 일어날 가능성이 크다.[8] '심청설화'는 설화의 전반적인 특징을 포함하면서 '소설의 설화화'로 인하여 '심청설화'만이 갖는 특징이 있을 수 있다. 소설 『심청전』이 설화화 되면서 나타나는 여러 가지 현상을 정리해 보면 다음과 같다.

첫째, '심청설화'는 구전된다. 이것은 문자로 쓰인 소설이 설화화되면서 거치는 필연적인 현상이다. 설화전승집단은 소설의 내용을 줄거리 위주로 기억하고 이를 구술한다. 따라서 설화는 화자의 주관과 구술 능력, 그리고 소설의 인지도에 따라 구성과 내용이 각기 다른 양상을 띠며 전승하게 된다. '심청설화'의 경우도 화자에 따라 짧게 또는 길게 구술된다. 화자가 '심청설화'를 짧게 구술한 경우는 이야기가 사건 위주로 축약되어 단순히 소설의 내용 일부를 요약·전

---

8 최래옥, 「설화와 그 소설화 과정에 대한 구조적 분석-특히 장자못 전설과 옹고집전의 경우-」, 『국문학연구』 7집(서울대학교 국문학연구회, 1987), 126~129쪽. 최래옥은 설화가 소설로 되면서 겪는 변화를 1) 문자 정착화, 2) 양적 증대화, 3) 구체화·사실화, 4) 개인화·특수화 등의 4가지로 보았다.

달하는 식으로 끝나며, 길게 구술한 경우는 흥미로운 요소나 화자 자신이 알고 있는 지식을 첨가하는 경향을 보인다. 이러한 '심청설화'는 화자들의 성향에 따라 전설 또는 민담으로 구전되며, 구전되는 동안에 시대적 상황과 사회적 여건에 맞게 변형된다. '심청설화'는 전승 과정에서 일반적인 설화의 특징을 지니게 된다.

둘째, 분량이 소설에 비해 적어진다. 소설은 등장인물과 배경 그리고 사건 등이 유기적이면서도 긴밀하게 연관되어 있다. 인물의 외모나 시대적·사회적 배경에 대한 묘사가 구체적으로 기술되고, 사건이 일어나게 된 원인을 제시하고 사건이 진행되는 과정을 상세하게 서술하여 독자의 이해를 돕는다. 이러한 것들을 충족하기 위해 소설은 일정한 분량을 필요로 한다. 이에 비해 설화는 등장인물이 행동하는 바에 따라 이야기가 전개되기 때문에 이들과 직접적으로 관련이 없는 부분에 대해서는 구술하지 않거나 간략하게 처리한다. '심청설화'엔 인물의 외모나 시대적·사회적 배경에 대한 묘사가 전혀 없거나 극히 빈약하고, 사건은 심청을 중심으로 전개되기 때문에 분량이 소설에 비해 적어질 수밖에 없다.

셋째, 구성이 파괴적이다. 소설은 발단·전개·결말의 구성으로 이루어진다. 이러한 구성의 전개 방법이 소설에 국한되는 것은 아니다. 설화의 경우도 횡적(외적)으로 분석해 보면, 신화와 민담은 발단·전개·결말의 3단계로 구성되고, 전설은 증거물을 제시하는 부분이 첨가되어 발단·전개·결말·증거의 4단계로 구성되어 있다.[9] 그래서 소

---

9   최운식, 앞의 책, 34쪽.

설과 설화는 발단 부분에서 주인공과 그 주변적인 상황을 언급하고 이야기가 시작된다. 주인공은 특정 사건을 통해 이야기의 전면에 등장하게 된다.

'심청설화'는 일반적인 구성 방식에 따라 구술된 것과 불완전한 상태로 구술된 것으로 나눌 수 있다. 예를 들면, 화자가 전개 부분에 해당하는 심청이 공양미 삼백 석에 팔려 가는 대목부터 구술하고 심봉사가 개안하는 결말로 끝을 맺으면서 증거를 제시하는 경우이다. 화자들은 부연설명을 통해 자신이 구술한 내용을 뒷받침할 수 있는 증거물을 제시하는 경우가 많다. 증거물의 뒷받침으로 인해 허구적인 인물인 심청의 행위가 마치 실존 인물의 행적처럼 이야기된다. '심청설화'가 『심청전』을 설화화 하였음에도 불구하고 민담에 머물지 않고, 전설을 포함하는 설화로 구전되는 이유가 여기에 있다.

전체 '심청설화'를 대상으로 했을 때, 일반적인 구성 방식보다 불완전한 상태의 구성 방식으로 전승되는 것이 주를 이룬다. 그리고 구성 부분에서의 탈락은 발단에 국한되지 않고 전개와 결말을 포함하여 포괄적으로 일어난다. 그래서 '심청설화'는 위에서 예로 든 경우처럼 '전개→결말→증거'로 구성되기도 하지만, '전개→증거', '증거→전개→증거', '증거→증거' 등 다양한 형태로 전승한다. 이처럼 다양한 구성 방식으로 '심청설화'가 구전되는 것은 소설이 널리 알려져 있기 때문에 중간 부분이 생략되어도 의미 전달에 무리가 없기 때문으로 보인다.

넷째, 등장인물이 간결해진다. 구전문학에는 사건의 전개 과정에서 자기의 역할이 확실하게 드러나는 인물만이 이야기 속에 등장한다. 그들은 각자가 행동하고, 각 행동이 청자의 주의를 끌게 된다. 주위나 사회 등의 상황을 묘사하기 위해 부수적인 인물을 등장시키지 않는다.[10] 등장인물이 간결해지는 것은 화자들이 기억에 의존하여 설화의 내용을 보존하기 때문이다. 『심청전』의 등장인물은 이본에 따라 차이가 있지만, 심청·심 봉사·중·남경상인·왕·장승상 부인·귀덕어미·뺑덕어미·동네 사람 등 다양하다. 이 중에서 이본에 상관없이 등장하는 인물로는 심청·심 봉사·중·남경상인·왕 등이다. 이에 비해 '심청설화'에서는 심청만이 대부분의 설화에 등장한다. '심청설화'에서 이야기를 이끌어 가는 중심적인 인물이 심청임을 알 수 있다. 화자들이 심청을 이야기의 중심에 두고 구술하는 것은 그녀의 행위에 주안점을 두고 소설을 설화화 하였기 때문이다. 심청 이외에 '심청설화'에 등장하는 인물의 빈도를 살펴보면, 심 봉사(23편), 남경상인(19편)[11], 왕(18편)[12], 뺑덕어미(9편)[13]의 순이다. 그 밖의 인물은 거의 등장하지 않는다. '심청설화'의 등장인물은 『심청전』에 비해 간결하다. 화자들은 이야기 전개에 필요한 인물만을 기억하고 구술한다. 그래서 '심청설화'에는 『심청전』과 달리 최소한의 등장인물만이 설화의 구술 과정에 등장한다. 불필요한 인물이 등장하지 않는 것은 설화의 일반적인 특징이다. 다만, '심청설화'의 등장인물 중에서 자기 역할을 하면서 등장하던 뺑덕어미는 백령도 지역에 전승되는 '심청설

---

10 블라디미르 프로프, 『구전문학과 현실』(박전열 역, 교문사, 1990), 115쪽.
11 심청을 공양미 삼백 석에 산 대상이 구체적으로 거론되지 않은 15편은 제외하였다.
12 왕이 아닌 고을 원이나 왕자를 만났다고 구술한 3편은 제외하였다.
13 뺑덕어미가 단순하게 언급된 5편은 제외하였다.

화'에서는 망각될 것으로 생각한다. 이에 대해서는 제 4장에서 상술하겠다.

다섯째, 주제가 단순해진다. 소설에서 주제는 재현하고자 하는 작가의 최초의 의도인 동시에 재현한 내용에 대한 독자의 최종적인 해석이다.[14] 그래서 소설의 주제란 읽는 사람에 따라 다양해진다. 『심청전』의 경우도 논자에 따라 '효', '비극적 정화와 종교적(불교) 구원', '구원에의 갈망', '극심한 가난으로 인하여 비참하게 죽어 간 티없이 맑고 청순한 소녀의 죽음', '심청의 대우주적 자아의 발견·회복과 그 성취 또는 확장 실현', '심청전의 고전 주제는 인간 의식의 각성', '표면적 주제는 현실과 유교 이념의 괴리를 유교 이념으로 극복하는 것이며, 이면적 주제는 심 봉사와 뺑덕어미를 통해 현실과 유교 이념의 괴리를 현실을 긍정함으로써 극복하자는 것' 등 다양한 주제가 제시되었다.[15] 이에 비해 '심청설화'의 경우는 "심청이는 여기 효의 바탕이고, 아울러 지금 젊은 세대의 사악한 마음들을 없애 줄 수 있는 아주 중요한 우리나라의 보고적인 효의 전설"(자료 50)이라는 화자의 말처럼 '효'에 초점이 맞추어져 있다. 백령도에 있는 연화리와 연봉을 증거물로 제시하는 화자들의 경우도 이러한 맥락으로 볼 수 있다. 심청의 효와 자신들이 살고 있는 고장을 연계시켜 백령도가 효의 고장임을

---

14 김성곤·김용성·서연호·서준섭·송하춘·최동호, 『문학에 이르는 길』(열음사, 1992), 138쪽.

15 최운식, 『심청전연구』(집문당, 1982), 11~14쪽 참조.
사재동, 「심청전 연구 서설」, 『한국고전소설』(계명대 출판부, 1982), 185~192쪽 참조.
최동현, 「심청전'의 주제에 관하여-여성주의(feminism)적 관점에서-」, 『심청전연구』(최동현·유영대 편, 태학사, 1999), 393~395쪽 참조.

은근히 자랑하는 것이다.

여섯째, 설화전승집단이 소설을 설화로 재구하는 데 있어 일정한 제약을 받는다. 심청의 경우는 '심청설화' 이외에 다른 유형의 설화에 등장할 수 없는 인물이다. 소설이 널리 알려진 까닭에 화자들이 다른 유형의 설화에 심청을 등장시킬 경우 청자들이 이를 수용하지 않을 것이다. 『심청전』에서 모티프를 차용하여 이와는 별개의 설화를 만들 수는 있다. 〈황후가 된 효녀〉가 그런 경우로 보인다.[16] 〈황후가 된 효녀〉 설화는 서두에 어머니가 죽고 아버지가 고난을 당하며, 중과 연꽃이 등장하고 나중에 효녀가 황후가 되어 아버지가 처한 고난을 해결한다는 점에서 『심청전』과 유사하다. 그러나 심청이 아버지를 위해 몸을 파는 과정과 인당수에 투신하는 과정이 없으며 연꽃으로 변하는 과정이 없다. 그래서 〈황후가 된 효녀〉 설화를 '심청설화'의 각 편으로 보기는 어렵다. 이 설화는 일반적인 효행설화에 『심청전』의 일부 모티프가 차용되어 복잡한 형태로 발전한 것으로 볼 수 있다. 〈황후가 된 효녀〉 설화는 구전에, '심청설화'는 소설에 그 기원을 둔 것이기 때문에 발생 과정이 서로 다르다. 따라서 설화간의 유사성으로 해서 이들을 동일한 이야기 유형으로 묶을 수는 없다.

---

16 정상박·유종목, 〈황후가 된 효녀〉, 『한국구비문학대계』 8-8(한국정신문화연구원, 1983), 187~190쪽. 이 설화의 개요는 다음과 같다. ① 한 사람이 즈그 오매가 죽었다. ② 아버지랑 딸이랑 둘이서 살았다. ③ 아버지가 병이 들어 백약이 무효하다. ④ 딸이 보쌀싸래기를 가지고 부처님께 불공을 드린다. ⑤ 중이 보쌀싸래기를 안 받는다고 하였다. ⑥ 그래서 집 옆에 있는 돌부처에게 물을 떠놓고 주야로 빌었다. ⑦ 도사 중이 시주를 받고 연꽃 두 나무가 필 것을 알려준다. ⑧ 임금님 아들이 병이 났다. ⑨ 백약이 무효하고 오직 육지에서 크는 강연화만이 병을 낫게 한다고 하였다. ⑩ 전국에서 강연화를 구한다. ⑪ 연꽃 두 송이 중 한 송이로 태자의 병을, 한 송이로 아버지의 병을 고친다. ⑫ 임금이 세자빈으로 봉했다. 나중에 황후가 되었다.

『심청전』과 같이 널리 알려지고 애독된 소설을 설화로 재구성할 경우, 설화전승집단은 제약을 받게 된다. '심청설화'에 몇 개의 삽화를 첨가하여 설화에 흥미를 줄 수는 있어도 소설의 기본적인 구조에서 벗어날 수는 없다. 예를 들면, '심청설화'에서 심청이 인당수에 투신하는 단락을 합리적인 사고를 바탕으로 구술하거나 심청이 왕과 결혼하는 단락을 다른 설화의 남녀 결합 모티프를 차용하여 흥미롭게 구술할 수는 있다. 하지만 전체적인 맥락에서 보면, 소설의 기본적인 틀은 유지하면서 부분적으로 일어나는 변화에 불과하다.

지금까지 『심청전』의 설화화 과정에 나타나는 여러 가지 현상을 살펴보았다. '심청설화'는 설화의 일반적인 특징을 반영하면서도 '소설의 설화화'라는 특수성으로 인하여 '심청설화' 고유의 특징을 포함하고 있다. 입에서 입으로 전승되고 분량이 적어지며 등장인물이 간결해지고 주제가 단순해지는 것은 소설이 설화화 되는 과정에서 겪게 되는 일반적인 특징이다. 이에 비해 파괴적인 형태의 구성과 설화의 재구에 따른 제약은 소설이 널리 알려진 까닭에 '심청설화'에 나타나는 고유의 특징이라 하겠다.

2) '심청설화'의 형성 과정

『심청전』이 설화화 된 계기를 1) 개인적 성향에 의해 이루어진 경우와 2) 지역 구성원을 중심으로 이루어진 경우로 나누어 살펴보았다. 여기서는 후자의 경우인, 백령도를 중심으로 '심청설화'가 전승되는 이유를 살펴보고자 한다. 이 글에서 논의의 대상으로 삼은 63편 중에서 59편이 백령도의 현지답사를 통해 채록한 것이다.[17] '심청설화'가 백령도를 중심으로 전승되는 것은 소설『심청전』의 공간 배경이 황해도로 설정된 것과 무관하지 않다.[18] 그리고 설화전승집단이『심청전』에 나오는 인당수가 이곳에서 바라다보이는 장산곶 앞바다라고 믿기 때문이다. '심청설화'에서 인당수에 관해 구술한 것을 살펴보겠다.

> 그러면 심청이가 여기서(장산곶 몽금포-필자 주) 빠졌다고 하는
> 데, 이리 떠밀려 와서 어부가 연꽃을 주서서 연화리로 들어왔다
> 고 그러는데. 그 저게 우리가 볼 적에는 이게 조류가 쎄니까 이것
> 을 배경으로 소설로 쓴거겠지, 실화로 그렇게 보이지는 않아요.
> 〈자료 13〉

> 심청전에 나오는 임당수가 장산곶 앞에 있다는 것을 왜 느끼느
> 냐 하면, 제 나름대로 생각하기는, 그곳이 물살이 상당히 쎕니다.
> 물살이 쎈데, 옛날에 중국하고 무역을 했다고 하는데, 무역하는
> 배들이 지나가다가 물 때를 잘못 만나서 사고를 당하고 그러니

---

17 〈부록 1〉'심청설화' 목록 참조.
18 최운식에 의하면,「심청전」에서 심청이 나서 자랐다고 하는 곳은 초기에 필사된 것
   으로 보이는 필사본에는 '유리국 도화촌', '유리국 행화촌', '유리국 오류촌'에서 뒤
   에 '황주 도화동'으로 바뀌었다고 한다. 송동본 계열과 완판본 계열의 판각본과 필
   사본, 활자본「심청전」과 판소리「심청가」의 대부분은 지리적 배경이 '황주 도화
   동'으로 되어 있다. 그리고 한남본 계열의 판각본에서 지리적 배경을 '남군' 땅이라
   고 한 것은 이본의 생산자가 의도적으로 바꾼 것으로 보았다(최운식,「「심청전」의
   배경이 된 곳」,『반교어문연구』11, 반교어문학회, 2000, 211~212쪽).

까, 거기다가 처녀를 사서 제사를 지냈다는 그것이 위치적으로, 지리적 조건이 타당성이 있지 않느냐 생각합니다. 〈자료 18〉

저희들은 분명히 「심청전」이라고 하는 것은 장산곶, 백령도 여기가 발상지가 아니냐'라고 굳게 생각을 하고 있습니다. 우리가 보아도 코 앞에는 장산곶이고, 임당수가 요 앞에 있고, 또 객관적으로 입증할 수 있는 게 연화리 연꽃이 있고, 연봉바위로 환생했다는 연봉바위가 백령도 대청도 중간에 있고 말이지요. 그러면은 여기가 우연의 일치인지는 몰라도, 장산곶하고 장산곶 임당수에서 연화리 마을, 연화리 마을에서 연봉바위, 이게 하나의 직선으로 되어 있는 것 아니예요. 〈자료 22〉

위의 인용문에서 보듯이 화자들은 장산곶과 백령도 사이에 물살이 빠른 곳을 『심청전』에서 심청이 빠져 죽었다는 인당수라고 믿는다. 백령도 진촌에 있는 심청각에 올라가 보면 사방이 탁 트인 것이 위의 화자들이 이야기하듯이 장산곶에서부터 대청도까지 훤히 볼 수 있다. 그리고 심청각에서 인당수라고 일컫는 곳을 보면, 물살이 다른 곳보다 빠르게 흐르는 것을 육안으로 확인할 수 있다. 이곳 주민들 중에는 '인당수'를 직·간접으로 체험한 사람들이 있다. 우리나라가 남과 북으로 갈라지기 전에 백령도와 장연 사이를 오가며 고기를 잡을 때 인당수 근처를 가본 적이 있는 사람, 6·25전쟁 중에 해군으로 근무하면서 인당수 근처를 가본 적이 있는 사람과 백령도의 높은 지점에서 해상 관측을 해 본 사람의 말을 통해 볼 때, 인당수는 물살이 빠르고 험난해서 배들이 통행하기 어렵다고 한다.[19] 인당수의 위치와 특성에 관한 이 지역 사람들의 믿음이 『심청전』을 설화화하여 전승하게 된 계기가 된 것이다.

'장산곶'과 관련된 문헌 기록을 살펴보기로 하겠다.

(1) 한성부윤 이명덕李明德이 상소하기를,

"황해도 장연長淵 지경인 장산곶長山串은 남쪽으로 바다에 4, 5식息쯤이나 들어가 수로水路가 험난하기 때문에 경기도京畿道로부터 평안도平安道에 이르는 조전漕轉이 통하지 못하오니 진실로 염려하지 않을 수 없는 일입니다. 청컨대 송화현松禾縣을 해안 고현海安古縣에 옮겨 창고를 짓고, 본도 각 관官의 조세租稅를 이곳에 운수해 바치도록 하여, 만일 평안도에 급한 일이 있으면 장산곶長山串 서쪽에 있는 병선兵船으로 아랑포阿郞浦에 실어 가면 평양平壤의 패강浿江과 안주安州의 살수薩水의 조운漕運이 가히 통할 것이오며, 만일 경기京畿에 급한 일이 있으면 장산곶長山串 동쪽의 병선으로 한곶大串에 실어 가면 평안도平安道의 조세租稅를 또한 경강京江으로 가져올 수가 있을 것입니다. 아랑포阿郞浦 강변에서 한곶 강변에 이르기까지와 한곶 강변에서 해안현海安縣에 이르기까지는 육로陸路가 가깝고 또 평탄하여 수레로 운반할 수도 있습니다."

하니, 명하여 호조에 내려 그 도의 감사로 하여금 친히 가서 살

19 최운식, 「심청전설」과 「심청전」의 관계」(반교어문학회, 2000), 657쪽.

펴보고 계하도록 하였다.[20]

(2) 오가는 수로에 지표하여 반드시 바람을 기다려 건너는 것은 대개 장산곶 한 가닥이 북쪽을 가로지르고 본 섬(백령도-필자 주)의 두모진 한 벼랑이 남쪽에서 서로 마주쳐 그 사이의 상거相 距가 십여식+餘息을 지나서 아니하며 두 벼랑이 서로 끼고 하나 의 골짝을 이루기 때문에 북해의 물이 북으로부터 기울고 서쪽 바다의 물은 서로부터 물대어 두 물이 서로 돌아 섞이며 또 아침 저녁의 조수가 나오고 물러가며 서로 부닥치면 높은 파도 높은 물결이 하늘을 육박하며 오르고 내림을 이루니 험하고 사나움 을 형언하지 못하겠도다.[21]

위의 인용문에서 (1)은 경기도에서 평안도까지의 조운을 개선하 자는 한성부윤 이명덕의 상소 내용이다. 장산곶 앞바다가 물살이 빠 르고 조수의 차가 심한 곳임을 알 수 있다. 이러한 장산곶에 관해 자 세하게 언급한 것이 「백령도지白翎島誌」에 수록된 (2)의 글이다. 「백 령도지」는 조선시대에 좌랑佐郞 벼슬을 지낸 이대기李大期가 1620년 4월 상순에 백령도로 귀향 가서 저술한 책이다. 이대기는 유배 생활 동안에 필요한 정보를 사전에 얻고자 이 지역의 촌옹항노村翁巷老들 과의 대화를 통해 수집한 자료를 토대로 백령도에 도착한 지 한 달

20 증보판 CD-ROM(서울시스템주식회사, 1997년도판) 국역 조선왕조실록 제 1 집 세종 34년 12월 15일(갑술)조.
21 이대기, 「백령도지」, 『옹진군지』(옹진군지편찬위원회, 1989), 1348쪽.

만에 「백령도지」를 저술한다.[22] 이대기가 장산곶과 백령도 사이의 바다를 "높은 파도 높은 물결이 하늘을 육박하며 오르고 내림을 이루니 험하고 사나움을 형언하지 못하겠"다고 다소 과장되게 기록한 것은 그만큼 이곳의 조류가 험하다는 것을 보여주기 위함이다. 이러한 표현은 이대기가 실제 체험을 바탕으로 쓴 것임을 다음 구절을 통해 확인할 수 있다.

> 내가 금년 3월 6일 진초辰初에 오차포吾叉浦에서 배를 타는데 그때에 서풍이 일어나니 이것은 비끼는 것이라 이시초巳時初에 도전도島箭島에 도착하자 조수물이 가로질러 배를 운전하는 것이 불리하여 돛을 내리고 머물렀다가 조수가 물러감을 기다려 말시초末時初에 닻줄을 풀고 앞으로 나아가니 수리數里를 못가서 파도가 일어 위태함을 이루 형언 할 수 없어 사람으로 하여금 담이 떨어지게 한다. 이같이 하기를 거의 20리를 지나서 파도가 약간 고요하였다. 또 몇리쯤 가서 파도가 또 있었으나 지나온 곳처럼 험하지는 아니하다. 이같이 하기를 겨우 칠팔리쯤 가서 파도가 자니 한번길에 통틀어 가장 험한 곳은 일식一息의 동안을 지나지 아니하는 것같지마는 이 한참이란 족히 사람의 마음과 혼을 빼앗아가니 지루하기 끝이 없다.[23]

오차포는 장연현長淵縣에 속한 포구이다. 오차포에서 백령도까지

22 서영대, 「'백령도지' 해제」, 『박물관지』 2(인하대학교 박물관, 1997), 107~110쪽.
23 이대기, 앞의 책, 1348쪽.

는 "진도津渡 두모진에서 장연 장산항로가 50리, 오차진이 70리"[24]로 "길이 돌고 수세水勢 빗기지마는 만약 곧은 길을 경유하면서도 또 순풍을 만나면 조반전에 도착할"[25] 거리이다. 위의 기록에 의하면, 이대기는 순풍을 만나면 아침밥을 먹기 전에 도착할 수 있는 가까운 거리를 여러 날을 소요하고 백령도에 도착한다. 이렇게 여러 날이 걸린 이유는 "조수물이 가로질러 배를 운전하는 것이 불리하여 돛을 내리고 머물렀다가 조수가 물러감을 기다"렸기 때문이다. 그리고 "족히 사람의 마음과 혼을 빼앗"았다고 한 것으로 보아 이곳의 조수 흐름이 어떠한가를 미루어 짐작할 수 있다.

이대기가 "파도가 일어 위태함을 이루 형언할 수 없"어 마음과 혼을 빼앗긴 장소가 바로 설화전승집단이 인당수로 지목한 곳이다. 이곳에서 조류를 잘못 만난 배들이 침몰하는 크고 작은 사고들이 일어났음을 문헌과 구전을 통해 확인할 수 있다.

(3) 지장연현사知長淵縣事 남혼南渾과 대곶 만호大串萬戶 서의진徐義珍 등이 군사 53인을 거느리고, 백령도白翎島에 들어가서 말을 점검點檢하고 돌아오다가 바람을 만나 모두 물에 빠져 죽었다.[26]

(4) 여기가 서낭당 자리인데, 전에는 서낭제를 지냈으나, 기독교가 들어온 뒤에 서낭제를 지내지 않게 되었습니다. 여기에 교회

---

24 「백령진지(白翎鎭誌)」, 『옹진군향리지』(1996), 457쪽. 「백령진지」는 1802년(壬戌)에 저술한 작자미상의 책이다. 「백령진지」는 서문으로부터 31면으로 되어 있으며, 연혁이나 운영 상황뿐만 아니라 당시의 백령도의 사정을 소상히 기록하였다.

25 이대기, 앞의 책, 1348쪽.

26 증보판 CD-ROM 국역 조선왕조실록 제 1 집 세종 17년 10월 11일(기유)조.

가 들어온 게 99년 전인데, 기독교가 들어온 뒤에 서낭제를 지내
지 않았답니다. 그런데, 서낭제를 지내지 않아서 그런지 사람들
이 장연에 배를 타고 갔다 오다가 죽었어요.

(조사자: 몇 명이 죽었나요?)

그건 잘 모르겠네요. 한 서너 명, 정확한 걸 몰라 몇 명이라고 말
씀 못 드려요.

(그래서 어떻게 했나요?)

장연에 갔다 오던 사람들이 임당수에서 죽음으로써 서낭제를
다시 시작했었는데, 그 뒤에 흐지부지 되어서 서낭제가 아주 없
어졌어요.[27]

위의 인용문에서 (3)은 남혼·서의진 등이 군사 53명과 함께 백령
도에서 말을 점거하고 돌아오는 길에 바람을 잘못 만나 물에 빠져
죽었다는 문헌 기록이며, (4)는 장연을 갔다 오던 사람들이 인당수
에 빠져 죽었다는 내용이다. (3)에서 바람을 잘못 만나 사람들이 물
에 빠져 죽은 곳은, 일반적인 뱃길을 사용한 것으로 가정하면 백령도
두모진과 장산곶 사이에 있는 인당수일 가능성이 크다. 이밖에 화자
중에는 장산곶을 지나던 배가 침몰하여 거기서 떠내려온 사과와 갈
치를 주웠다고 하는 경험담을 들려주기도 한다.[28] 『택리지』에 보면,
조세의 폐지로 인하여 장산곶을 항해하는 일이 없던 뱃사람들이

---

27 한국민속학회, 앞의 책, 88쪽.
28 김보득(70세), 1999. 8. 26. 필자 채록. 필자가 심청이야기를 청하자 자신은 잘 모른
    다고 하면서 장산곶에서 배가 침몰하여 화자가 겪었던 이야기를 해주었다. 〈부록
    2〉의 〈자료 14〉 참조.

"장산곶을 두려워하는 것이 남쪽 뱃사람이 안흥곶을 두려워하는 것보다 훨씬 심하다."[29]는 기록이 나온다. 장산곶 인당수는 이곳을 지나는 사람들에게 두려움의 대상이었던 것이다. 장산곶 인당수에 대한 두려움은 '심청설화'를 구술한 화자들에게서도 찾아볼 수 있다.

그런데 옛날부터 전해 내려오는 그런 일설로 보아서는. 요기가 저기가 바라다보이지요. 장산곶이라고요. 거기가 물졸이가 셉니다 아주. 심지어는 들물, 그겐 밀물이죠. 밀물 올라오고 썰물 내려가고 할 때 부지일이 되기 때문에요, 구 구녕이 뻥뚫려서 그냥 물이 내려가요. 하두 조류가 쎄니까, 이런 도랑에 물 내릴 갈 적에 물 쎈데서는 구녕이 뻥뻥 뚫리잖아요. 조그마니, 거기는 큰 바다니께 큰 구녕이 뚫려서 빙빙 돌면서 내려간다는 말이 있읎니다. 한데 내가 못가봤어요. (조사자: 예.) 근데 에 거기서 옛날에 거 뭐 고래라 뜻이 진남포 아니예요. 진남포하가 이 인천지방하가 뭐 그전에 범선가지고 무역을 했으니까, 그렁하면서 소위 여기서 곶돈다 곶돈다 하는데, 음- 거기를 돌다가, 뭐 좀 풍랑이 심하고 또 물줄기가 쎄니까 조용, 바람이 조용하다고 해더라도 파도가 일어요, 거기는. 〈자료 11〉

뭐냐면, 백령도가 이렇게 있잖아요. 저게 장산곶 몽금포가 이렇게 있다구요. 거게 몽금포, 장산곶이 몽금포가 뾰족하고 이렇게

29 이중환, 『택리지』(이익성 역, 을유문화사, 1994), 131쪽.

되어 있죠. 그러면 요기가 물 조류가 우리나라에서 제일 쎄다고 그러는데, 이게 이제 사리때 이제 아주 쎌 때는 한 35노트 이렇게 물, 속력이 된다고 그래. 실제 우리가 봐도 그 파도가 이렇게 치는게 보인다구요. 물 한참 조용한 날도. 물 흐름이. 이게 뭐 완전히 폭포내려오는 것같이, (조사자: 예) 그래서 아마 고게 갈적에는 제사를 지내구 그러던 모양이예요. 〈자료 13〉

임당수는 아시지요. 소설의 무대 자체는 여기가 아니더라도 임당수는 인정이 되는 것이지요. 거기는 파도가 높고 그래서, 미국의 피지엠(PGM)도 여기는 통과를 못합니다. 밖으로 돌아야 해요. 엄청나게 파도가 쎕니다. 물이 돌기 때문에요. 그렇다면, 그 당시, 소설이든 뭐든 간에 그 당시 배들이 거기를 임의 통과하지 못했다는 것은 말할 것도 없지요. 지금도 마찬가지이니까요. 지금 북한 군함도 거기를 통과하지 못합니다. 밖으로 돌아야 합니다. 그 곳이 장산곶인데, 지리적으로 그렇고 물도 그렇습니다. 〈자료 20〉

화자들은 자신이 직접 체험한 경험담과 주변에서 들은 이야기를 토대로 장산곶은 물살이 험하고 소용돌이치기 때문에 웬만한 배로는 통과할 수 없다고 구술한다. 이것은 문헌 기록과 일치한다. 이곳에서의 물의 흐름은 이 지역 주민들에게 경외심을 불러일으켰던 것이다. 바다를 생계의 수단으로 삼았던 사람들에게 있어서 해상에서의 활동은 각종 위험에 노출될 수밖에 없다. 특히 인당수와 같이 바닷물이 소용돌이치고 각종 사고가 일어나는 곳일 경우는 더욱 그러하다. 그래서 바다에 존재하는 것으로 믿어지는 신에게 제사를 지내 신을 위로하고 그 신이 내리는 재앙을 피하고자 한 것은 당연한 일이다.[30] 「백령도지」에 "본 섬의 풍속이 오직 귀신을 숭상하며…(중략)… 집집마다 빌고 바래는 소리가 끊이지 아니하여 북을 두드리는 소리가 겨울에도 여름에도 계속되"[31]었다고 한다. 해신에게 제사를 지내는 풍습이 백령도에 존재했음을 짐작할 수 있다.

해상 활동 중에 초래될지도 모르는 재난을 미연에 방지하고자 하는 인간의 심성이 장산곶과 관련된 설화를 만들어 냈을 것이다. 자연 현상에 의해 일어난 재난을 인간의 힘으로 도저히 극복할 수 없을 때, 인간은 신에게 의지한다. 이때 인신공희가 행해진다. 인신공희는 화를 면하려는 인간의 타산적 의도에서 나온 것이다.[32] 따라서 장산곶과 관련된 설화는 아래의 〈백령역사이야기〉와 같이 인신공희 요소를 포함했을 것이다.

> 이 백련에서 옛날에는 여기까지가(연화리–필자 주) 전부 바다였어, 바다. 지금 벼 심은데가 전부 바다였는데. 배가 중국 배가 여기 들어왔다가는 그때는 동력선이 아니라 기계화가 안되아서 바람으로 풍선달구서 이렇게 바람으로 중국으로 왔다갔다 왕래하

30 위도, 안면도, 강화도 및 그 주변의 작은 섬과 고창 동호리, 부안 죽막동과 같은 해안가에서는 항해 중의 무사고와 풍어를 기원하는 제사를 지냈다고 한다(유병하, 「부안 죽막동유적의 해신과 제사」, 서울대학교 대학원 석사학위논문, 1996, 12쪽).

31 이대기, 앞의 책, 1349쪽.

32 장덕순, 앞의 논문, 161쪽.

는데. 바람, 저기서 인제, 올려부는 바람을 만나서 그 바람이 언제 오냐 하면 말이지. 그 동지라고 있죠.(조사자: 예.) 이 동지라고 하게 되면 크리스마스 사흘전에 그 동지라고 있죠.(조사자: 예.) 그 동지때는 매 마바람이 붑니다. 하믄 그 마바람을 타고서 그 사흘동안 가면 중국 산동반도라는 데를 대거든. 그러니까 백령도 와서 연화리 와서 등치고 있다가 동짓마가 불게 되면 뱃뿌리를 놓구서 여기서 떠나요.(조사자: 예.)

저기 나가서 큰 바다 망망대해루 중국을 내놓고 나갈려구 하면 바람이 들이 불거든. 갑자기, 바람이 들이 불어서 파도가 일어나서 하믄 다시 들어오거든 다시 들어오구 들어오구. 야단났단말이야. 근데 하루는 잠이 낮에 잠이 들었는데, 잠이 들었는데 허연 영감이 나타나서 "여보게- 자네한테 청이 하나 있네." "무슨 말씀이냐구, 저한테 청이 무슨 청입니까" 하니까. 지금 그 머슴아 총각이지. 머슴아를 하나 펴놓고 가게. 그러지 않으면, 선물로 그 머슴아를 여기에 내놓고 가지 않으면 자네가 가다가도 고생을 하게 대구 또 가질 못해야. 그러니까니 그 머슴아를 냉겨놓구 가게 되면, 자네가 아주 순하게 그 고향 땅을 갈 수가 있네. 중국을 들어갈 수가 있네. 그러니까니 쓰-으, 그래구 딱 깨 보니까 꿈이야. 희하얀 신선 영감이 나타나서 그랬는데 꿈이건든. 아 뭔가 있구나.

…(중략)…

근데 바로 그걸 말하는데. 거기 가서 물을 길어 오너라 하니까니, 물 길러 왔다. 보내 놓고서 왔다가는 순간에 뱃뿌리를 풀어

놓고서 유유히 중국으로 지나갔단 말이야. 이 놈이 떠억 물을 길

어 와서 보니까 배가 없어졌거든. 그때 뛰어 나가서 지형이 여기

서는 뵈질 않는데, 뛰어나가서 뛰어나간 자리가 있어. 뛰어나가

서 "나를 실고 가요. 나 좀 실고 가요." 그럴꺼 아니야. (조사자: 예)

"나 좀 실고 가요. 날 이렇게 버리면 어떻합니까. 어떻합니까" 하

구 소리소리 질렀지. 소리소리 지르면서 "나 실고 가요, 나 실고

가요" 하지만 이건 이 사람은 선장이 계획적으로 그 신이 나타나

가지고 계시, 명령을 했기 때문에 이 일부러 한 사람이니까니,

이 사람을 싣고 가겠어요.[33]

---

33 이영수, 「'심청설화'의 전승과 형성 배경」, 『인하어문연구』 4(인하대학교 인하어문
연구회, 1999), 457~458쪽 참조. 이와 비슷한 유형의 설화가 1958년에 서울대학교
학술조사단과 최근에 최운식에 의해 채록되었다(최운식, 「'심청전설'과 〈심청전〉
의 관계」, 보고사, 2000, 665~666쪽 참조). 서울대학교 학술조사단에 의해 채록된
설화의 원문을 싣는다.

아득한 옛날 대국상인이 한국으로 장사차 소청도를 지나게 되었다. 그런데 마침 이
때 배안에 먹을 물이 모두 떨어져 선장은 배를 잠시 소청도에 대이고 화장(火長)에
게 물을 길어 오도록 시켰다. 이 화장아이는 홍안 미소년으로서 목소리 또한 곱기
이를데 없어 노래를 어쩌나 잘 부르는지 그의 노래소리를 듣고 싶어하지 않는 사람
이 없었다. 그는 선장의 명을 받고 곧 물을 길러 소청도 골짜기를 따라 올라가며 물
있는 곳을 찾았다. 옥같이 맑은 목소리가 바람을 타고 골짜기에 흩어졌음은 물론
이다. 소동파의 적벽가가 아니라도 화장의 노래는 그야말로 여음이 요요(嫋嫋)하
고 불절여류(不絶如縷)하여 무유학지(舞幽壑之) 잠적하고 읍고주지(泣孤舟之) 이
부(釐婦)하기에 충분한 것이었다. 이렇게 몇차례를 길으니 비었던 독이 하나 가득
찼다. 이만하면 식수도 넉넉할 것이다. 선장은 곧 일행을 수습하여 다시 뱃길을 떠
났다. 그러나 이 어인 일이랴. 조금전 까지도 말짱하던 날씨가 갑자기 구름이 끼고
바람이 심하여 도저히 배가 앞으로 나갈 수가 없었다. 할 수 없이 선장은 배를 다
시 소청도에 대이고 바람이 자기를 기다리도록 하였다. 그러나 그 이튿날도 또 그
이튿날도 풍랑에 수일을 묶게 되던 어느 날 밤, 이제는 식량도 얼마 남지 않고 갈
길은 바쁜데 풍랑은 여전하여 초조와 불안속에 잠 못이루던 선장앞에 문득 백
발 노인이 장죽을 이끌고 나타나 조용히 입을 열었다.
「네 이섬을 떠나 무사히 목적지 까지 가고 싶거던 너의 배에 있는 화장을 이 섬에
풀어놓고 떠나도록 해라. 만약 어기다가는 살아서 이 섬을 떠날 생각은 아예 말 것
이다.」

위의 설화는 필자가 백령도에서 채록한 것이다. 〈백련역사이야기〉는 역사상 우리나라가 중국과 왕래할 때 이용했던 황해횡단항로의 실상을 구술하고 있다는 점에서 흥미롭다. 중국과 교류를 하는데 사용되었던 항로는 요동연안항로와 황해횡단항로의 2종류가 있었다.[34] 요동연안항로는 '산동성 등주→압록강구→한반도 서남해안→구주'를 잇는 것으로, 삼국시대 전기 이전부터 이용되었던 항로였다. 연안을 따라가면서 계속 육상의 표식을 확인하는 이러한 항로를 이용했던 것은 근본적으로 근해항해나 원양항해를 할 만큼 항해술이 발달하지 못했기 때문이다.[35] 항해술의 발달과 함께 당시의 정치적인 상황이 황해횡단항로를 개발하게끔 하였다. 이 황해횡단항로는 "황해도연안 특히 옹진구饔津口로부터 바다를 건너 등주(산동 봉래현)·밀

감짝 놀란 선장이 노인을 우럴어 입을 열려할때 문득 노인의 자취는 안공(眼孔)에서 사라지고 오싹 등에 찬소름만이 느껴지며 정신을 차려보니 한바탕 뒤숭숭한 꿈속이었다. 그밤이 다하도록 다시 잠을 이루지 못하고 뜬눈으로 세운 선장은 가뜩 담겨 있는 뱃속의 음료수를 몰래 조금 엎질러내버리고는 화장을 불러 물독이 덜찼으니 한지게만 더퍼오라 명하였다. 밤새 곤히 자고난 화장은 맑은 아침 공기를 마시며 그 맑은 목청을 가다듬어 노래를 부르면서 물을 길기에 여념이 없었다. 오늘은 바람도 일지않고 꼭 한반도에 도착할 수 있으리라 생각하니 청춘이 싹트기 시작하는 화장의 가슴엔 이름 모를 고동이 물결치었다. 그러나 이 어인 일이랴! 물을 길어 가지고 바닷가에 다달은 화장은 놀라지 않을 수 없었다. 자기가 타고 갈 배가 수평선 저 멀리 가물 가물 사라지고 있지 않은가? 홀로 모래판에 엎데어 몸부림치는 화장의 눈앞은 캄캄하였다. 무인고도. 울어도 불러도 외로운 메아리가 되어 도라올뿐 누구하나 들어줄 사람이 있을리 없다. 이런대로 날은 가고 밤은 다시 찾아왔다. 모진 것이 목숨이다. 산속을 헤매어 나무 열매를 따먹고 바닷가로 나가 고기를 잡아 굶주림을 메꾸기에 바빴다. 그러나 나무열매 바닷고기 만으로 식생활을 영위할 수는 도저히 없는 일이다. 견디다 견디다가 한많은 마지막 나무열매를 원망스러히 짓씹으며 손가락을 깨물어 바위에 혈서를 쓰기 시작하였다. 노인의 질투를 받아 억울한 혼이 외로히 죽어 간다는 피눈물 나는 사연이었다. [조임명씨 52세 제공](서울대학교 문리과대학 학술조사단, 앞의 책, 43~44쪽).

34 서영대, 「백령도의 역사」, 『서해도서민속학』1(인하대학교 박물관, 1985), 4~9쪽.
35 유병하, 앞의 논문, 11쪽.

주(산동 제성현) 등지에 상륙하는 항로"로 신라 이래로 만주지역에 새로운 세력이 등장할 때마다 이용되었다. 고려의 초기엔 북쪽에 건국된 요遼의 이목을 피하기 위해, 그리고 조선시대엔 17세기 초에 청이 등장하면서 육로 대신에 이 항로를 이용하였다.[36] '심청설화' 중에는 황해횡단항로에 관해서 간략하게나마 언급한 것들이 있다.

옛날에는, 중국이나 이런 데서, 그 소위 그때에 말로는, 지금도 그렇갔지만, 큰 배들은 대략 무역선인데, 저 신의주 쪽에서 와 가지구서 몽금포 와선 정박을 하고, 이 장산곶 통과라는 건 지금 원봉씨 말씀대로 그 훈수, 거의 시간마다 물 쓰는 시간이나 드는 시간이나 거기는 훈수가 져가지고, 도는 범위가 약 한 4km 범위가 돕니다.〈자료 46〉

그러니까 옛날에[원문대로] 여기 중국하고, 산동반도하고 제일 가까워요. 가까운데, 인천 가는 것보다 가까운 상태인데, 그런데 그 항로가, 그 때는 범선으로 다녔잖아요? 무역을 범선으로 다녔는데, 풍랑이 심하니까 바다 용왕님한테 처녀를 제물로 해서 바치던 풍습이죠. 〈자료 50〉

위의 '심청설화'는 〈백련역사이야기〉와 마찬가지로 백령도가 중국과 무역하는 항로상에 위치해 있었음을 보여준다. 그런데 이 부분이

---

36 이병도, 『한국사(중세편)』(을유문화사, 1961), 390쪽.

〈백련역사이야기〉보다 간략하게 언급된 것은 화자들이 인당수에 관심을 갖고 구술했기 때문이다.

〈백련역사이야기〉의 화자는 이 항로를 이용하게 된 배경에 관해서는 구체적으로 언급하지 않았다. 다만 "바람으로 중국으로 왔다갔다 왕래"하였다고 구술한 것으로 보아 항해술의 발달에 의한 것임을 짐작할 수 있다. 화자는 배의 식수를 보충하고 바람을 기다렸다가 떠난다고 하여 백령도가 중국으로 가기 위해 순풍을 기다리는 중간기항지 역할을 한 것으로 생각한다. 그런데 문헌 기록에 의하면, 백령도는 중간기항지라기보다는 피난처 구실을 한 것으로 보인다.

> 이 왕(진성여왕-필자 주) 때의 아찬 양패良貝는 왕의 막내아들이었다. 당나라에 사신으로 갈 때 후백제의 해적들이 진도津島에서 길을 막는다는 말을 듣고 활 쏘는 사람 50명을 뽑아 따르게 했다. 배가 곡도鵠島에 이르니 풍랑이 크게 일어나 10여 일 동안 묵게 되었다.[37]

> 별서강別西江으로부터 왕래하는 자가 중도에서 풍세가 불순함을 만나게 되면 반드시 이 섬에 정박하였다가 진퇴하는가 하면[38]

> 옛날부터 어채당선漁菜唐船이 표풍漂豊[漂風-필자]이 아니면 여기

---

37 일연, 『삼국유사』(이민수 역, 을유문화사, 1993), 141쪽.
38 이대기, 앞의 책, 1347쪽.

(백령도-필자) 머물지 않는다.[39]

위의 문헌 기록에서 보듯이, 백령도는 바람이 불고 일기가 불순할 때 이를 피하는 피난처 역할을 했던 것이다.

〈백련역사이야기〉는 황해횡단항로상에서 백령도가 중요한 역할을 했음을 보여주는 이외에 해신의 명에 의해서 머슴아 총각을 백령도에 두고 떠났다는 인신공희 모티프를 포함하고 있어 주목된다. 백령도 연화리에 입항한 중국 상선이 식수를 보충하고 떠나려는 순간, 갑자기 풍랑이 일어나 배가 항구에서 떠나지 못한다. 이때 해신이 선장의 꿈에 나타나 인신공희를 바칠 것을 명한다. 중국 상인들은 해신의 명에 따라 총각을 제물로 바치고서야 순풍을 얻어 중국으로 돌아갈 수 있었다. 이 설화는 항해의 안전을 위해 해신에게 사람을 제물로 바치는 일이 백령도에 실제로 있었다는 것으로, 『삼국유사』에 실려 있는 거타지 설화와 함께 백령도 지역에 항해의 안전을 위해 사람을 제물로 바치던 습속이 있었음을 추정할 수 있게 해주는 좋은 자료이다.[40] 이 설화가 소청도에서 채록된 설화와 다른 점은 인신공희 이후의 일을 자세하게 구술하고 있다는 점이다. 백령도에 인신공희로 바쳐진 총각은 소청도의 화장처럼 죽는 것이 아니라 선장의 친구가 올 때까지 몇 십 년을 홀로 살았다는 것이다. 선장의 친구가 총각을 발견하는 것에서 끝나는 것으로 보아 인신공희가 일회적이었음을 짐작할 수 있다. 이 설화에서 인신공희는 해신이 일으킨 풍랑을

39 「백령진지」, 앞의 책, 457쪽.
40 최운식, 앞의 논문, 667쪽.

잠재우기 위한 방편으로 바쳐지며, 제물을 수령하는 대상은 해신으로 되어 있다. 이 설화에서는 인신공희가 일회적으로 일어나는 것으로 되어 있기 때문에 재난을 물리치는 구원자가 등장하지 않는다. 이에 대해서는 제 3장에서 상술하겠다.

장산곶과 관련된 설화가 〈백련역사이야기〉와 유사한 형태의 설화라고 단정할 수는 없다. 다만 장산곶과 백령도가 중국과 교류하는 동일 항로상에 위치해 있으며 거리상 가깝고 같은 자연적 환경의 영향을 받는다는 점에서 서로 유사한 형태의 설화를 공유했을 가능성이 크다.

지금까지 백령도 주변의 자연적인 환경과 지리적인 배경을 중심으로 '심청설화'가 형성될 수 있는 제반 사항에 관해서 살펴보았다. 백령도는 지리적으로 중국과 교류하는 항로상에 있으면서 우리나라의 경계선 구실을 했다는 점, 그리고 그 주변의 자연적인 환경이 『심청전』에서 심청을 제물로 바친 인당수와 같이 험난하여 사람들에게 두려움의 대상이었다는 점, 설화전승집단이 백령도에 있는 '연화리와 연봉바위'를 심청의 연꽃과 관련된 것으로 본다는 점으로 미루어 『심청전』이 설화화 될 수 있는 여건을 두루 갖추고 있다. 이러한 제반 여건들이 조성되어 있음으로 해서 『심청전』을 설화화 하는 작업이 용이했을 것이며, 이것은 '심청설화'가 백령도에서 활발하게 전승되는 이유이기도 하다.

'심청설화'가 어떠한 과정을 거쳐 형성되고 전승되는가에 대해서 살펴보고자 한다. 먼저 선행 연구를 검토하고 필자 나름의 견해를 밝힌다.

최운식은 '심청전설'과 『심청전』의 내용이 대체로 일치하는 것에

착안하여 1) '심청전설'이 『심청전』으로 소설화한 경우, 2) 『심청전』이 '심청전설'로 전설화한 경우로 나누어 그 가능성을 살펴보았다. 그는 '심청전설'이 『심청전』보다 먼저 형성된 것이라기보다는 당시에 널리 읽히던 『심청전』의 틀을 이어받은 것으로 보았다.[41] 후자의 관점에서 논의를 진행했음을 알 수 있다.

> 필자에게 이 이야기를 한 구연자들 중에는 고소설 「심청전」이 있다는 사실이나 그 내용을 아는 사람도 있었다. 그러나 대부분의 사람들은 소설 「심청전」에 관해서는 잘 모르거나 전혀 모르고, 그저 전해들은 내용을 구연하였다. 이것은 필자가 채록한 심청이야기의 대부분이 소설 「심청전」과 관련 없이 전해 오는 전설이라는 것을 말해준다. 그래서 이를 편의상 '심청전설'이라고 하겠다.[42]

최운식은 '심청설화'를 "소설 『심청전』과 관련 없이 전해 오는 전설"로 보고 '심청전설'이라는 용어를 사용하였다. 위의 견해는 '심청설화'의 전승 과정에 나타나는 일반적인 현상에 관한 지적이다. 즉 '심청설화'는 입에서 입으로 전해지기 때문에 전승 과정에서 변화한다는 설화의 특징을 지닌다. 여기서 한 가지 유념할 점은 "널리 읽히던 『심청전』의 틀을 이어받은 것"이라는 최운식의 지적에서도 알 수

---

41 위의 논문, 690쪽.
42 최운식, 「백령도 지역의 '심청전설' 연구」, 『한국민속학보』 7(한국민속학회 , 1996), 468쪽.

있듯이, '심청설화'가 형성될 수 있는 기틀은 『심청전』에 있다는 것이다. 프로프는 러시아의 노래를 예로 들면서, 구전문학은 발생과 그 성장·변화 과정이 순수한 구전으로 이루어진 것과 그 성장 과정은 구전문학이지만 그 발생 형태는 문학인 경우가 있다고 하였다.[43] 다시 말해서 '심청설화'의 출발은 소설 『심청전』이지만 그 전승 과정은 구전문학이라는 것이다. '심청설화'가 전승 과정에 아무리 많은 변화를 겪는다고 하더라도 별개의 설화로 발전하지 않는 이상 『심청전』의 영향권 내에 있게 된다.

『심청전』의 영향을 받아 구전되는 것으로는 '심청설화' 이외에 '심청굿 무가'가 있다. 심청굿은 동해안 별신굿이나 강릉단오굿의 굿거리 중 하나로 실연되는데, 심청굿에서 '심청굿 무가'가 불려진다. 동해안에서 진행된 굿 중 심청굿이 실연된 강릉단오굿 조사 자료를 대비해 보면 몇 가지 변화 양상을 확인할 수 있다. 그중에서 주목할 만한 변화는 1930년대에는 없었던 심청굿이 1960년대 이후에 발견된다는 것이다.[44] 이것은 심청굿이 굿거리로 정착된 지가 오래되지 않았음을 보여준다. 심청굿거리에서 불려지는 '심청굿 무가'는 동해안 세습무 집단의 보유 자료 가운데 널리 알려진 『심청전』의 내용을 토대로 한 것으로 다른 거리에 비해서 구연이 어렵다. 따라서 이 '심청굿 무가'는 상당히 숙달된 무녀만이 구연할 수 있다. 이 굿거리는 다른 굿거

---

43 프로프는 단순히 구전문학이라고 생각했던 노래의 발생 과정을 조사해 보면, 〈일에 관한 노래〉와 〈스텐카라징〉과 같이 작가가 존재하는 경우가 있다고 하였다(블라디미르 프로프, 앞의 책, 27~28쪽 참조).
44 홍태한, 「심청굿과 오구굿을 통해 본 굿거리의 변화」, 『한국무속학회 제2회 학술발표회 발표 요지』(국립중앙박물관, 1999.), 2쪽.

리와 달리 사설을 진행하는 주무主巫가 있고, 창호지를 리본처럼 길게 썰어 매단 대나무神竿를 들고 관중들 사이를 돌면서 돈을 걷는 조무助巫가 있는 것이 특이하다.[45] 대나무로 만든 것을 맹인대盲人竿라고 하는데, 맹인대의 지전으로 굿을 구경하는 관중들의 눈을 씻겨 주면 그 관중의 당사자는 맹인대의 지전에 돈을 달아매 준다. 이것은 눈병을 앓지 않고 눈이 밝으라는 액막이의 뜻이다.[46] 박경신에 의해 채록된 '심청굿 무가'의 도입 부분을 살펴보겠다.

○말로

무녀: 여봅소

잽이: 예

무녀: 일산동日山洞 대동안에/ 남자男子들도 수천명數千名이요 / 부인婦人들도 수천명數千名이요 …(중략)…

무녀: 머리는 시이 백발白髮이 되더래도/ 눈이 밝아야 된다/ 아들네 농사農事를 지나/저 해업海業을 하나 선장船長을 하나/ 기관시機關手를 하나 여러 절군/…(중략)…/모든 액厄을 피해서 댕기고/ 공무원公務員들도 붓대를 들고 있더래도 눈이 밝아야 필적筆跡을 다 안지운다/ 이렇게 때무로 한눈앓아 춘하맹산 두눈앓아 춘하맹산/ 피삼 열삼 걷아가주고 가는거는/ 출천지 심소자沈小姐밖이 없던가 보더라/

45 박경신, 『동해안 별신굿 무가』 4(국학자료원, 1993), 1쪽. 채록된 '심청굿 무가'는 1987년 11월 23일 오후 12시 20분경부터 3시 30분경까지 이금옥 무녀에 의하여 거행된 것이라고 한다.

46 김태곤, 『한국무가집』 4(집문당, 1980), 22~23쪽.

잽이: 야

무녀: 심소자沈小姐는/ 이 세상에/ 요왕국龍王國 들어가 영영 죽고 없었더라면/ 심소자 역사歷史에 옛글에 옛법을 안내버리지마는

잽이: 야

무녀: 이 심처沈淸이는 요왕국龍王國 들어가 삼년三年으로 열다섯 살서러 가서/ 십오세+五歲 열다섯살에 들어가 가주고/ 삼년三年을 있다가 열여덟살에 육당으로/ 송宋나라 송왕비宋王妃/ 왕비王妃 부인夫人이 되어서

잽이: 그렇죠

무녀: 이 있기 때문에 천추 유만대千秋累萬代로 불러서 출천지出天之 효녀법孝女法을 버리지 않고/ 임당수印塘水 댕기는/ 바다 댕기는 여러 선주船主들/ 만경창파萬頃蒼波 댕기더래도 심소자沈小姐 받들어어 요왕龍王님카 받들어서/ 아무 사고事故 없두로 맹그러주고

잽이: 야

무녀: 또 어예든지 차車를 모나 학교學校 아동兒童들 공부工夫를 하나/ 누구든지 무슨 장사를 하나/ 눈이 밝어야 된다~

잽이: 그렇죠

무녀: 이때 심소자沈小姐 넉이를 불러/ 한상床 잘 요왕龍王굿 풀어줍시다

잽이: 야[47]

---

47 박경신, 앞의 책, 2~6쪽.

위의 무가에는 심 봉사의 개안이 언급되어 있지 않으나, "눈이 밝아야 된다"는 것으로 보아 심청이 부친의 눈을 뜨게 했듯이, 선주나 장사꾼 그리고 그 밖의 모든 사람의 눈이 밝아져서 사물을 잘 볼 수 있게 해 달라는 목적에서 구연된 것이다. 심청굿의 도입 부분에 나타난 사설을 통해서 볼 때, 심청굿은 눈을 밝게 하고 안질을 예방하고자 하는 주술적 목적에서 구연되는 것임을 알 수 있다.[48] 무녀들은 『심청전』에 주술적인 목적을 첨가하여 '심청굿 무가'를 구연한다. 따라서 '심청굿 무가'와『심청전』은 그 성격을 달리한다.

'심청굿 무가'에는 주술적인 목적이 포함되어 있지만,『심청전』의 틀을 벗어나지는 않는다. 그러면 '심청굿 무가'에 나오는 심청의 태몽담을 살펴보겠다.

ㅇ말로
무녀: 곽씨부인郭氏夫人이 꿈을 꾸니
잽이: 그~렇죠
무녀: 꿈도 이상해서/ 심 봉사沈奉事를 급히깨와 꿈애기를 허니/
두내우 꿈이 똑같이 꾸였구나/
잽이: 그렇지요
무녀: 심 봉사가 태몽胎夢인줄 아고/ 가까이 당가 눕혀 놓고
잽이: 아
무녀: 그날밤에 몇분이나 잣는지/ 그거는 나는 보지는 못했지요

48 위의 책, 1쪽.

잽이: 태끼胎氣가

무녀: 이랬는데 그달부텀 태끼胎氣가 드는가 보더라[49]

위의 인용문에서 보듯이 무녀는 심청의 태몽담을 구연하면서 자기 나름대로 윤색을 가하지만, 그 내용은 『심청전』의 기본 틀을 유지하고 있다. '심청굿 무가'가 『심청전』의 틀을 유지하면서 전승될 수 있는 것은 "심청굿 노래를 구연하는 현존 무녀들이 한결같이 심청전을 자꾸 읽고 외어 무가창으로 여과시"[50]켰기 때문이다. 이것은 '심청굿 무가'가 『심청전』에 근거해서 불린다는 증거이다. 이 글은 무가를 다룬 것이 아니기 때문에 이에 대한 논의는 이 정도로 그치고자 한다.

여러 정황으로 미루어 '심청설화'는 자연 발생적으로 생성된 것이라기보다는 백령도 주변의 지형적인 특징을 설명하기 위해 소설의 공간 배경이 황해도로 되어 있고, 인신공희 요소가 내재되어 있는 『심청전』을 설화화한 것이 아닌가 한다.

필자는 원래 장산곶과 백령도 주변의 자연적 환경을 배경으로 형성된 설화가 존재했을 것으로 생각한다. 이때 설화는 전설의 형태였을 것으로 추정된다. 어떤 구체적인 사물, 즉 이상하게 생긴 암석이나 우뚝 솟은 고목, 맑은 샘물 등의 사물이 있으면 이를 설명하는 전설이 존재하기 마련이다.[51] 백령도에도 인당수와 연화리, 연봉 등과 관련된 전설이 전승되었을 것이다. 이들은 '심청설화'처럼 하나로 합쳐

---

49 위의 책, 17~18쪽.
50 김선풍·김경남, 『강릉단오제연구』(보고사, 1999), 118쪽.
51 최인학, 『한국설화론』(형설출판사, 1982), 23쪽.

진 형태의 전설일 수도 있고, 아니면 각각 별개의 전설일 수도 있다. 이 중에서 주목해야 할 것은 인당수와 관련된 전설이다. 앞에서도 살펴보았듯이 인당수는 조류가 험난하여 실제 크고 작은 사고가 빈번하게 일어났던 곳이다. 인당수 전설이 어떠한 내용과 구성으로 되어 있는지 정확히 알 수는 없다. 다만 인당수에서 배가 조난을 당하거나 전복되는 사고를 경험한 설화전승집단이 〈백련역사이야기〉처럼 신적인 존재와 결부시켜 전설화하였을 것이며, 인신공희 요소가 포함되었을 가능성이 크다. 이러한 인당수 전설이 전승되어 오다가 백령도 주변의 지형적인 특성과 유사하며 인신공희 모티프가 포함되어 있는 『심청전』이 보급되자, 원래의 설화는 망각되고 대신에 『심청전』에서 파생된 '심청설화'가 그 자리를 차지한 것이다. '심청설화'의 등장으로 인당수 전설은 전승 의미를 상실하여 소멸되었던 것이다. 그리고 '심청설화'는 입에서 입으로 전승되면서 설화전승집단이 소설의 존재를 망각하고 이 지역에서 실제로 있었던 사실인 것처럼 인식하게 되었던 것이다. '심청설화'는 소설의 존재가 망각됨으로 해서 더 많은 변화를 겪고 다양하게 전승될 것이다. 그렇다고 해서 소설 『심청전』을 근간으로 하는 것이 달라지는 것은 아니다.

한편, 화자들 중에 장산곶의 조류 방향으로 볼 때, 심청이 인당수에 빠졌다가 연꽃으로 환생해 떠내려갔다면 연화리나 연봉바위를 거칠 수밖에 없다고 하면서 이를 증거물로 제시한다. 그런데 지금도 '심청설화'와는 별개로 연화리의 유래를 설명하는 설화가 채록되는 것으로 보아 이들은 '심청설화'의 형성 초기부터 증거물로 활용되었던 것은 아닌 듯싶다. 이에 대해서는 다음 절과 제 3장에서 상술하겠다.

2. '심청설화' 유형의 변이 양상

'심청설화'의 내용은 소설의 줄거리를 근간으로 한다. 그런데 설화의 특징 중의 하나인 구비전승으로 말미암아 '심청설화'는 소설의 줄거리와 유사하게 구술된 것과 줄거리에서 벗어난 것이 병존하고 있다. "설화의 구전은 구절구절 완전히 기억해서 이루어지는 것이 아니고, 핵심이 되는 구조를 기억하고 이에 화자 나름대로의 수식을 덧보태서 이루어진다. 따라서 설화는 구전에 적합한 단순하면서도 잘 짜인 구조를 지니며, 표현 역시 복잡할 수 없다. 이 점은 특히 소설과의 큰 차이이다. 소설의 구조와 표현은 복잡성과 특수성을 갖고자 하나, 설화는 그렇지"[52] 않다. 『심청전』의 구성에 관해서는 기존의 연구자들에 의해서 심도 있게 논의되었으므로 이 글에서는 이들의 연구를 활용한다.

정하영은 『심청전』의 구조를 1) 심 봉사의 개안 이야기, 2) 선인들의 희생제의 이야기, 3) 심청의 결혼 이야기 등 세 개의 하위구조로 나누고, 각각의 하위구조는 다시 16개의 화소들로 분석하였다. 그는 『심청전』의 구조적 근간을 이루는 위의 세 가지 이야기들은 『심청전』과는 별개의 것으로 각기 하나의 독립된 이야기 유형으로 존재하는 것인데, 이것이 작품 속에 수용되어 본래의 의미와 기능을 상실하고 전체 구조의 일부로서 새로운 의미와 기능을 부여받는다고 하였다.[53]

---

52 장덕순 외, 앞의 책, 15쪽.
53 정하영, 「심청전의 제재적 근원에 관한 연구」(서울대학교 대학원, 1983), 22~25쪽.

최운식은 32편의 『심청전』 이본을 대상으로 각 이본이 공유하고 있는 공통 단락을 추출하였다. 『심청전』은 가) 심청의 출생 나) 심청의 성장과 효행 다) 심청의 죽음과 재생 라) 부녀상봉과 개안의 4개의 대단락, 11개의 소단락, 14개의 소소단락으로 이루어진다고 하였다. 이 단락들은 『심청전』이 다양한 형태로 전해 오면서 내용상 많은 변화를 겪지만 어느 이본에서나 빠뜨릴 수 없는 핵심적인 단락이라는 것이다.[54]

화자들이 순차적인 방식에 의해 설화를 구술한다는 점에서 최운식의 단락 구분을 '심청설화'의 유형 분류에 활용한다. 그러나 설화의 특성상 '심청설화'가 위에서 제시한 모든 단락을 충족시킬 수는 없다. 더욱이 소단락 중에서 소소단락을 포함한 경우는 소단락이 소소단락을 종합한 것이므로 여기서는 소소단락을 포함한 소단락은 생략한다. 그리고 설화적 요소의 하나인 부연설명 단락을 첨가한다. 화자들이 부연설명을 하는 것은 청자에게 자신이 구술한 설화가 진실임을 강조하기 위한 것이거나 아니면 구술한 설화의 내용에 대해 책임지지 않겠다는 화자 자신의 의사 표현이다. '심청설화'의 부연단락은 심청과 관련된 것으로 설화전승집단의 전승 의식이 반영되어 있다. 이 글에서는 '심청설화'를 다음과 같이 5개의 대단락과 21개의 소단락으로 재구성한다.

　　가. 심청의 출생

54　최운식, 『심청전연구』(집문당, 1982), 111~112쪽.

a. 고귀한 가계의 만득독녀晩得獨女이다.

b. 선인적강의 태몽을 꾸고 잉태되어 출생한다.

나. 심청의 성장과 효행

c. 심청의 모친이 일찍 죽는다.

d. 심 봉사가 젖, 곡식을 동냥하여 심청을 양육한다.

e. 심청의 비범성이 나타난다.

f. 심청이 동냥, 품팔이를 하여 부친을 봉양한다.

g. 심 봉사가 물에 빠진다.

h. 화주승에게 구출을 받는다.

i. 눈을 뜰 수 있다는 말에 백미 300석의 시주를 약속한다.

j. 심청이 공양미 300석에 선인들에게 팔려간다.

k. 선인들이 심 봉사의 생활대책을 마련해 준다.

다. 심청의 죽음과 재생

l. 심청이 인당수에 몸을 던진다.

m. 심청이 용궁에 간다.

n. 심청이 장래를 예언 받는다.

o. 심청이 연꽃으로 변한다.

라. 부녀상봉과 개안

p. 선인들이 해상에서 꽃을 발견한다.

q. 선인들이 왕에게 꽃을 바친다.

r. 왕이 꽃 속의 심청을 발견한다.

s. 심청이 왕과 결혼한다.

t. 심청이 맹인 잔치를 소청한다.

u. 부녀가 상봉하고 심 봉사가 개안한다.

마. 부연설명

이상의 단락 구분을 활용하여 '심청설화'의 내용이 『심청전』의 기본 구조에 충실한 것을 기본형으로, 그렇지 않은 것을 변이형으로 설정한다. 그리고 이를 통해 설화전승집단이 무엇을 핵심적인 요소로 인식하고 있는가를 추출한다.

1) '심청설화'의 기본형

화자의 기억에 의존하는 설화의 특성상 위에 제시한 5개의 대단락과 21개의 소단락을 모두 구술하기는 어렵다. '심청설화' 중에서 위의 (가)~(마) 대단락을 포함하고, 각 대단락의 소단락이 첨삭된 것을 기본형으로 한다. 소설에 없는 내용을 구술한 경우는 각 단락에 '-'를 붙여 설화 내용을 첨가한다. 그것은 화자가 필요에 의해서 구술한 것으로 보았기 때문이다. 기본형에 속하는 자료들을 열거하면 다음과 같다.

〈자료 6〉 이-6 김종설의 심청이야기

〈자료 14〉 명-3 심청전①

〈자료 24〉 최-9 박형래씨 이야기

〈자료 25〉 최-10 김광호씨 이야기

〈자료 46〉 최-37 박영하씨 이야기

〈자료 63〉 자-97 심청전

기본형에 속하는 '심청설화'는 이 글에서 논의로 삼은 63편 중에서 6편에 불과하다. 이들 설화의 줄거리를 단락별로 요약하여 항목화하면 아래와 같다. 줄거리를 요약한 것은 위에 제시한 자료들을 일목요연하게 살펴보기 위해서이다. 아래의 도표를 종으로 읽으면 모티프의 차이를, 그리고 횡으로 읽으면 각 설화간의 차이를 알 수 있다. 그리고 구술 중에 순서가 뒤바뀐 것은 '심청설화'의 단락에 맞게 재배열하지 않고 그대로 둔다. 화자가 '심청설화'를 기억하는 상태를 알 수 있기 때문이다. 이것은 다른 유형의 분류에도 그대로 적용한다.

일련 번호	가) 심청의 출생	나) 심청의 성장과 효행	다) 심청의 죽음과 재생	라) 부녀상봉과 개안	마) 부연설명
6	a.심학규가 심청을 낳았다.	c. 어마이가 죽었다. i. 공양미 삼백 석을 시주하면 눈을 뜬다는 소리를 듣는다. j. 심봉사가 눈뜰 욕심에 장사꾼에게 공양미 삼백 석에 딸을 팔았다. 심청에게 이야기하자, 잘하셨다고 한다.	나-1. 장산곶 노래를 부름. l-1. 장산곶은 조그만 바람이 불어도 물이 빙글빙글 돈다. 그래서 용왕에게 제물로 처녀를 바쳐야한다. l. 장산곶에 빠졌다. m. 용왕이 심청이 빠진 연유를 듣는다. o. 두무진에서 연꽃으로 피어나게 했다.	p. 연화리 바닷가로 꽃이 밀려온다. q. 이 고을 사람이 왕에게 보고한다. r. 왕이 꽃을 헤쳐 보다가 심청을 발견한다. t. 조선에 있는 맹인을 모두 모았다. u. 맹인연에 참석한 심봉사가 심청을 만나 눈을 떴다.	마-1. 연화리에 연꽃을 갖다 심은 사람이 없는데 연꽃이 피는 것은 「심청전」에 나오는 연꽃이 떠내려왔기 때문이다. 마-2. 연화리의 지명은 이 연꽃과 관련해서 생긴 것이다.
14	a-1. 심청이와 심봉사는 장산곶 위에 있는 도화동에서 살았다.	c. 어머니가 죽었다. d. 심봉사는 뺑덕어미를 얻어 살면서 심청을 젖동냥에서 길렀다. 다-1. 장산곶은 돌아가는 물이 물길이 세다. 일 년에 한번씩 처녀를 바쳤다. j. 심청이가 찾아가 선인들에게 공양미 삼백 석에 몸을 판다. h. 선인들이 아버지 눈을 뜨게 해주겠다고 약속한다.	l. 심청이 죽을 각오를 하고 인당수에 몸을 던졌다. o. 마침 떠다니던 큰 연꽃에 떨어져 살았다.	l. 누군가 꽃을 발견하고는 배에 실었다. 꽃에서 심청이가 나왔다. q. 심청이 예뻐서 왕에게 바쳤다. s. 심청의 미모에 반해서 왕이 결혼하기로 한다. t-1. 심청이 아버지의 신상과 살던 곳을 왕에게 가르쳐주지만 찾을 수 없었다. t-2. 심봉사는 뺑덕어미에게 버림을 받고 심청이가 죽은 것을 알고 그 동네를 떠난다. t. 전국에 있는 맹인을 모아 잔치를 열었다. u. 부녀가 상봉하고 아버지 눈을 뜨게 한다.	마-1. 연꽃이 연화리라는 곳까지 떠내려왔다. 마-2. 연꽃 연자에 꽃 화자이다. 거기가 지금도 연꽃이 핀다.

일련 번호	가) 심청의 출생	나) 심청의 성장과 효행	다) 심청의 죽음과 재생	라) 부녀상봉과 개안	마) 부연설명
24	a. 심청이가 심봉사의 딸이다.	c. 불의에 어머니를 잃었다. d. 심봉사가 젖동냥해서 길렀다. g. 심봉사가 젖동냥하다가 개천에 빠졌다. 나-1. 뺑덕어미 집이 장촌에 있다. 나-2. 뺑덕어미는 심봉사를 못살게 굴던 사람이다.	I-1. 남경장사가 중국에 갈 적에 인당수를 건너야 하는데 풍파가 일어서 인제를 지냈다. I. 심청이가 심봉사의 눈을 뜨게 해 주겠다고 하고서 투신 자살했다. o. 그곳에서 연꽃이 나왔다.	p. 떠내려가는 연꽃을 남경장사가 건졌다. q. 나랏님한테 바쳤다.	마-1. 심봉사가 재산이 좀 있었는데, 뺑덕어미가 그걸 놀려 먹었다고 한다.
25	a. 심청은 심학도의 딸로 태어났다.	c. 심청이가 난 지 7일 만에 어머니가 사망했다. d. 아버지가 동냥젖을 먹여 키웠다. f. 심청이 나이를 좀 먹자 아버지의 생활을 보충하기 위해 품팔이를 했다. g. 심청이를 마중나갔다가 개천에 빠졌다. h. 동네사람들에게 구출되었다. i. 심청이 부처에게 불공을 드리다가 공양미 300석을 바쳐야 눈 뜬다는 말을 듣는다. j. 선인들에게 공양미 300석에 몸을 판다. 나-1. 뺑덕어미에게 아버지를 부탁한다.	I. 심청이가 치마를 뒤집어쓰고 물에 빠졌다. o. 연꽃 송이가 되어 어느 해 변가에 닿았다.	p. 연꽃이 아름답게 보이니까 어부가 채여 가지고 올라왔다. p-1. 그곳이 연봉 바위가 있는데. q. 그 꽃을 임금에게 바쳤다. r. 꽃에서 심청이가 나왔다. s. 심청이가 거시기해서 왕비가 되었다. t. 왕이 심청의 아버지가 심봉사를 알고 찾고자 맹인 잔치를 벌였다. u. 부녀가 상봉하고 아버지가 눈을 떴다.	마-1. 12살 때 들어서 기억하는 것으로, 「심청전」은 읽어 보지못했다.

일련번호	가) 심청의 출생	나) 심청의 성장과 효행	다) 심청의 죽음과 재생	라) 부녀상봉과 개안	마) 부연설명
46	a. 황해도 황주군 도화동 갈추머리라는 동네에 살던 맹인 심학규와 부인이 심청을 낳았다.	c. 딸을 낳고서 육, 칠 개월 만에 부인이 신후병으로 죽었다. d. 심 봉사가 딸을 안고서, 젖동냥하면서 키웠다. f. 딸, 구세에 심청이 직접 바가지를 들고 집집마다 걸식을 해서 아버지를 봉양했다. 나-1. 장산곶은 훈수가 약 4km 범위로 돈다. 행방불명된 중국 무역선이 한둘이 아니다. 나-2. 무당에게 물어보니 귀신을 위하지 않고는 통과할 수 없다. 나-3. 선원들이 소문을 듣고 갈추머리를 찾았다. g. 심 봉사가 심청 걱정에 집을 나섰다가 개천에 빠졌다. h. 도사 양반중에게 구출된다. i. 심 봉사가 심청에게 절에다가 시주를 하면 눈 뜰 수 있다고 이야기한다. j. 선원들이 알고 와서 심청에게 제의를 한다.	l. 심청을 장산곶에 빠트렸다. 다-1. 심청은 어드렇게 되었느냐? 다-2. 물속에 들어갈 수가 없었다. 솜으로 싸고, 몇 벌씩 옷을 해 입혔다.	p. 덕동포구라는 모래사장이 큰 포구에 꽃이 떠내려왔다. 지금의 구장이 비단옷에 싸인 심청을 발견하였다. q. 장연 원님에게 올려보냈다. s. 장연 원님이 며느리로 삼았다. t-1. 심청이 자기 아버지가 맹인임을 실토하였다. t. 신랑이 맹인 잔치를 삼 개월 동안 배풀 것을 제안한다. 라-1. 심 봉사가 뺑덕어미와 결혼했다. u. 황주에서 장연까지 오다말다 오다말다 하다가 맨 마지막 날에 왔다. 부녀가 상봉하였다. 심 봉사가 심청을 만났지만 눈을 뜨지는 못했다.	마-1. 고담에 나오지만 우리 아버지랑 늘 얘기했지만 근거 없는 이야기는 아니다 그런 얘기를 하고 싶다.
63	a. 심 봉사가 본래 황해도 장남인데 마누라하고 딸 하나를 낳았다.	d. 어머니가 돌아갔다. d. 열 다섯 먹도록 갈렸다. f-1. 장승상 부인의 수양딸 노릇을 했다. f-2. 거기 있는 바람에 심청이 가끔 반찬을 해왔다. g. 심 봉사가 어디를 가다가 물에 빠졌다. h. 중이 동냥을 하다가 심 봉사를 건졌다. 건져서 집에 보내 주었다. 다-1-1. 남경 뱃사공이 장사를 다닐 때, 그 서쪽의 물쌀이다. 그래서 처녀를 사러 다녔다. i. 공양미 삼백 석에 눈뜬다는 소리에 시주를 약속했다. j. 장사꾼들에게 공양미 삼백 석에 팔려간다.	l. 삼백 석에 인당수의 제물로 팔려 갔다. 치마를 씌구 들어 갔다. m. 하늘에서 내려온 자기 어머니를 만났다. o. 용왕이 가엽게 생각하여 꽃으로 만들었다.	p. 장삿꾼이 꽃을 발견한다. q. 연꽃을 송나라 천자에게 바친다. r. 꽃 속에서 나온 심청을 발견한다. s. 심청은 큰 마누라는 못되고 작은 마누라가 되었다. t. 장님 잔치를 중국에서부텀 우리나라까지 수차례에 걸쳐 얘기를 했다. u. 맨 나중에 온 심 봉사를 만나 심청이 자기 아버지의 눈을 뜨게 했다.	마-1. 심소저가 효자 노릇을 했다. 마-2. 심소저 책 보면 다 나온다.

기본형에서 〈가) 심청의 출생〉은 소설 『심청전』과 달리 극도로 축소되어 있다. 특히 설화의 경우는 소설에서 일정한 분량을 차지하는

'선인적강의 태몽을 꾸고 잉태되어 출생한다'는 선인적강의 태몽담인 b 소단락이 탈락되어 있다. 화자들은 심 봉사의 딸로 '심청이가 태어났다'는 식으로 '고귀한 가계의 만득독녀이다'는 a 소단락만을 간략하게 구술한다. 설화에서 태몽담의 탈락은 〈나〉 심청의 성장과 효행〉에서 '심청의 비범성이 나타난다'는 e 소단락의 탈락으로 이어진다. 화자들이 역사적인 인물을 설화화 할 경우엔 그 인물이 비범한 행동을 하게 된 동기를 출생 과정에서의 신이성이나 태몽담과 연관지어 구술하는 경우가 많다. 가) 대단락의 b 소단락과 나) 대단락의 e 소단락을 구술하지 않은 것은 심청에게서 비범성을 제거하기 위한 것이다. 그래서 이 두 단락은 설화화 되지 못한다.

나) 대단락의 '심청의 모친이 일찍 죽는다'는 c 소단락은 6편의 화자들이 모두 구술하였다. 이에 이어지는 '심 봉사가 젖, 곡식을 동냥하여 심청을 양육한다'는 d 소단락은 〈자료 6〉을 제외한 5편의 화자들이 구술한다. 이에 비해 '심청이 동냥, 품팔이를 하여 부친을 봉양한다'는 f 소단락은 〈자료 6〉·〈자료 14〉·〈자료 24〉을 제외한 3편에만 나타난다. 심청이 아버지를 봉양한다는 f 소단락은 심 봉사가 심청을 양육하는 d 소단락에 비해 상대적으로 적게 구술된다. 그것은 화자들이 c 소단락에서 모친이 사망했다고 구술하여 어린 심청을 돌보는 d 소단락을 바로 연상할 수 있기 때문이다. '심청설화'에서 f 소단락이 다른 소단락에 비해 상대적으로 적게 구술됨으로써 이 소단락 이후의 단락들이 소설의 내용과 차이를 보이며 전승 과정에서 변이를 겪게 된다.

심청을 죽음으로 몰고 가는 직접적인 원인이 되는 '심 봉사가 물에 빠진다'는 g 소단락은 〈자료 6〉·〈자료 14〉을 제외한 4편에 보인다. 이 중에서 "심 봉사가 젖을 얻어 먹여 줄라고 다니다가 개천에 빠졌다"(자료 24)거나 "동네에서 참 어딜 놀러가다가, 아 물에 가서 빠졌"(자료 63)다고 하여 심 봉사가 죽을 위험에 처하는 상황이 소설과는 다르게 구술되어 있다. 이들 4편 중에서 〈자료 24〉에는 물에 빠진 심 봉사를 구해 내는 '화주승에게 구출을 받는다'는 h 소단락이 생략되어 있으며, 심 봉사를 위기에서 구출하는 대상도 "동네 사람"(자료 25)·"화주승"(자료 46·63)이라고 하여 일정하지 않다.

'눈을 뜰 수 있다는 말에 백미 300석의 시주를 약속한다'는 i 소단락은 〈자료 24〉을 제외한 5편에 나타난다. 〈자료 6〉에서는 심 봉사가 죽을 고비를 맞는 '심 봉사가 물에 빠진다'는 g 소단락이 없음에도 불구하고 시주를 약속하는 i 소단락이 들어 있으며, 〈자료 14〉에서는 i 소단락이 '심청이 공양미 300석에 선인들에게 팔려간다'는 j 소단락 뒤에 나온다. 그래서 "공양미 삼백 석 주구선 사공들이 눈을 뜨게 해 주갔다고" 선인이 심청에게 심 봉사의 개안을 약속한다. 화자는 심 봉사에 의한 시주와 심청이 몸을 파는 과정을 혼동하고 있다. 이것은 심 봉사가 개천에 빠져 죽음에 봉착하는 g 소단락이 없는 상태에서 다음 소단락으로 넘어갔기 때문이다. 그리고 〈자료 25〉에서는 공양미 삼백 석을 시주하는 대상이 심 봉사가 아닌 심청으로 되어 있다. 심청이 부처를 찾아가 불공을 드리다가 "부처에서 얘기하기를, '아버지 눈을 뜨게 할려면, 부처에게 공양미 300석을 불공해야 아버지 눈을 뜨겠다.'"고 하여 시주를 약속한다. 이것은 화자가 '화주승에게 구출을 받는다'는 h 소단락에서 개천에 빠진 심 봉사를 '화주승'이 아닌 '동네 사람'이 구출하는 것과 연관이 있다. 이러한 설정은 '심청설화'의 전개 과정에 영향을 미치게 됨을 〈다〉 심청의 죽음과 재생〉과 〈라〉 부녀상봉과 개안〉을 통해서 확인할 수 있다. 시주를 약속하는 i 소단락이 설화 간에 조금씩 차이를 보이며 구술되고 있다.

'심청이 공양미 300석에 선인들에게 팔려간다'는 j 소단락은 i 소단락이 있는 경우에는 모두 구술된다. i 소단락과 마찬가지로 이 단락에서도 심청이 팔려 가는 과정이 설화 간에 차이를 보인다. 〈자료 6〉에서 "나는 중국사람들한테 그런 언약을 했는데. 이 노릇을 어떻게 하갔느냐"고 하여 심청이 자진해서 공양미 삼백 석에 몸을 팔도록 유도를 한다. 이것은 〈자료 46〉의 경우도 마찬가지이다. 선인들이 절에 시주를 약속했다는 소식을 듣고 심 봉사를 찾아와 딸을 팔 것을 권한다. 심 봉사는 딸을 팔고자 하는 생각을 갖고 있지만 선뜻 결정을 내리지 못한다. 그러자 선인들이 "그래 심청이를 불러다가 '야, 아버지 눈을 뜨게 하기 위해서 이러이러 한 문제가 있는데, 내려가서 그렇게 하는 게 좋지 않갔느냐?'"고 해서 심청이 자진해서 몸을 팔도록 유도한다. 화자는 심 봉사가 자신의 개안을 위해 딸을 팔 생각을 갖고 있었음을 은연중에 내비친다. 이에 비해 〈자료 14〉는 심청이 스스로 선인들을 찾아가서 몸을 판다. 화자는 "그 심 봉사의 딸 심청이가 그거를(돈을 많이 주고 처녀를 사서 인고사를 지내려고 하는 소리─ 필자 주) 탐문을 해 보니께 …(중략)… 그 뱃사공들한테 가서 '삼백 석을 주겄다는데 거 사실이냐.' …(중략)… 아버지 한분 계시는데 어떻하던지 그 늙으신이를 살려야 갔다고 말이야."고 하여 심청이 아버지의 노후를 걱정해서 스스로 몸을 파는 것으로 구술한다. '심청이 공양미 300

석에 선인들에게 팔려간다'는 j 소단락은 앞에서 살펴본 '눈을 뜰 수 있다는 말에 백미 300석의 시주를 약속한다'는 i 소단락보다 변이 현상이 더 심하게 일어남을 알 수 있다.

심청이 공양미 삼백 석에 팔려 갈 때, '선인들이 심 봉사의 생활대책을 마련해 준다'는 k 소단락은 모두 탈락되어 있다. 다만 〈자료 25〉에서 심청이 뺑덕어미에게 아버지의 후사를 부탁하는데, 이것은 화자의 부분적인 망각에 의한 구술로 보인다. 나) 대단락에서는 '심청의 비범성이 나타난다'는 e 소단락과 함께 k 소단락도 망각된 것으로 보인다.

〈다) 심청의 죽음과 재생〉의 '심청이 인당수에 몸을 던진다'는 l 소단락은 6편 모두에 들어 있다. 기본형에서 l 소단락은 핵심 단락이다. 나) 대단락의 '심청이 동냥, 품팔이를 하여 부친을 봉양한다'는 f 소단락부터 변이를 일으켰던 설화의 내용이 이 단락에 이르러 소설의 전개 과정을 따르게 된다. 이것은 앞장에서도 살펴보았듯이 화자들이 인당수의 존재를 백령도에서 바라다보이는 장산곶이라고 믿고 구술하기 때문이다.

'심청설화'에서 핵심적인 단락으로 볼 수 있는 다) 대단락의 '심청이 인당수에 몸을 던진다'는 l 소단락 이후에 나오는 '심청이 용궁에 간다'는 m 소단락은 〈자료 6〉·〈자료 63〉의 2편에만 있다. '심청설화'에서 용궁담이 거의 구술되지 않는 것은 '심청설화'에서 용궁이 죽음과 관련되어 있기 때문이다. 이에 대해서는 제 3장에서 상술하겠다. 심청이 용궁에 들어간 경우에도 '심청이 장래를 예언 받는다'는 n 소단락은 탈락된다. 이것은 인물의 비범성을 보여주는 가) 대단락의 '선인적강의 태몽을 꾸고 잉태되어 출생한다'는 b 소단락의 탈락과 연관이 있다. 태몽은 주인공의 생애를 예고하는 것으로, 주인공의 출생이 범인과 달리 천의天意에 의한 것임을 보여주는 것이다.[55] 그래서 주인공은 신적인 존재와 접촉하여 미래에 펼쳐질 인생에 대해서 언질을 받는다. 이에 비해 '심청설화'에 등장하는 심청은 출생 과정에서 범인과 같은 위치에 놓여 있기 때문에 용왕과 같은 신적인 존재를 만났지만 장래에 관한 예언을 듣지 못하는 것이다.

'심청이 연꽃으로 변한다'는 o 소단락은 〈자료 46〉을 제외한 5편에 나타난다. o 소단락이 탈락된 〈자료 46〉의 경우는 심청이가 살아난 것을 화자 나름의 합리적인 사고를 바탕으로 해서 재구성한다. "원체 든든히 입히고, 잘해서, 정말 연꽃이 물에 빠진 그런, 멀리서 보믄 울긋불긋하고. …(중략)… 그게 물 속으로 들어갈 수가 없지요." 라고 하여 선인들이 가지고 있던 비단 등으로 심청의 몸을 감싸, 이 옷이 마치 구명조끼와 같은 역할을 해서 살아났다는 것이다. 심청이 인당수에 제물로 바쳐졌지만 죽지 않았다는 것이다. 심청이 죽지 않았다는 것은 〈자료 14〉를 구술한 화자의 경우도 마찬가지다. 〈자료 14〉의 화자는 심청이 인당수에 투신할 때 "그 당시 큰 연꽃이 떠다녔어. 떴는데 거기에서 받아드렸단 말이야."라고 하여 심청이 물에 빠져 죽지 않았다고 한다. 화자가 심청이 연꽃에서 나온 것을 합리화하기 위한 구술로 보인다. 심청이 살아난 상황을 설명하는 과정이 〈자료 14〉는 〈자료 46〉보다 덜 합리적이며 과장되어 있다. 이들 설화는

---

55 장석연, 「심청전의 구조와 제의성」, 『어문논총』 6·7합집(청주대 국어국문학과, 1989), 208쪽.

심청이 살아난 것을 화자들이 합리적으로 설명하다 보니 결말 부분인 〈라〉 부녀상봉과 개안〉도 변화를 겪게 된다.

라) 대단락의 '선인들이 해상에서 꽃을 발견한다'는 p 소단락은 6편 모두에 나타난다. 그런데 연꽃이 발견되는 장소와 연꽃을 발견하는 대상이 각각 다르게 구술되어 있다. 연꽃이 발견되는 장소는 두무진(자료 6), 연화리(자료 14·63), 인당수(자료 24) 어느 해변가(자료 25), 덕동포구의 모래사장(자료 46)이다. 그리고 연꽃을 발견하는 대상은 누군가(자료 14), 남경장사(자료 24), 어부(자료 25), 지금의 구장(자료 46), 장사꾼(자료 63) 등으로 소설과는 사뭇 다르게 설정되어 있다.

연꽃을 발견하는 장소와 대상의 차이는 '선인들이 왕에게 꽃을 바친다'는 q 소단락에도 영향을 미치게 된다. 심청은 연꽃 속에 들어 있는 상태로 왕에게 바쳐지기도 하지만, 연꽃에서 나온 심청이 너무 예뻐서 "심청이를 나라님한테 갔다 바"(자료 14)친다. 그리고 비단옷에 싸인 심청을 발견한 사람이 고을 원님께 보고하자 "그럼 올려 보내봐라"(자료 46)는 원님의 명에 의해 고을 원님에게 바쳐진다. 연꽃을 받는 대상도 왕(자료 6), 임금(자료 25), 나랏님(자료 14·24), 장연 원님(자료 46), 송나라 천자(자료 63)로 다양하다. 이 중에서 고을 원에게 바친다는 〈자료 46〉의 설정이 특이하다. 〈자료 14〉와 〈자료 46〉의 '선인들이 왕에게 꽃을 바친다'는 q 소단락의 변이는 앞에서도 언급했듯이 화자가 인당수에 투신한 심청이 죽지 않고 살아난 과정을 합리적인 방식으로 설명하였기 때문이다. 〈자료 24〉는 q 소단락 이후가 탈락되어 심 봉사의 개안에 관한 언급이 없는 것이 특징이다.

'왕이 꽃 속에서 심청을 발견한다'는 r 소단락은 〈자료 6〉·〈자료

25〉·〈자료 63〉의 3편에서 발견된다. 〈자료 6〉과 〈자료 63〉에는 심청이 왕에게 발견되는 과정이 구술되어 있는데 비해 〈자료 25〉는 "그렇게 해서 심청이가 나타나서"라고 하여 왕에 의해 심청이 발견되는 과정을 망각하고 있다. '심청이 왕과 결혼한다'는 s 소단락은 〈자료 6〉과 〈자료 24〉을 제외한 4편에 보인다. 〈자료 6〉은 왕이 연꽃에서 심청을 발견했음에도 불구하고 왕과 결혼하는 s 소단락이 탈락되어 있다. 그리고 〈자료 46〉는 심청이 고을 원님에게 바쳐지기 때문에 결혼 대상도 왕이 아닌 장연 원님의 아들로 되어 있다.

'심청이 맹인 잔치를 소청한다'는 t 소단락은 〈자료 24〉를 제외한 5편에서 보인다. 이 단락을 구술한 화자들 중에는 나름대로 맹인 잔치가 열리는 이유를 설명한다. 〈자료 14〉에서 화자는 심청이 "우리 아버지는 시방 말할 것 같으면 장애인이고 몸군포(몽금포) 도화동이라고 주소를 알려"주어 사람을 보내어 찾았지만 뺑덕어미와 심청으로 인해 마음의 상처를 입은 심 봉사가 고을을 떠났기 때문에 맹인 잔치를 열었다고 한다. 〈자료 25〉에서는 "왕께서 심청이의 아버지가 심 봉사라는 것을 차차 알아서, 인제 '심청이 아버지를 찾아봐야 하겠다.'"고 해서 왕이 솔선수범하여 맹인 잔치를 베푼다. 이에 비해서 〈자료 46〉은 심청이 자신의 내력을 묻는 신랑에게 "아부지는 맹인이다. 그것까진 안다. 어디서 살았느냐? 주소도 다 알고" 대답을 한다. 그런데 신랑은 그곳으로 사람을 보내는 것이 아니라 "맹인 잔치를 여기서 열면 맹인이란 맹인은 다 얻어먹으러 올 것이다."고 하면서 맹인 잔치를 연다. 〈자료 46〉은 앞의 설화들보다 맹인 잔치를 여는 이유가 불명확하다. 맹인 잔치가 열리게 되는 이유가 합리적이든 그렇지 못하든 간에 소설의 전개 방식을 따르는 것은 화자들이 소설의 내용에 준해서 '심청설화'를 구술하고 있음을 보여준다.

'부녀가 상봉하고 심 봉사가 개안한다'는 u 소단락에서 심 봉사는 소설과 마찬가지로 맹인 잔치 마지막 날에 등장한다. 심 봉사는 맹인 잔치를 통해 심청을 만나 개안하는 것으로 구술한다. 다만 〈자료 46〉의 경우엔 "이렇게 해서 만났는데, 뭐 눈이야 떳겠어요?"라고 하여 심 봉사의 개안을 부정하고 있어 흥미롭다. 이러한 결말 처리는 화자 나름의 과학적인 사고에 바탕을 둔 것으로 보인다. 그리고 〈자료 63〉에서 심청이 "작은 마누라루 허구 큰 마누라는 못 허구, 후처루다가 그 이를 봉"했다는 것에서 전통적인 결혼관이 반영되었음을 볼 수 있다.

〈마) 부연설명〉에서 "『심청전』에 나오는 연꽃이 떠내려"와서 연화리라는 지명이 "이 연꽃과 관련이 있기 때문에 생긴 것이"(자료 6)라거나, "그 연꽃이 거 어디까지 떠내려 왔냐하면 바로 연화리라는"(자료 14) 곳으로 왔기 때문에 그러한 지명이 생겼다고 한다. 이 두 설화는 '심청설화'를 통해 백령도에 있는 '연화리'라는 지명이 생기게 된 유래담을 설명하고 있다. '연화리의 연꽃'은 백령도 주변의 조류 흐름으로 볼 때, 전설이 사실임을 입증해 주는 증거물이 된다.

그 밖의 설화에서는 지명과 관련한 구술이 보이지 않는다. 그것은 화자가 지명 유래를 설명하는 부분에 주안점을 둔 것이 아니라, 심청과 관련된 이야기에 관심을 갖고 구술하였기 때문이다. 기본형에 속하는 '심청설화'가 수적으로 적은 것은 소설의 내용을 잘 알고 있다고 생각하는 것과 이를 실제로 구술하는 것과는 차이가 않음을 보여주는 것이다.

지금까지 살펴본 '심청설화'를 단락별로 정리하면 다음과 같다. '심청설화'의 단락을 정리하는 데 있어 소단락에 ( )는 상대적으로 구술 비중이 낮은 것이며, (( ))는 망각의 단계로 접어들었다고 생각한 것을 표시한 것이다.

가. 심청의 출생

　a. 고귀한 가계의 만득독녀晩得獨女이다.

나. 심청의 성장과 효행

　c. 심청의 모친이 일찍 죽는다.

　d. 심 봉사가 젖, 곡식을 동냥하여 심청을 양육한다.

　(f. 심청이 동냥, 품팔이를 하여 부친을 봉양한다.)

　(g. 심 봉사가 물에 빠진다.)

　(h. 화주승에게 구출을 받는다.)

　i. 눈을 뜰 수 있다는 말에 백미 300석에 시주를 약속한다.

　j. 심청이 공양미 300석에 선인들에게 팔려간다.

다. 심청의 죽음과 재생

　l. 심청이 인당수에 몸을 던진다.

　((m. 심청이 용궁에 간다.))

　o. 심청이 연꽃으로 변한다.

라. 부녀상봉과 개안

　p. 선인들이 해상에서 꽃을 발견한다.

　q. 선인들이 왕에게 꽃을 바친다.

(r. 왕이 꽃 속의 심청을 발견한다.)

(s. 심청이 왕과 결혼한다.)

t. 심청이 맹인 잔치를 소청한다.

(u. 부녀가 상봉하고 심 봉사 개안한다.)

마. 부연설명

    기본형은 전체적인 맥락에서 보면, 소설의 전개 과정을 따르고 있다. 그러나 자세히 살펴보면 '심청설화'는 나) 대단락의 '심청이 동냥, 품팔이를 하여 부친을 봉양한다'는 f 소단락 이후부터 소설과 유사하게 전개되지만, 그 내용은 소설과 차이를 보인다. 소설과 차이를 보이던 설화는 다) 대단락의 '심청이 인당수에 몸을 던진다'는 l 소단락에서는 소설과 마찬가지로 심청이 인당수에 투신한다. 이 l 소단락이 '심청설화'의 핵심 단락임을 알 수 있다. 이 소단락을 중심으로 앞뒤의 소단락이 구술되는데 전개 방식과 내용에 변이가 일어나고 있다. l 소단락 이전에 일어나는 변이 현상은 심청이 심 봉사를 위해 자진해서 나서도록 유도하기 위해서이다. 화자들이 효 관념을 토대로 하여 '심청설화'를 구술하였음을 알 수 있다. 그리고 l 소단락 이후는 화자의 경험으로 미루어 불합리하다고 판단한 부분에 대해서 첨삭이 이루어지기 때문에 변이가 일어난다. 따라서 '심청설화'는 전체적인 구성은 소설과 유사하게 전개되지만, 부분적으로 변화를 겪게 되는 것이다.

    소설이 설화화 되면서 심청의 비범성을 나타내는 가) 대단락의 '선인적강의 태몽을 꾸고 잉태되어 출생한다'는 b 소단락의 탈락으로 인해 나) 대단락의 '심청의 비범성이 나타난다'는 e 소단락과 다) 대단락의 '심청이 장래를 예언 받는다'는 n 소단락이 연속적으로 탈락된다. 여기에 심 봉사의 생활 대책을 마련하는 나) 대단락의 '선인들이 심봉사의 생활대책을 마련해 준다'는 k 소단락이 탈락되어 있다. 다) 대단락의 '심청이 용궁에 간다'는 m 소단락을 구술한 화자들이 적은 것으로 보아 이 단락도 망각되어 가는 과정에 있는 것으로 볼 수 있다.

2) '심청설화'의 변이형

화자들의 기억과 구술하는 능력, 그리고 사회적인 제반 여건 등에 따라 소설에서 벗어난 형태의 설화를 생성하게 된다. 구전문학이 전승 과정에서 겪게 되는 변화는 1) 단락 또는 소단락 이하의 것이 덧보태짐으로써 생기는 양적 증가, 2) 단락 또는 소단락 이하의 것이 빠짐으로써 생기는 양적 감소, 3) 양적으로는 별로 달라지지 않았으나 세부적인 차이의 3가지 경우로 나눌 수 있다.[56] '심청설화'의 변이형은 대체로 2)의 경우에 해당한다. '심청설화'에서 대단락의 탈락 정도에 따라 4개의 변이형으로 구분한다. 이 절에서는 각 변이형에 포함된 핵심적인 요소를 추출하고 전승 과정에서 겪게 되는 변화를 살펴본다.

(1) 효행담

효행담은 심청의 효행에 주안점을 두고 구술한 설화 형태로, '심청설화'의 기본형 중에서 〈가) 심청의 출생〉이 탈락되어 있다. 이 유형

---

56 조동일, 『서사민요연구』(계명대학교 출판부, 1970), 127쪽.

에 속하는 자료를 열거하면 다음과 같다.

〈자료 1〉 이-1 이두칠의 심청이야기

〈자료 2〉 이-2 김정원의 심청이야기

〈자료 3〉 이-3 이동필의 심청이야기

〈자료 4〉 이-4 장옥신의 심청이야기

〈자료 5〉 이-5 장태명의 심청이야기

〈자료 21〉 최-5 김봉식씨 이야기

〈자료 33〉 최-21 손신애씨 이야기

〈자료 36〉 최-24 이선녀씨 이야기

〈자료 40〉 최-31 박자정씨 이야기

〈자료 48〉 최-39 김봉식씨 이야기

〈자료 50〉 최-41 장세주씨 이야기

〈자료 57〉 최-50 이동필씨 이야기

　63편의 '심청설화' 중에서 12편이 효행담에 속한다. 효행담의 설화를 단락별로 요약하여 항목화하면 아래와 같다. 아래의 도표를 종으로 읽으면 모티프의 차이를, 그리고 횡으로 읽으면 각 설화간의 차이를 알 수 있다. 그리고 구술 중에 순서가 뒤바뀐 것은 '심청설화'의 단락에 맞게 재배열하지 않고 그대로 둔다. 화자가 '심청설화'를 기억하는 상태를 알 수 있기 때문이다.

일련번호	나) 심청의 성장과 효행	다) 심청의 죽음과 재생	라) 부녀상봉과 개안	마) 부연설명
1	j. 심청이 중국 선원들에게 공양미 삼백 석에 팔려갔다.	l. 선원들이 제물로 갖다 바쳤다. o. 선원들이 돌아올 적에 꽃이 되었다.	p. 선원들이 심청이를 건졌다. t. 맹인잔치를 열어서 아버지를 만났다. u. 아버지가 눈을 번쩍 떴다.	마-1. 유래를 이야기 하려면 심청전을 다시 봐야 한다.
2	f. 효심이 지극했다. i. 아버지 눈뜨게 한다는 소리를 절에서 들었다. j. 중국 무역하는 선원들이 용신제를 지낸다고 해서 삼백 석에 팔려간다.	l. 몽금포 앞에 보이는 촛대바위에서 심청이 뛰어내렸다.	p. 연화리 사람들이 연봉바위에 있는 연꽃을 주워왔다.	마-1. 지금도 백령도에서 유일하게 연꽃이 피는 곳이 연화리 연못이다. 마-2. 엉터리 같은 얘기는 아닌 것 같다.
3	j. 남방장사에게 공양미 삼백 석에 팔려갔다. k. 장사꾼이 불쌍해서 심봉사에게 먹을 양식을 주었다. 나-1. 뺑덕어미를 첩으로 얻었다. 뺑덕어미가 다 훑어 먹었다.	l. 심청이가 인당수에 빠졌다. m. 심청이가 용궁에 들어갔다. m-1. 어머니를 만났다. o. 장사꾼이 돌아올 적에 용궁에서 맹꽁이 같은 연꽃에 심청을 넣고 바다에 다 띄웠다.	p. 장사꾼이 꽃을 발견하였다. q. 지금 말하면 대통령한테 나라 임금한테 바쳤다. r-1. 임금이 어디를 갔다 오면 밥상이 차려 있었다. r. 하루는 임금이 지켜보니 꽃이 흔들리더니 심청이 나왔다. t-2. 심청이가 그동안 있었던 이야기를 주욱했다. t. 아버지를 찾기 위해 맹인 잔치를 삼년을 했다. u. 아슬아슬하게 만들기 위해 심봉사가 마지막 날에 찾아왔다. 심봉사가 심청을 만나 눈을 떴다.	마-1. 임당수는 물이 너무 쎄서 인고사를 지냈다. 마-2. 장사를 크게 하니까 그렇게 비싸게 주고도 사람을 사다가 넣었다.
4	c. 삼일만에 돌아갔다. d. 구걸해가지구 젖먹여 길렀다. j. 아버지 눈을 띄우겠다고 공양미 삼백 석에 팔려갔다.	l. 빠졌다. o. 안죽고 꽃이 되었다.	q. 임금님한테 바쳤다. u. 지아버지 눈 띄웠다고 한다. 라-1. 심청과 관련된 노래 구연	마-1. 자기들 같으면 하나님이 살려내지 않았을 것인데 효녀였기 때문에 하나님이 살리셨다.
5	j. 공양미 삼백 석에 심청이를 팔았다.	l. 연당에 갖다가 넣었다. o. 연꽃이 피었다.	q. 어부가 임금님에게 바쳤다. r. 꽃이 심청이가 되어서 살아났다. t. 맹인잔치를 해달라고 해서 찾았다.	
21	j. 심청이가 자기 아버지 때문에 팔려갔다.	l. 임당수라는 장산곳에서 빠져 죽었다. o. 연봉바위로 와서 거기서 꽃으로 피었다.	q. 임금한테 갔다.	마-1. 꽃이 안치된 곳이 연화리 연못이다. 마-2. 백령도에서 연꽃이 피는 곳은 연화리밖에 없다.
33	j. 아버지 눈을 뜨게 하기 위해 공양미 삼백 석에 팔려갔다.	l. 인당수에 빠져서 죽었다. o. 거기서 연꽃이 피었다.	r. 꺾어둔 연꽃에서 심청이가 나왔다. s. 왕자에게 시집을 갔다. t. 왕자와 결혼해서 잔치를 베풀었다. u. 아버지가 와서 심청을 만나 눈을 떴다.	마-1. 연화리나 연봉이 심청과 관련이 있다는 소리는 못들었다.

일련번호	나)심청의 성장과 효행	다)심청의 죽음과 재생	라)부녀상봉과 개안	마)부연설명
36	d. 아버지가 심청을 안고 다니면서 젖 동냥으로 키웠다. f. 심청이 열다섯살에 바구니를 들고 동네를 다니면서 밥을 얻어다가 아버지를 대접했다. j. 심청이 몸을 팔았다. 나-1. 부자집 할머니가 심청에게 자기와 함께 아버지까지 모시고 살자고 하나, 심청이 거절한다. k. 쌀 백가마니를 절에 갔다 줬는데, 동네 사람들이 심청을 못데려가게 하자 뺑덕어미에게 돈을 주었다.	l. 심청이 용기포 검은 낭이 같은 데서 텀벙 빠졌다. m. 심청이 물 속에 들어가서 어머니를 만났다. o. "넌 나가서 앞 못보는 아버지를 봉양해라." 하고서는 꽃송이로 올려 앉혔다. 다-1. 당신놈들이 사흘만인지 나흘만인지 오는데, 사년이 흘렀다.	p. 연꽃 송이가 덩실덩실 당신네들 배 앞에 떠올랐다. q-1. 중천에서 나랏님에게 바쳐야지 그렇지 않으면 목을 짜른다고 했다. q-2. 임금님이 경황이 없다고 꽃을 받지 않으려 한다. r. 임금님이 좋은 냄새가 난다고 하자, 심청이 꽃에서 나왔다. s. 임금님의 처가 되었다. t. 거렁뱅이 잔치를 열어달라고 간청한다. u. 심청이 거렁뱅이 잔치 삼년 째의 마지막 날에 온 심 봉사를 만나 눈을 뜨게 한다.	마-1. 심청이 빠진 데가 내가 보기론 용기포, 검은랑이라는 데 고 아래 같다.
40	j. 지 아버지 눈뜨게 하려고 공양미 삼백 석에 팔려갔다.	l. 장산곶말레에서 거시기 뒤집어쓰고 빠져 죽었다. o. 효심에 하나님이 감응했는지 결국 꽃이 되었다.	p. 연봉까지 떠내려간 것을 어떤 배사람이 발견했다. q. 나랏님에게 갔다 바쳤다. r. 그곳에서 나와서 인도 환생했다.	마-1. 심청이가 연꽃타고 연봉에서 연화리로 왔다는 소리는 못들었다.
48	c. 심청이가 어렸을 적에 어머니가 돌아가셨다. d. 아버지가 젖동냥을 해서 키웠다. f. 심청이가 조금 커서는 길쌈을 매서 아버지를 봉양했다. i. 아버지가 난데없이 공양미 삼백 석에 눈을 뜬다고 하니까, 절에 가서 스님하고 약속을 한다. i-1. 심청이 근심하지 말라고 한다. j. 남경장사에게 공양미 삼백 석에 팔려간다. j-2. 선도금으로 받은 쌀로 아버님께 맛있는 음식을 차려드린다.	l-1. 장산곶은 물살에 세서 그냥 지나갈수 없어 옛날에는 인제(人祭)를 지냈다. l. 배 맨앞에서 앉아서 하늘을 우러러 보면서 울다가 치마를 뒤집어쓰고 빠져 죽었다.	p. 장사꾼이 돌아오는 길에 연꽃을 발견한다. q. 이상한 연꽃이라서 임금님께 갖다 바쳤다. r-1. 이상하게도 젓가락이 자꾸 바뀌었다. r. 하루는 이상한 소리가 나서 임금님이 꽃을 보니까 심청이가 나왔다. s. 임금님의 색시가 되었다. 다-o. 연꽃에 담겨올 때는 용왕님께서 받들어서 다시 살린거나. t. 심청이 자초지종을 이야기하고 맹인잔치를 열어달라고 청한다. u. 맨 마지막에 온 아버지를 만나 눈을 뜨게 한다.	마-1. 정말 시주를 해서인지, 감격에 선진 몰라도 눈을 떴다고 한다. 마-2. 애들은 부모에게 효를 해야만 좋은 일이다. 마-3. 연꽃이 떠내려가 바위가 되었다고 하는 건 이해가 안간다. 심청이의 효가 너무 지극해서 바위가 된진 모르겠다. 마-4. 여기 와서 들은 얘기로는 연봉에서 그 연꽃을 맞아가지고 연화리로 들어왔다 그런 얘기도 있고….
50	d. 심청이 아버지 심 봉사의 젖동냥으로 어린 시절을 살았다. 나-1. 뺑덕엄마가 눈먼 아버지를 두고 시집 가면 어떻냐며 팔아먹을려고 했다. j. 아버지를 위해 공양미 300석에 몸을 팔았다. 다-1-1. 중국 항로가 풍랑이 심해서 용왕님한테 처녀를 제물로 바치던 풍습이 있었다. i. 공양미 삼백 석을 절에 바친다고 했다.	l. 심청이가 제물이 되어서 장산곶, 인당수에 제사를 지냈다. o. 효심이 지극해서 용왕이 연꽃으로 환생시켰다.	s. 어느 왕자님을 만났다. t. 아버님을 잔치에 모시게 하였다. u. 아버지를 만나 눈을 뜨게 했다.	마-1. 공감하고 마음을 정화시키는 효의 사상이다. 마-2. 살아난 곳은 연봉이다. 마-3. 꽃은 왕자님이 가져가고, 뿌리와 연밥은 연화리로 밀려와 거기 묻혔다.

일련번호	나) 심청의 성장과 효행	다) 심청의 죽음과 재생	라) 부녀상봉과 개안	마) 부연설명
57	c. 심청이 난지 칠일만에 엄마가 돌아가신다. d. 아버지가 동네방네 젖을 얻어 먹여서 길렀다. g. 심봉사가 어디 가다가 앞을 못봐서 개천에 빠졌다. h. 중에 의해 구출된다. i. 공양미 쌀 삼백 석만 시주를 하면 눈을 뜰 수 있다는 중의 말에 그렇게 하겠다고 약속한다. 다-i-1. 장산곶을 돌아갈려면 인당수라는 데 대감바위가 있는데, 거기서 인고사를 드려야 했다. j. 심청이가 남경장사가 처녀를 산다는 소식을 듣고 공양미 삼백 석에 팔려간다.	l. 심청이 선원들에게 장사 잘 해가지고 돌아가라고 얘기하고, 하느님께 아버지 눈을 뜨게 해 달라고 기도하고는 치마를 뒤집어쓰고 인당수에 빠졌다. m. 용왕이 제자를 보내어 맹고리 같은 것으로 심청을 건져서 용궁으로 들어갔다. m-1. 용왕이 심청이 들어온 사연을 듣고 살려서 잘 봉양했다. o. 용왕이 남방장사가 곳을 돌아서 오는 길에 큰 꽃을 만들어서 심청을 넣고는 인당수 바다에다 띄워놓았다.	p. 남방장사가 순풍을 만나 장산곳을 돌아오는데, 큰 꽃이 떠서 있으니까 그 꽃을 건져 실었다. q. 세상에서 못 보던 꽃이라 임금에게 갖다 바쳤다. r-1. 왕이 나갔다만 들어오면 식사 상이 차려 있었다. r. 왕이 지키고 있다가 꽃에서 나오는 심청을 발견한다. 라-1. 심청이 그동안 있었던 이야기를 왕에게 한다. s. 너같은 효녀 없다고 해서 왕의 아내가 되었다. 나-k. 선원들이 심봉사가 불쌍해서 죽을 때까지 먹을 것을 주고 갔다. 나-k-1. 뺑덕어미가 다 훑어 먹고 이사를 자주 옮겨다녔다. t. 어디 간 줄을 모르니까 신하들에게 얘기를 하니까 맹인잔치를 삼년동안 열자고 했다. t-1. 맹인잔치에 오는 길에 뺑덕어미가 돈을 다 훔쳐서 도망갔다. u-1. 맹인잔치 마지막 날에 학수가 도착을 했다. u-2. 목욕을 시키고 옷도 새로 입혔다. u. 심청이 내력을 이야기하고 부녀 상봉하여 학수가 눈을 떴다.	마-1. 연봉은 심청이가 살아난 곳이 아니다.

효행담은 〈나) 심청의 성장과 효행〉부터 시작된다. 〈가) 심청의 출생〉이 탈락한 것은 화자들이 이 부분을 중요하지 않게 생각했거나 청자들이 이미 알고 있는 것으로 전제했기 때문이다. 가) 대단락의 탈락은 나머지 대단락에 속한 소단락의 탈락으로 이어진다.

효행담에서 화자들이 구술을 시작하는 부분은 일정한 패턴이 없다. 나) 대단락의 '심청의 모친이 일찍 죽는다'는 c 소단락으로 이야기를 시작하는 것은 〈자료 4〉·〈자료 48〉·〈자료 57〉의 3편이다. '심 봉사가 젖, 곡식을 동냥하여 심청을 양육한다'는 d 소단락은 위의 3편 이외에 〈자료 36〉·〈자료 50〉의 2편이 더 있다. 이 두 편의 설화는 모친에 대한 언급이 없이 바로 심 봉사가 심청이를 젖동냥해서 키우는 d 소단락으로 시작한다. 위의 5편은 심청의 성장과 관련된 단락부터 시작한다. 기본형에서와 마찬가지로 효행담에서도 '심청의 비범성이 나타난다'는 e 소단락이 탈락된다.

'심청이 동냥·품팔이를 하여 심 봉사를 봉양한다'는 f 소단락은 〈자료 2〉·〈자료 36〉·〈자료 48〉의 3편에 보인다. 이 중에서 심청이 열다섯이 되자 "손으로 바구니를 요만큼 하는 것을 이고서, 동네를 다니면서 밥을 얻어다가서, 그 땐 저이 아버지를 대접"(자료 36)했거나 "조금 커서는 길쌈을 매서 자기 아버지를 봉양했"(자료 48)다면서 아버지를 봉양하는 심청의 모습이 구체적으로 표현되어 있다. 이에 비해 〈자료 2〉는 "효심이 지극했다."는 정도로 표현하여 심청의 행동이 구체성을 띠지 못한다. 화자의 구술 능력에 따라 심 봉사를 봉양하는 심청의 모습이 차이를 보인다.

심청을 사지로 몰고 가는 과정을 순서대로 구술한 설화는 〈자료 57〉뿐이다. 〈자료 57〉을 제외한 대부분의 설화가 2개 내외의 소단락으로 구성되어 있다. 〈자료 57〉에서 심 봉사는 어디를 가다가 개천에 빠지며(g), 중에 의해 구출되고(h), 공양미 삼백 석을 시주하면 눈을 뜰 수 있다는 말에 시주를 약속한다(i). '눈을 뜰 수 있다는 말에 백미 삼백 석의 시주를 약속한다'는 i 소단락은 〈자료 57〉외에 〈자료 2〉·〈자료 48〉·〈자료 50〉에도 나타난다. 〈자료 2〉는 "자기 아버지를 눈을 뜨게 한다구 절에 가서 들은 이야기 아니예요."라 하여 시주 약속이 어떠한 과정을 통해서 이루어졌는지 명확하지 않다. 그러나 심청의 행동에서 시주 약속이 있었음을 추측할 수 있다. 이것은 〈자료

50)의 경우도 "그걸 공양미 삼백 석을 절에 바친다 해서"라고 하여 시주 약속이 이루어진 배경이 명확하지 않다. 이에 비해 〈자료 48〉은 "자기 아버지가 난데없이 공양미 삼백 석을 시주를 하면 눈이 떠진다고 그래 가지고, 절에 가서 스님하고 약속을 했답니다."고 하여 심 봉사가 눈 뜰 욕심에 제 발로 절에 찾아가서 시주 약속을 하는 것으로 되어 있다. 화자는 심청이 아버지의 눈을 뜨게 하기 위해 자진해서 공양미 삼백 석에 몸을 파는 것이 아니라 심 봉사가 심청을 팔았다는 것이다.

'심청이 공양미 300석에 선인들에게 팔려간다'는 j 소단락은 12편 모두에서 발견된다. 더욱이 〈자료 1〉·〈자료 3〉·〈자료 5〉·〈자료 21〉·〈자료 33〉·〈자료 40〉의 6편은 이 단락에서 이야기가 시작된다. j 소단락에서 이야기가 시작된다는 것은 이 단락이 효행담에서 탈락될 수 없는 핵심적인 단락임을 의미한다. 심청이 선인들에게 팔려 가는 이유가 아버지를 위한 것이므로 효행담을 구술한 화자들의 의식 속에 심청의 효행에 관한 인식이 깔려 있음을 볼 수 있다.

효행담의 경우 기본형에서 탈락된 '선인들이 심 봉사의 생활대책을 마련해 준다'는 k 소단락이 〈자료 3〉과 〈자료 36〉의 두 편에 등장한다. 〈자료 3〉은 장사꾼이 불쌍해서 심 봉사에게 먹을 양식을 주었으나 이를 뺑덕어미가 다 훑어 먹었다고 구술한다. 화자가 구술한 내용이 『심청전』과 일치한다. 〈자료 36〉에서는 동네 사람들이 합심해서 심청이를 데려가지 못하게 하자 뺑덕어미에게 돈을 주었다고 하여 '선인들이 왜 그러한 행동을 했는지' 그 동기가 명확하지 않다. 화자가 심 봉사를 불쌍히 여겨 노후 대책을 마련해 주는 선인들의 행위를 망각하고 자기 나름대로 부연설명을 덧붙인 것으로 볼 수 있다.

〈다〉 심청의 죽음과 재생〉에서 '심청이가 인당수에 몸을 던진다'는 l 소단락은 모든 자료에 나타난다. 이 소단락 또한 나) 대단락의 '심청이 공양미 300석에 선인들에게 팔려간다'는 j 소단락과 마찬가지로 효행담에서 없어서는 안 될 핵심적인 단락인 것이다. 그런데 심청이가 빠졌다는 장소에 대해서는 장소가 명시되어 있지 않거나(자료 1·4), 촛대바위(자료 2), 연당(자료 5), 용기포 검은 냥(자료 36), 장산곶(자료 40·48), 인당수(자료 3·21·33·50·57) 등으로 다양하게 구술된다. 〈자료 2〉에서 화자는 장산곶 앞에 있는 바위를 촛대바위라고 말하고 있으며, 〈자료 5〉에서 화자가 연당이라고 한 것은 심청이 연꽃을 매개로 하여 저승에서 인간 세상으로 나왔기 때문이다. 그리고 장산곶과 인당수를 같은 의미로 사용한다는 점에서 대부분의 화자들이 인당수를 심청이가 빠져 죽은 곳으로 생각하고 있음을 알 수 있다.

'심청이 용궁에 간다'는 m 소단락은 〈자료 3〉·〈자료 36〉·〈자료 57〉의 3편에 보인다. 이 중에서 〈자료 12〉만이 "인당수에 빠져 가지고 그냥 빙빙 돌면서 물 속으로 들어가는데, 아 어느덧 맹고리(물에 빠졌을 때 건지는 도구) 같은 것이 와서" 심청을 건졌다고 하여 소설의 내용에 충실하다. 기본형과 마찬가지로 효행담에서도 '심청이 장래를 예언 받는다'는 n 소단락은 탈락되어 있다. 심청이 인당수에 투신했음에도 불구하고 〈자료 2〉와 〈자료 48〉에는 '심청이 연꽃으로 변한다'는 o 소단락이 탈락되어 있다. 이 두 설화를 제외한 10편에 o 소단락이 있다. 그런데 o 소단락이 탈락된 2편의 설화도 연꽃을 발견하는 대상이 등장하는 것으로 보아 이 소단락을 핵심 단락으로 보아도 무방할 것이다.

〈라) 부녀상봉과 개안〉에서 '선인들이 연꽃을 발견한다'는 p 소단락은 〈자료 1〉·〈자료 2〉·〈자료 3〉·〈자료 36〉·〈자료 40〉·〈자료 48〉·〈자료 57〉의 7편에 보인다. 〈자료 1〉과 〈자료 2〉의 경우엔 연꽃을 발견한 대상이 있음에도 불구하고 '선인들이 왕에게 꽃을 바친다'는 q 소단락이 탈락되어 있다. 〈자료 1〉은 p 소단락에서 바로 '심청이 맹인 잔치를 소청한다'는 t 소단락으로 넘어간다. 그리고 〈자료 2〉의 경우는 p 소단락 이후가 전부 탈락되고 〈마) 부연설명〉 대단락을 구술한다.

'선인들이 왕에게 꽃을 바친다'는 q 소단락은 〈자료 3〉·〈자료 4〉·〈자료 5〉·〈자료 21〉·〈자료 36〉·〈자료 40〉·〈자료 48〉·〈자료 57〉의 8편이다. 이 중에서 〈자료 4〉·〈자료 5〉·〈자료 21〉의 3편은 연꽃을 발견한 대상이 없음에도 불구하고 연꽃이 임금에게 바쳐지고 있다. 〈자료 21〉만이 어부가 임금에게 바치는 것으로 되어 있을 뿐, 다른 자료에는 연꽃을 바치는 대상이 구체적으로 명시되어 있지 않다. '선인들이 왕에게 꽃을 바친다'는 q 소단락이 구술된 설화 중에서 〈자료 36〉의 경우엔 화자가 하늘에서 선원들에게 "나랏님에게 바쳐야지 그렇지 않으면 목을 짜른다"고 하는 계시가 있었다고 하여 연꽃을 임금에게 바쳐야 하는 당위성을 강조하는 점이 특이하다.

'왕이 꽃 속의 심청을 발견한다'는 r 소단락은 〈자료 3〉·〈자료 5〉·〈자료 33〉·〈자료 36〉·〈자료 40〉·〈자료 48〉·〈자료 57〉의 7편에 보인다. 〈자료 3〉·〈자료 48〉·〈자료 57〉은 심청이 임금님을 위해 밥상을 차려 놓는다고 하여, 심청이 임금에게 발견될 수 있는 동기를 부여하고 있다. 위의 3편은 심청의 출현을 흥미롭게 하기 위해 '우렁각시'의 결혼 모티프를 차용하고 있다.

'심청이 왕과 결혼한다'는 s 소단락은 〈자료 33〉·〈자료 36〉·〈자료 48〉·〈자료 50〉·〈자료 57〉의 5편에 나타나는데, 심청이 결혼하는 대상은 왕자(자료 33·50), 임금(자료 36·48·57) 등으로 되어 있다. 〈자료 50〉은 꽃 속에 있던 심청을 발견하는 대상이 없음에도 불구하고 왕자와 결혼한다.

'심청이 맹인 잔치를 소청한다'는 t 소단락은 〈자료 1〉·〈자료 3〉·〈자료 5〉·〈자료 33〉·〈자료 36〉·〈자료 48〉·〈자료 50〉·〈자료 57〉의 8편에 들어 있다. 이 중에서 〈자료 1〉은 연꽃이 선인에게 발견되는 p 소단락에서 맹인 잔치를 배설하는 t 소단락으로 전개되어 구술상의 비약이 보인다. 〈자료 3〉과 〈자료 5〉는 결혼 모티프가 생략되었는데도 불구하고 맹인 잔치가 열린다. 〈자료 33〉은 "왕자와 결혼을 해서 잔치를 크게 베풀 적에"라 하여 맹인 잔치가 심청의 소청에 의한 것인지가 명확하지 않다. 그리고 잔치의 성격이 맹인 잔치인지 아니면 결혼 잔치인지도 모호하다. 〈자료 5〉는 "맹인잔치를 해달라고 해서 찾았잖아요."라고 하여 맹인 잔치를 통해 아버지를 만났음에도 불구하고 심 봉사의 개안에 관해서는 언급하지 않는다. 화자가 맹인 잔치를 강조하는 것으로 보고 t 소단락에 포함시켰다.

'부녀가 상봉하고 심 봉사가 개안한다'는 u 소단락은 〈자료 1〉·〈자료 3〉·〈자료 4〉·〈자료 33〉·〈자료 36〉·〈자료 48〉·〈자료 50〉·〈자료 57〉의 8편에 나타난다. 〈자료 4〉는 라) 대단락에서 선인들이 임금에게 연꽃을 바치는 q 소단락에서 중간이 생략된 채 부녀상봉이 이루어지는 u 소단락으로 전개된다. u 소단락에서 부녀가 상봉한 경우에는 심 봉사가 눈을 뜨는 것으로 되어 있다.

〈마〉 부연설명〉에서 화자들에 의해 언급된 내용이 다양하다는 것이 하나의 특징이라 하겠다. 〈자료 2〉·〈자료 21〉·〈자료 50〉과 같이 연화리의 연꽃과 연봉을 증거물로 내세워 자신들이 구술한 내용이 진실임을 입증하기도 한다. 하지만 반대로 〈자료 21〉·〈자료 33〉·〈자료 40〉·〈자료 48〉·〈자료 57〉과 같이 심청과 연화리나 연봉은 관계가 없다고 구술하기도 한다. 〈자료 4〉·〈자료 48〉·〈자료 50〉은 심청의 효행을 언급한 경우이며, 나머지 설화는 "『심청전』"(자료 1)·"임당수"(자료 3)·"용기포 검은 냥"(자료 36) 등에 관한 언급이다. 효행담의 경우는 연화리와 연봉을 증거물로 활용하지 않는 설화가 수적으로 많음을 알 수 있다. 그리고 심청의 효행을 언급한 〈자료 48〉과 〈자료 50〉은 화자들이 증거물에 대하여 상반된 인식을 보인다.

지금까지 살펴본 효행담을 단락별로 정리하면 다음과 같다. 효행담의 단락을 정리하는 데 있어 소단락에 ( )는 상대적으로 구술 비중이 낮은 것이며, (( ))는 망각의 단계로 접어들었다고 생각한 것을 표시한 것이다.

나. 심청의 성장과 효행

((c. 심청의 모친이 일찍 죽는다.))

((d. 심 봉사가 젖, 곡식을 동냥하여 심청을 양육한다.))

((f. 심청이 동냥, 품팔이를 하여 부친을 봉양한다.))

((i. 눈을 뜰 수 있다는 말에 백미 300석에 시주를 약속한다.))

j. 심청이 공양미 300석에 선인들에게 팔려간다.

((k. 선인들이 심 봉사의 생활대책을 마련해 준다.))

다. 심청의 죽음과 재생

l. 심청이 인당수에 몸을 던진다.

((m. 심청이 용궁에 간다.))

o. 심청이 연꽃으로 변한다.

라. 부녀상봉과 개안

(p. 선인들이 해상에서 꽃을 발견한다.)

(q. 선인들이 왕에게 꽃을 바친다.)

(r. 왕이 꽃 속의 심청을 발견한다.)

(s. 심청이 왕과 결혼한다.)

(t. 심청이 맹인 잔치를 소청한다.)

(u. 부녀가 상봉하고 심 봉사 개안한다.)

마. 부연설명

효행담에서 각 대단락의 소단락이 2개 이상 포함되면서 비교적 기본형에 충실하게 구술된 것은 〈자료 3〉·〈자료 36〉·〈자료 48〉·〈자료 50〉·〈자료 57〉의 5편이다. 〈자료 48〉은 〈나) 심청의 성장과 효행〉이 다른 설화와 비교해서 자세하게 구술되어 있으나, 상대적으로 〈다) 심청의 죽음과 재생〉이 간략하게 구술되었다. 그리고 〈자료 57〉은 다른 설화에서 간략하게 구술하고 있는 〈라) 부녀상봉과 개안〉 부분이 상세하게 구술되어 전체적인 구성이 '심청설화'의 기본형에 가깝다. 이 화자는 〈자료 3〉의 화자이기도 하다. 동일한 화자에 의해 구술된 '심청설화'이지만 단락별로 요약한 항목을 보면 조금씩 차이를 보이고 있음을 알 수 있다. 〈자료 57〉이 심청의 어머니가 죽는 c 소단락에서 시작하여 순차적으로 전개되는 데 비해 〈자료 3〉은 남방장사에게 팔려가는 j 소단락에서 시작한다. 이것은 일정한 시간이 경과한 다음에 채록해서 생긴 변화 내지는 구술할 때의 정황에 따른 차이로 보인다.[57] 어느 경우든 설화가 전승되는 동안 변화를 겪게 되는 특성을 보여준다는 점에서 의미를 갖는다.

이들 자료를 제외한 나머지 7편은 소단락의 경우 탈락 현상이 심하게 일어나고 있다. 이들 자료의 대부분은 〈나〉 심청의 성장과 효행〉에서 심청이 공양미 삼백 석에 팔렸다거나 자기 아버지의 눈을 뜨게 하려고 팔렸다고 하면서 이야기를 시작한다. 〈가〉 심청의 출생〉의 탈락으로 화자들이 이야기를 시작하는 부분이 일정하지 않음을 볼 수 있다. 효행담에서 모든 화자들이 공통적으로 구술하고 있는 단락은 나) 대단락의 '심청이 공양미 300석에 선인들에게 팔려간다'는 j 소단락과 다) 대단락의 '심청이 인당수에 몸을 던진다'는 l 소단락, 그리고 '심청이 연꽃으로 변한다'는 o 소단락이다. 이들 3개의 소단락은 효행담에서 없어서는 안 될 핵심적인 단락이다. 그리고 구술된 단락 중에서 '심청의 모친이 일찍 죽는다'(c) · '심 봉사가 젖, 곡식을 동냥하여 심청을 양육한다'(d) · '심청이 동냥, 품팔이를 하여 부친을 봉양한다'(f) · '눈을 뜰 수 있다는 말에 백미 300석의 시주를 약속한

---

57 〈자료 58〉은 1995년 8월 27일에, 〈자료 3〉은 1999년 8월 25일에 구술한 내용이다. 시간적으로 4년이라는 차이가 있다. 그리고 필자가 찾아갔을 때 화자는 얼마 전에 뱀에게 물려 힘들다고 말씀하셨다.

다'(i)·'선인들이 심 봉사의 생활대책을 마련해 준다'(k)·'심청이 용궁에 간다'(m) 소단락은 구술한 화자가 적은 것으로 보아 망각되는 과정에 놓인 단락으로 볼 수 있다.

〈마) 부연설명〉을 보면, 화자들이 '심청설화'를 구술한 다음에 연화리나 연봉을 증거물로 활용하는 경우보다 증거물로 인정하지 않는 경우가 수적으로 많은 것이 특징이다. 그리고 〈자료 48〉과 〈자료 50〉은 둘 다 효라는 인식 하에 '심청설화'를 구술하였음에도 불구하고 〈자료 48〉의 화자는 "연꽃이 떠내려가 바위가 되었다고 하는 건 이해가 안 간다."고 하며, 〈자료 50〉의 화자는 "살아난 곳은 연봉이다."고 하여 증거물에 대해서는 상반된 견해를 보인다.

(2) 인신공희담

인신공희담은 심청이 인당수에 제물로 바쳐지는 인신공희에 주안점을 두고 구술한 설화 형태이다. 이 유형에 속하는 자료를 열거하면 다음과 같다.

〈자료 10〉 이-10 장성녀의 심청이야기

〈자료 27〉 최-13 김칠보씨 이야기

〈자료 38〉 최-27 박형민 총무계장 이야기

〈자료 39〉 최-30 박진석씨 이야기

〈자료 41〉 최-32 장선비씨 이야기

〈자료 43〉 최-34 박춘수씨 이야기

〈자료 44〉 최-35 오승찬씨 이야기

<자료 51> 최-42 김응관 경장 이야기

<자료 52> 최-43 김정국 경장 이야기

<자료 53> 최-44 최치오 농협 조합장 이야기

<자료 54> 최-45 김종택 백령회 회장 이야기

<자료 56> 최-48 윤석진씨 이야기

<자료 58> 최-51 이종성씨 이야기

<자료 61> 최-61 장덕찬 총무계장 이야기

63편의 '심청설화' 중에서 인신공희담에 속하는 설화는 모두 14편
이다. 인신공희담에 속하는 설화의 줄거리를 단락별로 요약하여 항목
화하면 아래와 같다. 아래의 도표를 종으로 읽으면 모티프의 차이를,
그리고 횡으로 읽으면 각 설화간의 차이를 알 수 있다. 그리고 구술 중
에 순서가 뒤바뀐 것은 '심청설화'의 단락에 맞게 재배열하지 않고 그
대로 둔다. 화자가 '심청설화'를 기억하는 상태를 알 수 있기 때문이다.

일련번호	나) 심청의 성장과 효행	다) 심청의 죽음과 재생	라) 부녀상봉과 개안	마) 부연설명
10	i. 지 아버지 눈뜬다는 소리를 듣는다. i-1. 장산곶에 빠져 죽으면 눈뜬다는 소리를 듣는다.		u. 심청이를 찾으며 심 봉사가 눈을 떴다.	마-1. 연화리 연꽃하고 심청과는 관련이 없다. 마-2. 연꽃이 무신 사람이 나가라고 하니까 연꽃이 떠내려가다가 연봉바위에 머물렀다.
27	j. 심청이 공양미 삼백 석에 팔렸다.	l. 장산곶 말레 인당수에 빠뜨렸다.		마-1. 처음에 살던 곳에서는 심청이 어디서 살아났다고 하는 얘기는 못 들었는데, 여기 와서 '연봉'에서 살아났다는 얘기를 들었다.
38		l. 심청이 인당수에서 빠졌다. m. 용궁에 들어갔다. o. 거기서 환생해 연꽃을 타고 연봉바위 쪽에서 떠올랐다.		마-1. 조류를 타고 연지동쪽으로 밀려왔다. 마-2. 그래서 마을 지명도 연화리라고 됐다.

일련 번호	나) 심청의 성장과 효행	다) 심청의 죽음과 재생	라) 부녀상봉과 개안	마) 부연설명
39		l. 심청이가 장산곶말레에서 빠져 죽었다. l-1. 물빨이 얼마나 쎈지 빙글빙글 돌아간다. o. 바다 가운데서 꽃봉우리가 나왔다.	라-1. 고걸 꺾어다가 어떻게 했다고 하는데 모르겠다. s. 임금의 삭시가 나왔다고 한다. 임금하고 결혼식하고 그 자초지종은 모른다.	마-1. 연봉바위 이야기까진 못들었다. 그것은 그쪽사람들한테 물어 봐요.
41		l. 심청이가 달래섬에서 빠졌다. 장산곶말레에서 빠져 세상을 떠났다. o. 연꽃으로 변했다.		마-1. 연꽃이 연봉으로 안 가고 연화리로 들어왔다. 마-2. 연꽃이 심청이야요.
43		l. 심청이가 장산곶에서 공양으로 빠져서 돌아가셨다. o. 연꽃이 나와서 꽃이 피었다.		마-1. 연꽃이 피어서 연화리로 들어왔다. 마-2. 심청이 연꽃에 탔는지는 모른다. 마-3. 꽃이 연화리로 들어와서 그씨가 나와서 연못이라고 한다.
44		l. 심청이가 장산곶에서 떠내려왔다. o. 연화리라는 곳에서 연꽃이 되었다. 마-1. 그래서 연화리라 부른다.	s. 연봉바위에 있다가 어떻게 왕후가 되었다.	마-1. 황해도 신천군에 살 때는 심청전이라는 얘기만 들었다.
51		l-1. 장산곶 바로 앞에가 물이 회오리처럼 돈다. l. 거기가 심청이가 빠져 죽은 자리다. l-2. 물이 연꽃모양으로 돈다. 그래서 노 젓는 배들이 거기를 지나가지 못했다. o. 연봉에서 연꽃으로 피었다.		마-1. 연화리가 연봉하고 가깝기 때문에 '연꽃 연(蓮)'자를 넣어서 연화리라고 했다.
52		i. 심청이가 장산곶 인당수에 빠졌다. o. 연봉바위에서 연꽃이 떠올랐다.		마-1. 물이 장산곶에서 흘러 한쪽은 용기원산으로 다른 한쪽은 두무진에서 연봉바위로 흐른다. 마-2. 연화리로 연꽃이 밀려와 거기서 연꽃이 피기 시작해서 연화리라고 한다.
53	j. 만고효녀 심청이가 효도를 위해 공양미 삼백 석에 팔려갔다.	l. 인당수에 몸을 던졌다. o. 연꽃이 되어서 연화리로 떠내려왔다.		마-1. 연화리나 연봉이 심청전과 관련이 있는 것으로 듣고 있다.
54		l. 심청이가 장산곶 인당수에 빠졌다. o. 연꽃으로 환생해서 연화리 연못에서 피었다.	r. 연봉에서 사람으로 환생했다.	마-1. 심청각 건립 문제 때문에 의견이 분분했다. 마-2. 농지정리를 하면서 옹진군청에서 연꽃을 살리자고 해서 500여평 되게 연못에 옮겨놓았다. 이 일대를 연꽃단지로 만들려고 한다.
56	다-l-1. 심청이가 장산곶 내려오다가 잘못됐다. i. 공양미 삼백 석을 아버지 눈뜨게 할려고 바쳤다.		u. 심 봉사가 눈 뜰 때는 심청이가 소생해서 연꽃에서 태어났다.	마-1. 연봉바위에 연꽃이 걸려서 살아났다고 그러지요.
58		l. 심청이가 장산곶 앞 인당수에 빠져 죽었다. m. 용궁에 갔다. o. 연꽃을 타고 나왔다.	p. 남경장사가 무역을 하고 오다가 연꽃이 있으니까. 연꽃을 가져갔다.	마-1. 쪼끄말 때 들어서 그것밖에는 모른다.
61		l. 장산곶 인당수에 심청이 빠졌다. o. 연봉 섬에서 연꽃이 피었다.		마-1. 전설은 "연꽃이 피면 해방이 된다"는 옛날 어르신들 말도 있다.

인신공희담은 대단락의 탈락 현상이 불규칙적으로 일어나기 때문에 이야기의 전개상 비약이 심한 것이 특징이다. 전체적으로 〈가〉 심청의 출생〉을 구술한 화자는 한 명도 없으며, 〈나〉 심청의 성장과 효행〉의 경우도 〈자료 10〉·〈자료 27〉·〈자료 53〉·〈자료 56〉의 4명의 화자만이 구술한다. '심청설화'가 나) 대단락에서 시작한 경우에도 앞에서 살펴본 효행담과는 차이를 드러낸다. 〈자료 10〉과 〈자료 56〉은 '눈을 뜰 수 있다는 말에 백미 삼백 석의 시주를 약속한다'는 i 소단락에서 시작하지만, 〈다〉 심청의 죽음과 재생〉을 거치지 않고 바로 〈라〉 부녀상봉과 개안〉으로 넘어간다. 이에 비해 〈자료 27〉과 〈자료 53〉은 나) 대단락의 '심청이 공양미 300석에 선인들에게 팔려간다'는 j 소단락으로 시작하여 다) 대단락의 '심청이 인당수에 몸을 던진다'는 l 소단락으로 넘어간다. 그러나 〈자료 10〉과 〈자료 56〉의 경우와는 달리 〈라〉 부녀상봉과 개안〉이 탈락되어 있다. 이것은 '심청설화'를 구술한 화자들이 각각의 단락에 따른 결과만을 기억하고 구술하였기 때문이다. 즉 〈자료 10〉과 〈자료 56〉은 심청이 공양미를 시주했기 때문에 그에 따른 결과로써 심 봉사가 개안을 하게 되며, 〈자료 27〉과 〈자료 53〉은 심청이 공양미 삼백 석에 몸을 팔았기 때문에 인당수에 투신하는 행위가 뒤따르는 것이다.

〈다〉 심청의 죽음과 재생〉에서 '심청이 인당수에 몸을 던진다'는 l 소단락은 〈자료 10〉·〈자료 56〉을 제외한 12편에 보인다. 그런데 "장산곶에 가다 빠져죽으면 눈 뜬다고"(자료 10)하거나 "심청이가 장산곶을 내려오다가 잘못됐다."(자료 56)는 것은 l 소단락의 잔영이다. 따라서 이들 두 설화에도 l 소단락이 포함된 것으로 볼 수 있다. 인신공희담에서 다) 대단락의 '심청이 인당수에 몸을 던진다'는 l 소단락이 핵심적인 단락의 하나임을 알 수 있다. 〈자료 41〉의 화자는 "심청이가 저기 달래 섬에서 빠져서 세상 떠났다고 했잖아요. 장산곶, 장산곶 말레에서"라고 하여 심청이 투신한 곳을 달래섬이라고 한다. 그런데 달래섬은 백령도 바로 앞에 있는 섬으로, 심청이 투신했다는 인당수와는 거리상 약간의 차이를 보이는 곳에 위치한다. 화자가 달래섬을 "장산곶 말레" 있다는 것으로 보아 인당수와 착각하고 있는 것으로 보인다. 이렇게 보면 인신공희담의 설화에서 심청이 몸을 던진 곳은 장산곶으로 통일할 수 있다.

'심청이 용궁에 간다'는 m 소단락은 〈자료 38〉와 〈자료 58〉의 두 편에 보인다. 이것은 인신공희담의 화자들이 용궁모티프를 망각하고 있음을 보여준다. 용궁모티프를 구술하지 않는 화자들도 '심청이 연꽃으로 변한다'는 o 소단락을 구술한다. o 소단락은 〈자료 10〉· 〈자료 27〉·〈자료 56〉을 제외한 11편의 설화에서 구술된다. 그런데 〈자료 27〉과 〈자료 56〉의 경우는 〈마〉 부연설명〉 대단락에서 심청이가 살아났다는 소리를 들었다고 설명함으로서 o 소단락이 구술되지 않은 자료는 〈자료 10〉 뿐이다. '심청이 연꽃으로 변한다'는 o 소단락은 '심청이 인당수에 몸을 던진다'는 l 소단락과 함께 인신공희담에서 없어서는 안 될 핵심적인 단락인 것이다.

인신공희담은 앞에서 살펴본 설화의 유형들과는 달리 심청이 환생한 연꽃은 '연봉'(자료 38·51·52·61) 내지 '연화리'(자료 44·53·54)라는 구체적인 장소와 관련지어 구술된다. 구체적인 장소를 구술하지 않은 화자들 중에는 〈마〉 부연설명〉에서 '연봉 내지는 연화리'(자료 27·41·43·56)가 심청이 연꽃으로 환생한 곳이라고 말한다. 〈자료 27〉에서 화자는 본인이 처음 살던 동네에서는 심청이 살아난 곳이 어디라고 하는 말을 듣지 못했지만, 백령도에 와서 살면서 '연봉'이라는 말을 들었다고 한다. 〈자료 41〉에서는 화자는 "연봉으로 안 가고 연화리로 들어왔대요."라 하여 연화리라는 지명이 심청이 타고 온 연꽃에 의해 생겼다고 구술한다. 〈자료 43〉의 경우도 마찬가지이다. 그래서 지금 연화리의 연못에 연꽃이 핀다는 것이다. 〈자료 56〉은 다) 대단락이 탈락되었음에도 불구하고 조사자가 연봉바위에 대해서 묻자, 화자는 "연봉바위에서 연꽃이 걸려서 살아났다고 그러지요."라고 하여 연봉바위가 심청과 관련 있다고 구술한다. 유일하게 '심청이 연꽃으로 변한다'는 o 소단락을 언급하지 않은 〈자료 10〉의 화자만이 연화리의 연꽃을 『심청전』과 무관한 것으로 구술하고 있다.

인신공희담의 〈라) 부녀상봉과 개안〉은 전체 유형 중에서 변이 현상이 가장 심하게 일어난다. 라) 대단락을 구술한 경우는 〈자료 10〉·〈자료 39〉·〈자료 44〉·〈자료 54〉·〈자료 56〉·〈자료 58〉의 6편이다. 그런데 6편 모두 라) 대단락에 속한 소단락을 하나씩만 구술하고 있다. 〈자료 10〉은 심 봉사가 심청을 찾으며 개안했다는 u 소단락, 〈자료 39〉·〈자료 44〉는 심청이 왕과 결혼한다는 s 소단락, 〈자료 54〉는 연꽃에서 인간으로 환생했다는 r 소단락, 〈자료 58〉는 연꽃을 발견하는 p 소단락으로 구성되어 있다. 다만 〈자료 56〉의 경우 "심 봉사가 눈 뜰 때는 청이가 소생해가지고 연꽃 속에서 태어났다고 알고 있죠."라 하여 u 소단락 속에 r 소단락이 포함되어 있다.

라) 대단락을 구술한 6편 모두가 백령도에서 채록된 것이다. 그런데 라) 대단락을 구술한 6편 중에서 4편이 〈마) 부연설명〉에서 '연봉바위'나 '연화리 연못'의 존재에 대해서 구체적으로 언급하지 않거나(자료 44·54) 모른다고 구술한다(자료 10·39). 이것은 라) 대단락을 구술하지 않은 8명의 화자 중에서 7명의 화자가 〈마) 부연설명〉을 통해 '연봉바위나 연화리'가 심청과 관련 있다고 이야기하는 것과 대조를 이룬다. 라) 대단락이 없는 설화들은 뒤에서 다룰 증거담과 같이 마) 대단락을 통해 지명 유래를 설명하고 있다. 이상의 인신공희담을 단락별로 정리하면 아래와 같다. '심청설화'의 단락을 정리하는 데 있어 소단락에 ( )는 상대적으로 구술 비중이 낮은 것이며, (( ))는 망각의 단계로 접어들었다고 생각한 것을 표시한 것이다.

　나. 심청의 성장과 효행
　　((i. 눈을 뜰 수 있다는 말에 백미 300석에 시주를 약속한다.))
　　((j. 심청이 공양미 300석에 선인들에게 팔려간다.))
　다. 심청의 죽음과 재생
　　l. 심청이 인당수에 몸을 던진다.
　　((m. 심청이 용궁에 간다.))
　　o. 심청이 연꽃으로 변한다.
　라. 부녀상봉과 개안
　　((p. 선인들이 해상에서 꽃을 발견한다.))
　　(((q. 왕이 꽃 속의 심청을 발견한다.))
　　(((r. 심청이 왕과 결혼한다.))

((u. 부녀가 상봉하고 심 봉사 개안한다.))

마. 부연설명

전체적으로 볼 때, 인신공희담은 대단락의 불규칙적인 탈락으로 인해 이야기가 심하게 비약되면서 전개되는 것이 특징이다. 인신공희담은 다) 대단락의 '심청이 인당수에 몸을 던진다'는 l 소단락으로 이야기를 시작해서 '심청이 연꽃으로 변한다'는 o 소단락으로 이야기를 끝내고 여기에 〈마) 부연설명〉을 첨가하면 한 편의 '심청설화'가 될 정도로 변이가 심하게 일어나고 있다. 화자들이 '심청설화'에서 인신공희적 요소를 기억하고 구술한 것이다. 인신공희담에서 l 소단락과 o 소단락은 없어서는 안 될 핵심 단락이다. 그리고 〈라) 부녀상봉과 개안〉의 소단락은 거의 구술되지 않는 것으로 보아 상당 부분 망각이 진행되었음을 알 수 있다. 라) 대단락을 구술한 화자들의 경우 〈마) 부연설명〉에서 증거물을 제시하지 않는 경우가 많은 데 비해, 라) 대단락을 구술하지 않는 화자들이 마) 대단락에서 '연화리나 연봉'을 증거물을 제시하는 것이 인신공희담의 또 다른 특징이다.

(3) 배경담

배경담은 지형적 배경에 주안점을 두고 구술한 설화 형태로, 화자가 '심청설화'를 구술하기 전에 이와 관련된 부연설명을 첨가하고 있다. 이 유형에 속하는 자료들을 열거하면 다음과 같다.

배경담에 속하는 '심청설화'는 63편 중에서 12편이다. 배경담의 설화를 단락별로 줄거리를 요약하여 항목화하면 아래와 같다. 아래의 도표를 종으로 읽으면 모티프의 차이를, 그리고 횡으로 읽으면 각 설화간의 차이를 알 수 있다. 그리고 구술 중에 순서가 뒤바뀐 것은 '심청설화'의 단락에 맞게 재배열하지 않고 그대로 둔다. 화자가 '심청설화'를 기억하는 상태를 알 수 있기 때문이다.

일련번호	가) 부연설명	나) 심청의 성장과 효행	다) 심청의 죽음과 재생	라) 부녀상봉과 개안	마) 부연설명
7	A-1. 사궁이 있어 험한 물고개를 타고 넘어갈려면 힘들다. A-2. 처녀를 갖다 넣어야 장산곶을 지나갈 수 있다.	f. 심청이가 지아버지 손을 잡고 얻어 먹었다. j. 심청이가 지아버지 먹고 살라고 쌀백석에 몸을 판다.	l. 심청이 장산곶에서 빠져 죽었다.	p. 뱃사공이 연꽃을 건졌다. r. 연꽃이 기적으로 변해서 사람이 되었다. r-1. 이 소문이 임금의 귀에 들어갔다. 임금이 데려오라고 했다. s.임금이예쁘니까색시로삼았다. t-1. 결혼 잔치를 베풀었다. t. 심청이가 세상의 거렁뱅이를 다 모으게 했다. t-2. 하인들이 나가서 거렁뱅이들을 다 모았다. u. 잔치에 참석한 아버지를 만나 눈을 뜨게 했다.	마-1.심청의 아버지를 임금님이 잘 모셨다. 마-2. 연지동에 옛날에 연꽃이 있었는데, 연못이 지저분해서 다른 곳으로 옮겨 갔다.
8	A-1. 노인네들이 장산곶말래는 노을이 심해서 배가 못지나 간다고 했다. A-2. 처녀를 한 명 넣어야 무사히 건널 수 있었다.	j. 심청이가 아버지를 살리기 위해 백미 백가마에 팔렸다. j-1. 아버지에게 백미 백가마를 주었다.	l. 장산곶에 빠졌다.	p. 배가 지나오다가서 보니까 꽃이 있었다. r.꽃에서 심청이 나왔다. s. 임금님의 마누라가 되었다. t.아버지를 찾기 위해 잔치를 했다. u. 심청이 아버지를 만나 눈을 뜨게 했다.	마-1. 심청과 관련된 노래를 부르고는 연뻥은 연화리에서 물어보라고 하였다. '연나무가 어디가 있다어떻게 울면서 나갔'는지 라고 물어보면 알 것이라고 했다.
11	A-1. 혹간 일설에는 꾸민 조작이라는 얘기가 있다. A-2. 전해 내려오는 일설에 장산곶은 물줄기가 쎄다. 거기는 큰 바다가 구녕이 뚫려서 빙빙 돌면서 내려간다. A-3.옛날에는 심청이를 사람을 거가가가인고사를지냈던모양이다. A-4. 이런 것을 보니까 믿어지지는 않는다.	j. 뱃사공이 제사를 지내기 위해 공양미 삼백 석에 심청을 샀다.	o. 효성이 지극해서 용왕님이 부활시켜서 연꽃으로 변하게 했다.		마-1. 연꽃이 떠서 가라 앉아 연봉이 되었다고 한다. 마-2. 연지동 저 벌판은 심청이하고 별 연관이 없는 모양이예요. 마-3. 조작이라고 단정해서 말할 수는 없지만, 효심을 일깨워주기 위해 심청각을 짓는 것은 나쁜 것은 아니다.
15	A-1. 내가 알기로 장산곶이 임당수다.	j. 앞 못보는 부친을 위해 공양미 삼백 석에 몸을 팔았다.	l. 심청이가 임당수에서 빠졌다. o. 심청이 연봉에서 인간환생을 했다.		마-1. 심청각에 올라가 보면 장산곶과 연봉이 보인다.
17	A-1. 심청각에 올라가면 심청이 죽은 선대와 죽은 바위가 보인다. A-2. 하늘이 무너져도 효자 나갈 구멍이 있다는 말이 있다.	j. 아버지 눈 띠울라고 중국선인들에게 공양미 삼백 석에 팔려간다.	l. 장산곶 말래에 빠졌다. o. 빠지니까 대뜸 연봉아리가 되었다.		마-1.연꽃이 흘러 내려가서 연봉바위에 실린다. 그래서 연봉이라고 바위이름을 지었다.
26	A-1. 우리나라 사람치고, 효녀 심청이 얘기는 소설이 아니더라도 다 알고 있다.	나-1.가(?)는대로심청노래를한다. d.심봉사가젖동냥으로심청을길렀다. g.심봉사가마실가다가개가(?)에빠졌다. h.중이구해주었다. i.중이심봉사에게공양미삼백석만시주하면눈을뜰수있다는이야기를한다. i-1.심봉사가심청이에게이야기한다. 나-1. 중국 선인들이 장산곶을 지나갈려면 인제를 지내야 했다. j. 심청이가 소문을 듣고 공양미 삼백 석에 몸을 판다.	나-1. 심청이가 떠나는 날, 이 소식을 동네에서 듣고 아버지가 대성통곡한다. l. 장산곶 밖에 '대감바위라는 곳에서 빠져 죽었다. l-1. 대감 바위라는 곳은 경사졌기 때문에 썰물 들물 적에 물이 빙빙 돌면서 돌기 때문에 무섭다. o. 다시 소생했다. 꽃으로 변해 다시 나왔다 하는 그 장소는 모르겠다.		마-1. 연화리나 연봉은 심청하고 관련있다고 하는 얘기는 들어보지 못했다.

일련 번호	A)부연설명	나)심청의 성장과 효행	다)심청의 죽음과 재생	라)부녀상봉과 개안	마)부연설명
32	A-1. 「심청전」은 내가 읽어보지 못해 거기에 대한 확실한 지식이 없다. A-2. 인당수, 장산곶이 제일 가까운 곳이 백령이다.	j. 심 봉사가 먹고 살 길이 없어 공양미 삼백 석에 심청을 팔았다.	l. 심청이를 인당수에 집어 넣었다. o. 장산곶에서 연꽃이 피어났다.	r. 꽃 속에 있는 심청이를 발견한다. u-1. 심청이를 심 봉사에게 데려렸다. u. 심청이가 매달려서 얘기를 하자 심봉사가 눈을 떴다.	마-1. 연화리나 연봉바위는 심청과 관련이 없다. 마-2. 뺑덕어미가 장촌에 살았다는 얘기는 들은 적이 없다.
34	A-1. 장산곶 말래가 물이 쎄게 내려가잖아. 물이 빙빙 돌면서 내려간다고.		l. 심청이가 장산곶 말래에서 빠져 죽었다. o. 장마가 졌댔는지 몰라도 연꽃이 나와서 입을 벌리면서 타라고 했다.	r. 연꽃이 가장자리로 나와서 살았다.	
37	A-1. 장산곶 돌아가는데 풍파가 쎘던 모양이다. 배가 거기게 할적에는, 여자를 여워야만 파도가 안 일고 조용히 갈수가 있었다.	j. 판사인 아버지가 먹고 살 수 있게 하기 위해 공양미 삼백 석에 팔려라.	l. 그게 갈 적에 심청이를 물에 넣었다.	p.그올 적에 연꽃을 땄다. r-1. 임금이 회식인가 하는데 젓가락이 바꼈다는 소리를 한다. r. 거기서 심청이가 나타났다. t. 심청이가 살아나서 전국의 판사를 모아놓고 연회를 베풀었다. u. 연회가 끝말에 나타난 아버지를 만나 눈을 뜨게 했다.	마-1. 심청이 살아난 곳이 어디인지는 못들었다. 그건 꽃 속에 있다가서 살아났다고 그런다.
47	A-1. 75년에 백령도에 들어왔을 때, 당시 해병 여단장이던 이화칠 장군이 백령도 서북쪽 8km 떨어진 지점이 인당수고 백령도 남쪽 3km 떨어진 연봉바위에서 심청이 환생했다는 이야기를 들었다. A-2. 연화리가 '연꽃 연(蓮)'자를 쓰고 중화동에 절터가 있고, 장촌에 뺑덕어미가 살았다는 이야기를 당시 83세 된 김치만 할아버지로부터 들었다.		l. 인당수에 몸을 던졌다. o. 용궁에 가서 칭찬을 받고 연봉바위에서 환생했다. 마-1. 원래는 연꽃이었는데, 그게 굳어져 바위가 되었다고 한다.	p.중국을 왕래하던 상인들이 그 꽃이 탐스러워 무심코 배에 실었다. r.꽃이 활짝 피면서 심청이 나왔다.	마-1. 뺑덕에미는 약삭빠른 사람이다. 공양미 삼백 석이 중화동 절터에 옮겨졌는데, 심학규가 마침 공양미를 바칠까 말까하던 그 순간이었다. 심청이가 몸을 던진 후였다. 뺑덕어미가 심학규에 절에다 바치지 말고, 쌀 삼백 석을 가지고 행복하게 살자고 꼬셨다.
55	A-1. 인당수는 장산곶을 위주로 한 장소로 알고 있다. 연봉바위도 들어서 알고 있다.	j. 공양미에 팔려 갔다.	l. 인당수에 빠졌다. m. 용궁에 들어갔다. o. 효성이 지극하다고 해서 흘러흘러 떠 올라온 곳이 연봉바위.		마-1. 뺑덕이할멈이 장촌으로 왔다갔다 하는 전설도 있다. 마-2. 연화리는 본래 '연꽃 연(蓮)'자, '못 지(池)'자'인데 심청과 관련이 없으면 그런 이름이 안나왔을 것이다.
62	A-1. 심청 노래 가사부터 얘기를 한다. A-2. 공양미 삼백 석을 절에서 다 먹은게 아니라 먹고 살라고 심봉사를 많이 주었다.	c. 오메가 죽었다. d. 심 봉사가 그 딸을 업고 다니면서 젖을 얻어 먹여 키웠다. i. 딸이 아버지눈을 띄울라고 절에 가서 물어봤다. 공양미 삼백 석을 바치면 눈뜬다고 해서 약속을 했다. j. 남경장사들에게 공양미 300석을 받았다.	l. 심청이를 인당수에 넣었다. 나-k. 절에서 아버지 평생 먹을 것을 주었다. 나-1. 뺑덕어미라는 여자를 얻어 살았다. 뺑덕어미가 돈을 다 뺴돌렸다. 거지가 되었다. o. 바다에서 꽃이 피었다.	q. 그 꽃을 꺾어다가 임금님 네 집에 갖다 두었다. 라-1. 나랏님 부인이 들어가면 머리칼을 잡아댕겼다. r. 무슨 조화냐고 하니까 꽃이 변해서 사람이 되었다. s. 이쁘니까 그냥 데리고 있었다. t. 비렁뱅이 잔치 3년을 해주면 눈을 뜬다고 한다. u. 거렁뱅이 잔치 마지막 날 찾아온 즈이 아버지를 만나 눈을 뜨게 했다.	마-1. 빠진 곳은 인당수요, 살아난 곳은 잘모른다. 마-2. 1・4 후퇴 때 미국배 엘・에・티(LST)를 타고 장산곶을 지나갔는데, 인당수 근처에 오니까 물이 "핑핑팡" 그냥 돌았다.

배경담은 〈자료 8〉의 화자처럼 "옛날 노친네들이, 장산곶말래는 노을이 심해서 배가 못지나간다.···(중략)···치니를 한 놈씩 사가지고, 씰어 넣고야 무사히 잘너머간다."면서 '심청이 빠져 죽었다'는 인당수에 관한 설명이나 『심청전』에 관해서 언급한 다음에 심청이야기를 구술하는 것이 특징이다. 다만 〈자료 62〉의 경우는 화자가 "공양미 삼백 석을 절에서 받아 가지구요, 절에서 다 먹은 게 아니구요, 심 봉사를 많이 주었어요. 먹고 살라구."하면서 화두를 공양미와 관련해서 시작한다. 화두를 공양미 삼백 석의 시주로 시작한 것은 이 설화의 화자가 절의 주지이기 때문이다. 가난한 심청이 몸을 팔아서 마련한 공양미 삼백 석을 절에 모두 시주한 것과 관련해서 생길지도 모르는 비난을 사전에 예방하기 위한 의도적인 설정으로 보인다.

구술된 단락을 기준으로 해서 보면, 〈나) 심청의 성장과 효행〉의 경우 소단락 부분에 망각 현상이 일정 부분 진행되었음을 볼 수 있다. 나) 대단락이 구술된 설화는 〈자료 34〉와 〈자료 47〉을 제외한 10편이다. 이 중에서 소단락이 2개 이상 구술된 경우는 〈자료 7〉·〈자료 26〉·〈자료 62〉의 3편뿐이다. 그 나머지의 설화에서는 나) 대단락이 모두 1개의 소단락으로 구성되어 있다.

〈자료 7〉은 '심청이 동냥, 품팔이를 하여 부친을 봉양한다'는 f 단락에서 시작하여 바로 '심청이 공양미 300석에 선인들에게 팔려간다'는 j 소단락으로 구성되어 있다. 이 설화는 전개상의 비약에도 불구하고 화자가 "지아버지 먹고 입고 살라구. 그러니까 심청이가 그러니까, 쌀 백석을 지아버지 갖다 쌓아올리구."라고 하여 '심청이 공양미 300석에 선인들에게 팔려간다'는 j 소단락을 f 소단락의 연장선상에서 구술하고 있다. 화자는 심청이 아버지를 봉양할 목적으로 몸을 팔았다고 한다. 〈자료 26〉은 '심 봉사가 젖, 곡식을 동냥하여 심청을 양육한다'는 d 소단락에서 시작하여 '심청의 비범성이 나타난다'는 e 소단락과 '심청이 동냥, 품팔이를 하여 부친을 봉양한다'는 f 소단락이 탈락된 채 심 봉사에 의해 심청이 공양미 삼백 석에 중국 선인들에게 팔려 가는 과정인 '심 봉사가 물에 빠진다'(g)~'심청이 공양미 300석에 선인들에게 팔려간다'(j)는 소단락으로 구성되어 있다. 이 설화에서 심 봉사는 중이 구해 주고 공양미 삼백 석을 바치면 눈을 뜰 수 있다고 한 이야기를 심청에게 들려준다. 그래서 심청은 "내가 아버지 눈을 뜨게 하기 위해서 공양미 삼백 석에 이제 내 몸을 팔"게 한다. 심 봉사는 심청에게 자진해서 몸을 팔도록 유도한다.

이에 비해 〈자료 62〉의 화자는 심청의 성장 과정으로 볼 수 있는 '심청의 모친이 일찍 죽는다'는 c 소단락과 '심 봉사가 젖, 곡식을 동냥하여 심청을 양육한다'는 d 소단락을 구술하고 중간 과정을 생략한 채 아버지의 개안을 위해 시주를 약속하는 i 소단락과 심청이 몸을 파는 j 소단락을 구술한다. 〈자료 26〉과 〈자료 62〉의 설화는 〈나) 심청의 성장과 효행〉 대단락이 소설의 구성과 유사하게 되어 있다. 이것은 〈A) 부연설명〉에서 보듯이 이들 화자가 소설의 내용을 잘 알고 구술하였기 때문이다.

〈나) 심청의 성장과 효행〉에서 1개의 소단락으로 구성되어 있는 설화들은 모두 '심청이 공양미 300석에 선인들에게 팔려간다'는 j 소단락으로 시작한다. 그리고 이 j 소단락은 나) 대단락이 구술되지 않은 〈자료 34〉와 〈자료 47〉을 제외한 설화에 공통적으로 들어 있다.

이것은 배경담에서 나) 대단락의 j 소단락이 핵심적인 단락의 하나임을 알 수 있다. 그런데 심청이 몸을 파는 이유가 앞 못 보는 부친의 눈을 띄우기 위해(자료 15·17·26·62), 아버지가 먹고 살 수 있게 하기 위해(자료 7·8·37), 뱃사공이 제사를 지내기 위해(자료 11), "공양미에 팔려갔을 때"(자료 55), "심 봉사가 먹고 살 길이 없어 공양미 삼백 석에 심청을 파"는(자료 32) 등 다양하다. 특히 심청이가 심 봉사의 노후 생활을 걱정해서 자기 몸을 파는 것으로 구술된 설화가 많다는 점이 눈에 뜨인다. 이것은 현실적인 시각에서 『심청전』을 설화화 한 것으로 볼 수 있다.

〈다) 심청의 죽음과 재생〉에서 '심청이 인당수에 몸을 던진다'는 l 소단락은 〈자료 11〉를 제외한 11편에 나타난다. 이 중에서 〈자료 7〉·〈자료 8〉·〈자료 37〉의 3편은 다) 대단락이 l 소단락만으로 구성되어 있다. 〈자료 37〉는 화자가 "그게 갈 적에 심청이를 물에 옇다고 그래요."라고 구술하여 장소가 명확하지 않다. 하지만 〈A) 부연설명〉에서 장산곶에 대한 지형적 배경을 설명한 것으로 보아 심청이 빠진 곳을 인당수로 볼 수 있다. 다) 대단락의 '심청이 인당수에 몸을 던진다'는 l 소단락은 나) 대단락의 '심청이 공양미 300석에 선인들에게 팔려간다'는 j 소단락과 함께 배경담에서 없어서는 안 될 핵심 단락인 것이다.

배경담 중에서 '심청이 인당수에 몸을 던진다'는 l 소단락만으로 구술되어 있는 3편을 제외한 9편에 '심청이 연꽃으로 변하였다'는 o 소단락이 있다. 이 중에서 〈자료 11〉은 심청이 인당수에 투신한 행위가 없음에도 불구하고 심청이 연꽃으로 변한다. 그런데 심청이 연꽃으로 변하는 이유로는, 효성 때문에(자료 11·47·55), "연봉에서 인간 환생"(자료 15), "대뜸 연봉아리가 되야가지구설랑"(자료 17), "다시 소생했다."(자료 26), "그 때가 뭐, 억수가, 장마가 졌댔는지 어쨌댔는지 몰라도, 그 연꽃이 나"와 심청에게 타라고 해서 연꽃으로 변하는(자료 34) 등 다양한 방식이 동원되고 있다. 심청이 연꽃으로 변하는 방식이 다양하지만, 이것은 효행의 결과로 얻어진 것으로 보인다. 그것은 '심청설화'에서 심 봉사의 생존 문제와 결부된 설화의 경우에는 '심청이 연꽃으로 변하였다'는 o 소단락이 구술되지 않기 때문이다.

배경담에서 〈라) 부녀상봉과 개안〉을 구술한 경우에는 〈나) 심청의 성장과 효행〉과 〈다) 심청의 죽음과 재생〉에 비해 상대적으로 많은 소단락을 포함하고 있다. 라) 대단락을 구술한 설화들은 〈자료 7〉·〈자료 8〉·〈자료32〉·〈자료 34〉·〈자료 37〉·〈자료 47〉·〈자료 62〉 등 7편이다. 〈자료 34〉는 심청이 연꽃으로 변하는 것이 아니라 떠내려온 연꽃에 의해 구조된 것으로 설정되어 "연꽃이 아물어서 이 가역으로(가장자리로) 나와서 살았다고" 하여 '왕이 꽃 속의 심청을 발견한다'는 r 소단락으로 볼 수 있는 대목만을 구술한다. 그리고 〈마) 부연설명〉은 생략되어 있다.

〈자료 26〉은 나)와 다) 대단락이 다른 설화에 비해 상대적으로 자세하게 구술되었지만 라) 대단락이 탈락되어 있다. 그리고 부연설명 단락에서도 연화리와 연봉이 "심청전과는 관련이 없는 것 같아요." 라고 하여 심청과 연관시키는 것을 부정하고 있다. 이것은 화자가 라) 대단락을 망각했거나 아니면 실제로 일어났을 법한 이야기만을 구술하고자 했기 때문일 것이다. 이 중에서 후자일 가능성이 크다. 그것은 다) 대단락의 '심청이 연꽃으로 변하였다'는 o 소단락을 구술하고 "지금 내가 얘기하는 건 저 실지로, 인자같은 경우에는 본 얘기고, 또 뭐냐, 일부분은 책에서 본 것도 가미되어" 있다는 화자의 구술태도에서 알 수 있다.

'선인들이 해상에서 꽃을 발견한다'는 p 소단락은 〈자료 7〉·〈자료 8〉·〈자료 37〉·〈자료 47〉·〈자료 62〉의 5편에 보인다. 그런데 이들 각 편은 꽃을 발견했음에도 불구하고 '선인들이 왕에게 꽃을 바친다'는 q 소단락이 모두 탈락된다는 공통점이 있다. 다만 〈자료 7〉의 경우엔 심청이 임금에 의해 발견되는 것이 아니라 먼저 인간으로 환생한 다음에 그 소문을 전해들은 임금의 명에 의해 불려간다. 이것은 화자 나름대로 『심청전』을 해석하였기 때문이다. "심청이가 이 세상에 거렁뱅이라는 사람은 다 모아 오겠금 해라. 해야 지아버지가 오잖아요."라는 '심청이 맹인 잔치를 소청한다'는 t 소단락에서도 그 흔적을 엿볼 수 있다. 〈자료 62〉는 "바다에 꽃이 피니까 그 꽃을 꺾어다 가서 그 임금님네 집에다 갖다 놔 뒀"다고 하여 꽃을 바치는 대상이 생략되어 있다. 화자는 심청이 왕과 결혼하는 대목을 소설 『콩쥐팥쥐』에서 모티프를 차용하여 흥미롭게 구술하고 있는데, 이 부분도 그 연장선상에 놓인 것으로 보인다.[58]

'왕이 꽃 속의 심청을 발견한다'는 r 소단락은 〈라〉 부녀상봉과 개

---

58 콩쥐가 팥쥐에 의해 죽임을 당하고 며칠 후에 감사의 연못가에 전일에 보지 못하던 연꽃 한 줄기가 눈에 뜨이더라. "꽃줄기가 유별나게 높이 솟아나 있을 뿐더러 꽃모양도 신기하며 아름다움이 비길 데 없으므로, 노복으로 하여금 그 꽃을 꺾어다가 별당 방문 앞에 꽂아 놓게 하고 감사는 그 꽃을 사랑하여 마지 아니하더라."(장덕순 외, 「콩쥐팥쥐」, 『한국고전문학전집』 3, 희망출판사, 1965, 275쪽).

안〉을 구술한 7편 중에서 〈자료 7〉과 〈자료 34〉을 제외한 5편에 등장한다. 〈자료 7〉과 〈자료 34〉는 위에서 살펴보았듯이 화자 나름대로 심청의 소생 부분을 설명하기 때문에 r 소단락이 탈락한 것이다. 〈자료 37〉와 〈자료 62〉는 심청이를 발견하는 장치를 마련한 점이 흥미롭다. 〈자료 37〉에서는 임금이 회식을 하는데 젓가락이 바꿨다는 소리가 들린다. 그래서 임금이 무슨 뜻이냐고 묻자, "젓가락이 짝째기이믄 자기 부인하고 안 살고 넘 허고 산다는 그런 소리"라고 하면서 꽃에서 심청이가 나타나며, 〈자료 62〉에서는 나랏님 부인이 방에 들어가면 무엇인가가 자꾸 머리를 잡아당기므로 "'이게 무슨 조하냐?' 하고 자꾸 뭐라고" 하니까 "꽃이 변해서 사람이" 되었다는 것이다. 이것은 심청이 임금님의 색시가 되는 과정을 화자가『콩쥐팥쥐』에서 모티프를 차용하여 설명한 것이다.

'심청이 왕과 결혼한다'는 s 소단락은 7편 중에서 〈자료 7〉·〈자료 8〉·〈자료 62〉의 3편만 보인다. '심청이 맹인 잔치를 소청한다'는 t 소단락은 이들 3편 이외에 〈자료 37〉에도 들어 있다. 심청이 세상의 거렁뱅이를 전부 모으고(자료 7), 아버지를 위해 잔치를 하며(자료 8·37), 심청이 웃지 않는 것을 보고 임금이 왜 웃지 않느냐고 하자, "나는 비렁뱅이 잔치를 3년을 해주어야 웃는다."(자료 62)고 해서 잔치를 베풀게 한다. 화자들이 t 소단락을 구술할 경우에 심청은 아버지를 찾기 위해 적극적인 모습을 보인다는 점이 '심청설화'의 다른 유형과 구별된다.

맹인 잔치를 배설한 4편의 설화에는 '부녀가 상봉하고 심 봉사 개안한다'는 u 소단락이 들어 있다. u 소단락이 구술된 경우엔 심 봉사가 개안하는 것으로 이야기를 끝맺는다. 이들 외에 〈자료 32〉에도 u 소단락이 있어 5편이 이 소단락을 구술하고 있다. 〈자료 32〉의 화자는 심청을 발견한 대상이 누구인지는 밝히지 않은 채 "그 꽃 속에 있는 걸 보니까 심청인데, 그래서 그 심청이를 데려다가, 저의 아버지 심봉사"한테 데려가 심청이가 아버지에게 매달려 이야기를 하자 심 봉사가 개안했다는 것이다. 이 설화의 화자는 맹인 잔치에 의한 부녀 상봉과 개안 과정을 부분적으로 망각하고 있다.

〈마) 부연설명〉에서 〈자료 7〉·〈자료 8〉·〈자료 11〉·〈자료 26〉·〈자료 32〉의 5편의 화자들은 연화리가 심청과 관련이 없는 것으로 구술하였다. 〈자료 55〉의 화자만이 연화리는 "본래 '연꽃 연(蓮)'자 하고, 못 지(池)자'인데", "심청이 하고 관계가 없을 것 같으면 그런 이름이 안나"온다고 하여 심청과 연관시키고 있다. 심청과 연화리는 관련이 없다고 한 〈자료 11〉의 화자는 심청을 연봉과 연관 지어 구술한 점이 특이하다. 〈자료 17〉의 경우도 심청이 연봉과 관련되었다고 한다. 그리고 〈자료 32〉·〈자료 47〉·〈자료 55〉는 뺑덕어미에 관한 언급이 있다. 이에 대해서는 제 4장에서 살펴보겠다.

지금까지 살펴본 배경담을 단락별로 정리하면 아래와 같다. 배경담의 단락을 정리하는 데 있어 소단락에 ( )는 상대적으로 구술 비중이 낮은 것이며, (( ))는 망각의 단계로 접어들었다고 생각한 것을 표시한 것이다.

A. 부연설명
　A-1. 장산곶에 대한 배경 설명

나. 심청의 성장과 효행

((d. 심 봉사가 젖, 곡식을 동냥하여 심청을 양육한다.))

((f. 심청이 동냥, 품팔이를 하여 부친을 봉양한다.))

((i. 눈을 뜰 수 있다는 말에 백미 300석의 시주를 약속한다.))

j. 심청이 공양미 300석에 선인들에게 팔려간다.

다. 심청의 죽음과 재생

l. 심청이 인당수에 몸을 던진다.

(o. 심청이 연꽃으로 변한다.)

라. 부녀상봉과 개안

(((p. 선인들이 해상에서 꽃을 발견한다.))

(r. 왕(또는 임금)이 꽃 속의 심청을 발견한다.)

((s. 심청이 왕과 결혼한다.))

((t. 심청이 맹인 잔치를 소청한다.))

((u. 부녀가 상봉하고 심 봉사 개안한다.))

마. 부연설명

배경담의 화자들은 심청이 제물로 바쳐지게 된 동기를 장산곶이나 인당수의 자연적 내지 지형적인 배경을 전제로 하여 '심청설화'를 구술하고 있다. 배경담에서 〈나) 심청의 성장과 효행〉의 '심청이 공양미 300석에 선인들에게 팔려간다'는 j 소단락과 〈다) 심청의 죽음과 재싱〉의 '심청이 인당수에 몸을 던진다'는 l 소단락이 핵심적인 단락이다. j 소단락을 구술한 화자들 중에는 심 봉사의 생존 문제와 결부되어 이를 구술하는 데, 이 경우에는 '심청이 연꽃으로 변한다'는 o

소단락이 탈락되는 현상을 보인다. 그리고 '심청이 맹인 잔치를 소청한다'는 t 소단락에서의 심청은 아버지를 찾기 위해 적극적인 자세를 취한다. 그리고 〈마〉 부연설명〉에서 화자들이 구술한 내용이 다양한 것이 특징이다. 배경담에서 위의 핵심적인 단락과 '심청이 연꽃으로 변한다'는 o 소단락 이외에 구술된 단락들은 대부분 망각되는 과정에 있는 것으로 보아도 무방하다. 이렇게 볼 때, 배경담은 인당수의 자연적 배경을 기반으로 '심청설화'가 구성되어 있음을 알 수 있다.

⑷ 증거담

증거담은 증거물에 주안점을 두고 구술한 설화 형태로, 배경담보다 대단락의 탈락 현상이 심하면서 소단락 부분에서도 많은 변이 현상을 보인다. 이 유형에 속하는 자료를 열거하면 다음과 같다.

〈자료 9〉 이-9 김보득의 심청이야기

〈자료 12〉 이-12 장형수의 심청이야기

〈자료 13〉 이-13 김현규의 심청이야기

〈자료 16〉 명-14 연화1리 마을 명칭유래

〈자료 18〉 최-1 이성일 우체국장 이야기

〈자료 19〉 최-2 이응규 백령면장 이야기

〈자료 20〉 최-3 박용운 지역개발위원장 이야기

〈자료 22〉 최-6 김진화씨 이야기

〈자료 23〉 최-7 유봉렬씨 이야기

〈자료 28〉 최-14 이탄종씨 이야기

〈자료 29〉 최-15 이준택씨 이야기

〈자료 30〉 최-16 김성훈 소령 이야기

〈자료 31〉 최-17 김동일 소령 이야기

〈자료 35〉 최-23 김주형씨 이야기

〈자료 42〉 최-33 전응류 목사 이야기

〈자료 45〉 최-36 유원봉씨 이야기

〈자료 49〉 최-40 박임식씨 이야기

〈자료 59〉 최-54 조숙자씨 이야기

〈자료 60〉 최-60 문순곤씨 이야기

이 증거담에 속하는 설화는 19편으로 단락별로 정리하면 아래와 같다. 아래의 도표를 종으로 읽으면 모티프의 차이를, 그리고 횡으로 읽으면 각 설화간의 차이를 알 수 있다. 그리고 구술 중에 순서가 뒤바뀐 것은 '심청설화'의 단락에 맞게 재배열하지 않고 그대로 둔다. 화자가 '심청설화'를 기억하는 상태를 알 수 있기 때문이다.

일련 번호	A) 부연설명	나) 심청의 성장과 효행	다) 심청의 죽음과 재생	라) 부녀상봉과 개안	마) 부연설명
9	A-1. 저 장산곶 돌아길려면 아무리 바람이 자두 그냥은 못 돌아간다고 했다.				마-1. 심청이 집어넣고 뭐 한 것은 정신없어서 들었어도 다 잊어버렸다.
12	A-1. 인당수라는 곳이 왜 생겼나면, 우리나라에서 조류가 가장 쎈 곳이다. A-2. 큰 물길이 마주 치는 곳이라 커다란 소용돌이가 생긴다. A-3. 뱃길 무사 귀환을 기원하기 위해서 처녀 제사를 지냈던 모양이다.		0. 심청이가 연꽃을 타고 떠올라 연봉이 되었다.		마-1. 심청이 꽃을 타고 들어온 곳이 연화곳이다. 마-2. 심청전은 황해도를 무대로 했기 때문에 백령도에는 이 정도의 전설만 전해진다. 마-3. 동국대 교수팀이 장촌 마을이 뺑덕어미가 살던 곳이라고 했는데 무슨 근거로 했는지 모르겠다.

일련번호	가) 부연설명	나) 심청의 성장과 효행	다) 심청의 죽음과 재생	라) 부녀상봉과 개안	마) 부연설명
13	A-1. 장산곶 몽금포는 조류가 우리나라에서 가장 빠른 곳이다. 사리때는 35노트 속력이 된다. A-2. 백령과 장산곶, 연봉이 관계가 있다. 조류가 쎄니까 이것을 배경으로 소설로 쓴 것이다.				마-1. 심청이가 빠졌으면 두무진을 거쳐 연봉에 이를 확률이 60프로이다. 마-2. 연화리의 연꽃을 보아서 실화같다고 이야기한다.
16	A-1. 연화리는 연꽃이 많이 펴서 연할 연자를 따서 연화리라고 했다.		o. 심청이가 인당수에서 연꽃을 타고 연화리로 와 피었다.		마-1. 심청이하고 연관을 짓는 거지. 요새도 논두렁을 파면 옛날 연까지 나온다.
18	A-1. 백령도와 「심청전」이 관련 있다는 얘기는 어렸을 때부터 들었다. 뺑덕어미가 장촌에 살았다는 얘기를 들었다. 어렸을 적에는 심청이 실존 인물인줄 알았다. A-2. 인당수는 물살이 쎈곳이다. 옛날에 중국하고 무역하는 배가 물 때를 잘못 만나서 사고를 당했을 것이다. 그래서 사람을 제물로 바쳤지 않았나 생각한다.		o. 여기 와서 듣기로는 심청이 연꽃을 타고 다시 살아난 곳이 '연봉'이라고 들었다.		마-1. 연화리나 연봉에 '연꽃 연(蓮)'자를 쓰는 것은 같은 맥락에서 그런 이름이 생겼다고 생각한다.
19	A-1. 어렸을 때 임당수, 장산곶에서 심청이 죽었다는 것을 영화와 책으로 보았다.				마-1. 연화리와 연봉 바위 이야기는 이곳에 와서 들은 이야기. 다-b-1. 연화리 앞 연봉바위가 심청이 살아난 곳이라고 했다. 마-3. 저는 연화리 연꽃, 연봉 바위가 「심청전」과 관련이 된 것이 아닌가 생각한다.
20	A-1. 인당수는 소설의 무대 자체가 여기가 아니더라도 인정이 되는 곳이다. 파도가 쎄고 물이 돌기 때문에 그 당시 배들이 거기를 임의 통과하지못했을 것이다. 지금 북한 군함도 거기를 통과하지못한다. A-2. 장산곶 물은, 하나는 연화리 쪽으로 빠지고 하나는 대동만 쪽으로 갑니다. 중국 배가 가라 앉기도 했답니다.		o-1. 연봉바위의 연봉은 '연꽃 연(蓮)'자로 알고 있다. o. 내가 들은 것은 연봉에서 연꽃이 피었다는 겁니다. 다-1. 임당수는 분단된 상황에서 제일 가까운 곳이 백령도이다. m-1. 연봉이 용궁이 된다 이거지요.		마-1. 이대기의 「백령지」에 보면, 꽃 향기가 다섯 개의 구릉을 가득 채웠다고 한다. 마-1. 뺑덕어미가 이곳에 살았다는 것은 인정을 못한다. 마-2. 저는 「심청전」의 작자가 백령도를 거쳐 갔을 것으로 생각한다.

일련번호	가) 부연설명	나) 심청의 성장과 효행	다) 심청의 죽음과 재생	라) 부녀상봉과 개안	마) 부연설명
22	가-1. 옛날에 장산곶 앞에 인당 수에 상인들이 제사를 지냈다는 소리를 들었다. 가-2. 장산곶 앞 인당수는 물살이 쎄고 빙빙 돈다.	나-1. 중국의 장사꾼들이 매번 침몰되어 피해를 보니까 처녀를 사다 바쳤다. 나-2. 그 처녀 이름이 심청이다.	다. 연화리 연꽃, 연봉바위로 환생했다.		마-1. '저희들은 「심청전」이 장산곶, 백령도 여기가 발상지가 아니냐'라고 굳게 생각하고 있다. 마-2. 장산곶, 연화리 연꽃, 연봉바위가 일직선상에 있다. 마-3. 심청각을 세우자고 논의가 있었을 때, 연꽃이 피었다는 것은 우연의 일치라고 보기는 어렵다. 하늘이 백령도에 심청각을 지어야 한다는 뜻이다.
23	가-1. 어른들에게 장산곶에서 심청이 빠졌다고 들었다. 더이상은 모른다.				마-1. 연화리에 연꽃이 있었는데, 인구가 늘어나자 자연적으로 어디론가 이동해 갔다. 마-2. 연봉은 연화리서 연꽃나무가 연봉으로 빠져 나갔다고 해서 그렇게 부른다.
28	가-1. 10여 년 전에 「심청전」에 나오는 인당수가 여기라는 얘기를 들었다.		다. 연꽃으로 환생했다.		마-1. 연봉은 연꽃마냥 생겼다. 마-2. 실제로 물에 빠졌었더라면 연지동하고 심청전하고 관계가 있을 것이다.
29	가-1. 백령도 토박이지만 어른들에게 들은 얘기가 없다.		다. 심청이 장산곶에 가서 인당수에 빠져 죽었다.		마-1. 연봉이나 연화리 연꽃이 심청이하고 관련이 있는 것에 대해서는 잘 모르겠다. 마-2. 심청각을 지어 백령이 유람지가 되면 좋은 일이다.
30	가-1. 1982년에 처음 부임해서 심청이가 백령도와 관련 있다는 얘기를 들었다.		다. 연화리 연못에서 연꽃으로 피었다.		마-1. 연화리에서 심청이 자랐다고 들었다. 마-2. 중국하고 교통로가 임당수이며, 거기서 어떠한 제를 지냈다는 얘기를 들었다. 마-3. 마을 노인들이 연꽃이 피니까 "심청이가 우리를 마을 사람들에게 복을 주고"자 하기 때문에 그걸 꺾지 못하게 막았다.
31	가-1. 옛날에 배웠던 심청전의 설화가 유래된 곳이라고 들었다. 가-2. 높은 고지 정상에 올라가서 보면 임당수는 파도가 심하다. 가-3. 조류의 흐름으로 봐서 여기서 들은 이야기를 별 여과 없이 받아들인다.				마-1. 연봉은 심청이가 죽어가지고 다시 태어난 곳이다. 마-2. 뺑덕어미가 장촌에 살았다는 얘기를 장촌마을 주민에게 확인하려 했다가 곤욕을 치렀다.
35	가-1. 이북에서 와 가지고 잘 모른다. 요즘에 들은 얘기다.		다. 무역 상인들이 장산곶에 여자를 갖다 넣었다. 다. 연화리에서 연꽃으로 피었다.		마-1. 연꽃을 맞이할려고 대기하는 곳이 연봉이다.

일련 번호	A) 부연설명	나) 심청의 성장과 효행	다) 심청의 죽음과 재생	라) 부녀상봉과 개안	마) 부연설명
42	A-1.「심청전」은 황해도와 관련이 있는지는 모르지만, 백령도와는 무관하다.				마-1. 심청각을 세울 예산이 있으면 주민 편익 시설을 했으면 좋겠다.
45	A-1. 어렸을 때, 어른들에게 듣기로는 심청이는 '대감바위'라는 곳에서 빠졌다. A-2. 중국 대련과 신의주나 진남포에서 내려오는 바닷물이 합쳐져서 빙빙 돈다고 했다.		ㅇ. 효성이 지극해서 백령도 연봉바위에서 솟아올랐다고 한다.		마-1. 연화리에 대해서는 자세히 모른다.
49	A-1. 장산곶 쪽을 보면 임당수라고 있다. 거기가 물결이 무척 쎄다. 어른들 말을 들어보면 웬만한 때는 건너지를 못했다. 물 때를 맞춰야 한다.		ㅣ. 심청이가 거기서 빠져 죽었다.		마-1. 연봉바위에 걸렸다가 조류가 왔다 갔다 하니까 거기서 연화리로 떠밀려 들어왔다. 마-2. 그 앞 연못에 연꽃이 피었다고 들었다.
59	A-1. 장산곶 바로 밑에 임당수라고 있다. 피난 나오면서 보니까 임당수라는 데가 물이 훔쳐 가지구 빙빙빙 돌았다. A-2. 중국에서 무역하면서 거기에 산 제사를 지내고, 사람을 갖다 빠뜨렸다.				마-1. 연화리 연봉바위에서 심청이가 살아났다는 얘기는 어렸을 때 부모님한테도 듣고, 여기 사람들한테도 들었다.
60	A-1. 인당수가 장산곶이다. A-2. 장산곶은 썰물 들물이 되면 물살이 쎄다 이겁니다.		ㅣ. 심청이를 빠트리고 제사 지내는 동안 물이 잠잠했다.		마-1. 대청하고 백령하고 사이에 있는 연봉바위에서 심청이가 연꽃을 타고 나왔다고 한다.

증거담은 다른 변이형과 비교해서 수적으로 많은 편이다. 이 증거담의 화자들은 대부분 화두를 〈A) 부연설명〉에서 장산곶과 관련된 설명으로 시작하여 중간 과정을 생략한 채 〈마) 부연설명〉으로 넘어간다. 증거담은 화자들이 장산곶 앞바다가 인당수라고 하면서 백령도 지역에 있는 '연화리나 연봉'을 그 증거물로 제시한다는 점에서 전설적인 요소가 강하게 드러난다.

〈가) 심청의 출생〉을 구술한 화자는 한 명도 없으며 〈나) 심청의 성장과 효행〉을 구술한 〈자료 22〉의 경우도 '심청설화'의 기본 단락에 맞지 않는다. 다만, 〈다) 심청의 죽음과 재생〉만이 〈자료 12〉·〈자료 16〉·〈자료 18〉·〈자료 20〉·〈자료 22〉·〈자료 28〉·〈자료 29〉·

〈자료 30〉·〈자료 35〉·〈자료 45〉·〈자료 49〉·〈자료 60〉 등 12편의
설화에 구술되어 있다. 그런데 이들 설화는 〈자료 35〉를 제외한 설화
가 '심청이 인당수에 몸을 던진다'는 l 소단락(자료 29·49·60)과 '심청
이 연꽃으로 변한다'는 o 소단락(자료 12·16·18·20·22·28·30·45) 중
에 어느 한 단락만으로 구성되어 있다. 〈자료 35〉는 이 두 단락을 포
함한 유일한 설화이다.

화자들의 태도를 고려해 볼 때, 증거담은 '심청의 연꽃'을 이 지역
에 전해지는 지명인 '연화리'와 '연봉바위'에 연계시켜 그것이 유래하
게 된 경위를 설명하는 것이다. 전설은 분류 기준에 따라서 여러 가
지로 나뉜다.[59] 전설의 분류에 따르면, 증거담은 백령도라는 지역에
국한해서 전승되는 지역 전설이면서 동시에 자연적 현상을 합리화
시킨다는 점에서 설명적 전설로 분류할 수 있다. 전설은 신화나 민담
에 비해 대체로 단순한 것이 특징이다. 전설은 증거물을 설명해 줄
수 있는 최소 요건만 갖추면 되기 때문에 '심청설화'의 증거담과 같이
이야기로서의 짜임새를 갖추지 못한 단순한 설화도 전승하게 된다.[60]
물론 〈자료 42〉의 화자는 '심청설화'를 백령도와 무관한 것으로 보고,
백령도에 심청각을 짓는 것에 대해 부정적인 태도를 취한다. 이러한

---

59 최운식, 『한국설화연구』(집문당, 1994), 82~84쪽.
    최운식은 본 논문에서 기존의 연구자들이 분류한 기준을 참고하여 전설을 다음
    과 같이 분류하였다. 1. 전승 장소에 따라서 가) 지역적 전설 나) 이주적 전설, 2. 발
    생 목적에 따라서 가) 설명적 전설 나) 역사적 전설 다) 신앙적 전설, 3. 증시물(證
    示物)의 수에 따라서 가) 단일증시전설 나) 연쇄증시전설, 4. 전설의 내용이 미치는
    시간성에 따라서 가) 설명적 전설 나) 예언전설, 5. 전설의 지역적 분포에 따라서, 6.
    설화 대상에 따라서 등 6가지로 전설을 분류하였다.
60 장덕순 외, 앞의 책, 42~43쪽.

태도는 종교적인 입장에서 '심청설화'를 바라보았기 때문이다. 심청과 관련된 심청각 건립에 대해서 1995년 2월 백령기독교 목사 연합회 유남표 목사 외 7명이 기독교 신앙에 위배되며, 효를 가르치기보다는 샤머니즘 문화를 정착시키는 결과를 가져올 것이라고 하여 이를 반대하는 탄원서를 옹진군청을 비롯한 관계 기관에 제출하였다.[61]

증거담의 화자들은 '인당수, 연봉, 연화리의 연꽃' 등을 증거물로 제시하면서 자신이 구술하고 있는 '심청설화'의 내용이 진실임을 밝히려고 한다.

> 여기는 옛날부터 심은 사람도 없고, 원래 또 아는 사람도 없어요. 그랬는데 이 본래 연화리에 애 시초부터 사람이 이야기를 전해온 것이라고 했다. 그리고 자신이 여러 책을 찾아보았지만 『심청전』에 나오는 연꽃이 떠내려온 것이 연화리가 맞다고 강조하였다. 그리고 연화리라는 지명이 그냥 생긴 것이 아니라, 이 연꽃과 관련이 있기 때문에 생긴 것이라고 하였다. 〈자료 6〉

> 심청이가 다시 살아온 연꽃이 피어서, 거기가 안치됐던 곳이라고 그러는데, 실질적으로 그런 연꽃이 핀 자리 백령도는 없거든요. 거기뿐이. 그래서 본 사람도 없고 그렇지만, 혹시 연봉 바위 위에서 그 꽃이 이렇게 전해 와가지고 거기와서 핀 게 아니냐 그겁니다. 〈자료 21〉

---

61 최운식, 「심청전」의 배경이 된 곳 고증을 위한 현지 조사 자료」, 『「심청전」 배경지 고증』, 47쪽.

화자들은 백령도에서 연꽃이 피는 장소가 연화리의 연못밖에 없다고 하면서, 누가 갖다가 심은 것이 아니라 심청이 타고 온 연꽃으로 인해서 연화리에서 연꽃이 피게 되었다고 한다. 화자들이 제시하는 '연화리의 연못이나 연봉'이라는 증거물은 허구와 비현실을 넘나드는 전설의 내용을 실재와 현실의 차원으로 끌어들이는 장치로 작용한다.[62] 앞에서도 살펴보았듯이 장산곶의 조류가 백령도를 감싸고 두 방향으로 흐르기 때문에 이러한 생각이 가능했던 것이다. 그래서 화자 중에는 "『심청전』의 작자가 백령도를 거쳐 갔을 것"(자료 20)이라는 확신을 갖고 '심청설화'를 구술하기도 한다. 이것은 화자가 『심청전』을 소설로 받아들이는 것이 아니라 실제로 있었던 사실로 받아들이고 있음을 보여준다.

백령도 서단西端 연지동에 전하고 있는 전설에 의하면 지금은 수답水畓으로 되어 있으나 약 백년 전만 해도 큰 연지蓮池가 있었다고 한다. 그런데 이 연지의 연은 보통 연과 달리 목련이었는데 단 그 잎과 꽃 모양은 보통의 연과 흡사하였다 하며 그들은 이 전설에 대하여 수답지중水畓地中에서 발견되는 많은 연실을 증거삼아 말하여 주고 있다.[63]

본래 이 마을 앞에는 "연당"蓮塘이라는 긴 연못이 있었는데 그 못에 연꽃이 많이 피었다 하여 연꽃연蓮 못지池자를 써 "연지동"

---

62 강진옥, 「전설의 역사적 전개」, 『한국구비문학사연구』(박이정, 1998), 38쪽.
63 서울대학교 문리과대학 학술조사단, 앞의 책, 18쪽.

蓮池洞이라 불리워 오다가 "연화리"蓮和里-필자 주로 개칭하여 부르게 되었다 한다.[64]

위의 인용문은 '심청'과 관련 있다는 연화리의 원이름이 '연지동'이며, 이 연지동이라는 지명이 마을 앞에 있는 '연지'에서 유래되었다는 것이다. 연지동이 연화리로 개칭되면서 『심청전』에 나오는 연꽃과 연계시켜 설명한 것이 아닌가 한다. 이렇게 추정하는 이유는 전설이 증거물을 가짐으로써 이미 알려진 근거에 호소해 진실성을 인정받고자 하는 것이라기보다는 오히려 증거물에서 출발하여 그 유래나 특징을 이야기하면서 증거물이 실재하니 이야기 역시 실제로 있었다고 주장하는 것이기 때문이다.[65] 그래서 심청과 관련되었다고 생각되는 증거물을 제시하면서, "우리 민족의 영원한 고전인 『심청전』의 배경지로서 효행의 근원이 되는 섬임을 자랑스럽게 생각하"[66]는 것이다. 이 증거담의 화자들은 소설의 내용을 자신들에게 유리한 방향으로 재해석하여 설화로 전승시키고 있다.

지금까지 살펴본 증거담을 단락별로 정리하면 다음과 같다. 증거담의 단락을 정리하는 데 있어 소단락에 ( )는 상대적으로 구술 비중이 낮은 것이며, (( ))는 망각의 단계로 접어들었다고 생각한 것을 표시한 것이다.

---

64 옹진군지편찬위원회, 『옹진군지』(1989), 1248쪽.
65 장덕순 외, 앞의 책, 18쪽.
66 백원배, 「백령도(白翎島)의 역사와 지역적 특성」, 『「심청전」 배경지 고증-용역 결과 보고서-』, 5쪽.

A. 부연설명

   A-1. 장산곶에 대한 배경 설명

다. 심청의 죽음과 재생

   ((l. 심청이 인당수에 몸을 던진다.))

   (o. 심청이 연꽃으로 변한다.)

마. 부연설명

증거담은 '심청설화' 중에서 가장 단순한 형태로 전승된다. 〈A〉 부연설명〉에서 장산곶이나 인당수의 지형적 특성을 심청과 연관시켜서 구술하고 중간 과정을 생략한 채, 〈마) 부연설명〉으로 넘어간다. 증거담은 다른 유형과 달리 마) 대단락에서 '연화리와 연봉'이 심청의 연꽃과 관련되었다고 구술한 화자들이 압도적으로 많은 것이 특징이다.[67] 증거담은 지형적인 특성을 기반으로 형성되었다는 점에서 '심청설화'의 배경담과 유사하지만, 화자들이 증거물을 대하는 태도에서 차이를 보이고 있다. 증거담은 부연설명으로 시작해서 부연설명으로 끝나도 전승될 것으로 생각한다. 이에 대해서는 제 3장에서 다시 살펴보도록 하겠다.

3) '심청설화' 각 유형의 특징

'심청설화'를 기본형과 변이형으로 분류하였으며, 변이형은 다시 화자들이 주안점을 두고 구술한 설화 형태에 따라 4개의 변이형으

---

67 〈자료 12〉·〈자료 13〉·〈자료 16〉·〈자료 18〉·〈자료 19〉·〈자료 22〉·〈자료 28〉·〈자료 30〉·〈자료 31〉·〈자료 35〉·〈자료 45〉·〈자료 59〉·〈자료 60〉 등 13편이다.

로 구분하였다. 이러한 유형 분류를 통해 '심청설화'를 구술한 화자들이 무엇을 중요시하고 있으며, 앞으로 어떠한 형태로 전승될 것인가를 짐작할 수 있다. 각 유형에 포함된 대·소단락을 상호 비교하면 아래의 표와 같다.

〈'심청설화'의 구술 단락 비교〉[68]

대·소단락구분		기본형	변이형			
			효행담	인신공희담	배경담	증거담
A. 부어설명	A-1. 장산곶에 대한 배경 설명				◎	◎
가. 심청의 출생	a. 고귀한 가계의 만득독녀(晩得獨女)이다.	◎				
	b. 선인적강의 태몽을 꾸고 잉태되어 출생한다.	◎				
나. 심청의 성장과 효행	c. 심청의 모친이 일찍 죽는다.	◎	◇			
	d. 심봉사가 젖·곡식을 동냥하여 심청을 양육한다.	◎	◇		◇	
	e. 심청의 비범성이 나타난다.	◎				
	f. 심청이 동냥·품팔이를 하여 부친을 봉양한다.	○	◇			
	g. 심봉사가 물에 빠진다.	○				
	h. 화주승에게 구출을 받는다.	○				
	i. 눈을 뜰 수 있다는 말에 백미 300석에 시주를 약속한다.	◎	◇	◇	◇	
	j. 심청이 공양미 300석에 선인들에게 팔려간다.	◎	◎	◇	◎	
	k. 선인들이 심봉사의 생활대책을 마련해 준다.		◇			
다. 심청의 죽음과 재생	l. 심청이 인당수에 몸을 던진다.	◎	◎	◎	◎	◎
	m. 심청이 용궁에 간다.	◇	◇			
	n. 심청이 장래를 예언 받는다.					
	o. 심청이 연꽃으로 변한다.	◎	○	◎	○	○
라. 부녀상봉과 개안	p. 선인들이 해상에서 꽃을 발견한다.	◎	○		◇	◇
	q. 선인들이 왕에게 꽃을 바친다.	◎	○			
	r. 왕이 꽃 속의 심청을 발견한다.	◇	○	◇	◇	
	s. 심청이 왕과 결혼한다.	○	○		◇	◇
	t. 심청이 맹인 잔치를 소청한다.	◎	○			
	u. 부녀가 상봉하고 심봉사가 개안한다.	○	○		◇	
마. 부연설명	마. 심청과 관련한 설명	◎	◎	◎	◎	◎

68 ◎ 은 각 유형에서 핵심적인 단락이며, ○은 비교적 많은 화자들이 구술한 단락이며, ◇은 적은 수의 화자들이 구술한 단락으로 망각의 과정에 있는 것을 표시한 것이다.

위의 표를 보면, '심청설화'는 대단락과 소단락에 차이를 보이면서 전승되고 있음을 알 수 있다. 모든 '심청설화'에서 공통적으로 3개의 소단락이 탈락되어 있다. 이것은 〈가〉 심청의 출생〉 중에서 '선인적 강의 태몽을 꾸고 잉태되어 출생한다'는 b 소단락의 탈락에 기인하는 것으로 생각된다. 가)의 b 소단락인 태몽담의 탈락으로 심청은 신이성이나 신성성을 부여받지 못했기 때문에 〈나〉 심청의 성장과 효행〉에서 '심청의 비범성이 나타난다'는 e 소단락이 탈락한다. 이것은 다시 〈다〉 심청의 죽음과 재생〉의 용왕의 입을 통해 인간으로 환생해서 앞으로 누리게 될 생에 대한 예언담인 n 소단락의 탈락으로 이어지고 있다.

'심청설화'의 기본형은 소설 『심청전』과 유사한 구성으로 되어 있다. 기본형은 '심청설화'의 유형 중에서 가장 많은 5개의 대단락을 포함하면서 최소 12개에서 최대 18개의 소단락으로 구성되어 그 골격을 유지한다. 심청이 출생하는 가) 대단락의 '고귀한 가계의 만득독녀이다'는 a 소단락으로부터 시작하여 라) 대단락의 심청과 심 봉사의 상봉 과정이 비교적 상세하게 구술되어 있다. 여기에 〈마〉 부연설명〉이 첨가된다. 따라서 기본형은 '발단→전개→결말→(증거)'의 구성으로 되어 있다.

『심청전』과 유사한 구조를 가진 '심청설화'의 기본형도 전승 과정에서 부분적으로 변이 현상이 나타난다. 화자들이 부분적으로 망각한 경우가 있는가 하면, '눈을 뜰 수 있다는 말에 백미 300석의 시주를 약속한다'는 i 소단락과 '심청이 공양미 300석에 선인들에게 팔려간다'는 j 소단락의 경우, 모든 화자들이 구술했음에도 불구하고 설화에 따라 변이가 일어나고 있다. 시주를 약속하는 i 소단락과 관련해서 〈자료 25〉의 경우는 심청이 절에 가서 공양을 드리는 가운데 이루어진다. 그리고 선인들에게 팔려 가는 j 소단락의 경우는 심 봉사가 직접 심청을 팔거나(자료 6) 시주했다는 소문을 듣고 선인들이 직접 찾아와 심청이 몸을 파는 것으로 되어 있다.(자료 46) 이렇게 '심청이 동냥, 품팔이를 하여 부친을 봉양한다'는 f 소단락 이후 망각 내지는 변이를 보이던 설화가 '심청이 인당수에 몸을 던진다'는 l 소단락에 이르러서는 소설과 마찬가지로 심청이 인당수에 투신한다. 그리고 l 소단락 이후는 화자의 경험으로 미루어 불합리하다고 판단한 부분에 대해서 첨삭이 이루어지기 때문에 변이가 일어난다. 그래서 '심청설화'는 전체적인 구성이 소설과 유사하게 전개되지만 부분적으로는 변화를 겪게 되는 것이다. 그런데 기본형은 63편의 '심청설화' 중에서 10%도 되지 않는 6명에 불과하다. 여기에 이 글에서 논외로 한 설화까지 포함하면 그 비율은 더욱 낮아진다. 이것은 우리가 알고 있다고 생각하는 것과 그것을 원형에 가깝게 구술하는 것이 용이하지 않음을 보여주는 것이다.

기본형이 소설에 충실한 구조라면, 변이형은 대단락과 소단락에 탈락 현상이 일어나 소설과 일정한 거리를 유지하면서 전승되고 있다. 효행담은 변이형 중에서 비교적 기본형에 가까운 것으로, 모두 12편의 설화가 이에 속한다. 이 효행담은 4개의 대단락에 최소 9개에서 최대 15개의 소단락으로 구성될 수 있다. 그러나 나) 대단락의 '심청의 모친이 일찍 죽는다'(c)·'심 봉사가 젖, 곡식을 동냥하여 심청을 양육한다'(d)·'심청이 동냥, 품팔이를 하여 부친을 봉양한다'(f)·'눈을 뜰 수 있다는 말에 백미 300석의 시주를 약속한다'(i)·'선인들이 심봉사의 생활대책을 마련해 준다'(k)·'심청이 용궁에 간다'(m)의 6개 소단락은 극히 일부의 화자들만이 구술하였다. 이러한 소단락은 '심청설화'가 전승되는 과정에서 망각될 소지가 있으며, 망각된다 하더라도 화자들이 '심청설화'를 구술하는데 지장을 초래하지 않을 것으로 생각한다.

'심청설화'의 효행담은 〈나〉심청의 성장과 효행〉의 '심청이 공양미 300석에 선인들에게 팔려간다'는 j 소단락과 〈다〉심청의 죽음과 재생〉의 '심청이 인당수에 몸을 던진다'는 l 소단락, 그리고 '심청이 연꽃으로 변한다'는 o 소단락 부분을 충족시키면 설화로써의 면모를 갖추게 된다. 이들 세 단락은 효행담에서 없어서는 안 될 핵심적인 단락이다. 심청이 선인들에게 팔려가는 이유가 아버지를 위한 것이므로 심청의 효행에 관한 인식이 화자들의 의식에 깔려 있음을 보게 된다. 그리고 l 소단락에서 심청이 몸을 던졌다는 장소에 대한 명칭이 다양하게 나타나는 것으로 보아 전승 과정에서 변화를 겪었을지도 모른다는 생각이 든다. o 소단락에서 재생을 통한 수명 연장 의식을 볼 수 있다. 효행담은 위의 핵심 단락에 라) 대단락에 포함된 소단락 중에서 일부와 마) 대단락을 구술 과정에 동원하면 그 골격을 유지하면서 전승될 수 있다. 이 효행담은 '전개→결말→(증거)'의 구성으로 되어 있다.

'심청설화'의 인신공희담은 〈가〉심청의 출생〉이 탈락되고 나머지 대단락에서도 탈락 현상이 일어나는 경우로, 14편의 설화가 이에 속한다. 인신공희담은 최소 2개에서 최대 4개의 대단락과 이에 속하는 소단락이 최소 2개에서 최대 9개로 구성되어 있다. 다) 대단락 이외에 나)와 라)의 대단락을 구술한 화자들은 드물다. 나) 대단락의 '눈을 뜰 수 있다'는 말에 백미 300석의 시주를 약속한다'는 i 소단락과 '심청이 공양미 300석에 선인들에게 팔려간다'는 j 소단락을 구술한 화자들도 있지만, 인신공희담에 속하는 각 편에서는 이들 소단락들이 탈락되고 다) 대단락의 '심청이 인당수에 몸을 던진다'는 l 소단락으로 시작하여 '심청이 연꽃으로 변한다'는 o 소단락으로 이야기의 구성을 끝내도 하등 문제될 것이 없다. 이것은 화자들이 '심청설화'에서 인신공희적인 요소를 기억하고 구술하였기 때문이다.

인신공희담은 위의 핵심적인 단락에 〈라) 부녀상봉과 개안〉의 소단락 중에서 어느 하나의 소단락만을 충족시켜도 설화로써 의미를 지니며 전승할 수 있다. 인신공희담의 〈라) 부녀상봉과 개안〉은 '심청설화'의 유형 중에서 변이 현상이 가장 두드러지게 나타나는 부분이다. 라) 대단락을 구술한 화자 6명 중에서 4명은 〈마) 부연설명〉에서 증거물을 제시하지 않거나 백령도에 있는 지명과 심청과의 관계를 부정한다. 이에 비해 라) 대단락을 구술하지 않은 8명의 화자 중에서 7명이 마) 대단락에서 심청이 연꽃으로 변하여 발견되기 전에 머문 장소를 '연봉 내지 연화리'라고 하여 증거물을 제시하였다. 인신공희담은 '전개→결말→증거'의 구성으로 되어 있다. 그런데 결말 과정이 불완전한 상태로 구술된 설화의 경우, 부연설명을 통해 증거를 제시한다는 점이 인신공희담의 특징이다. 증거물을 제시하지 않은 설화들은 민담으로 전승될 가능성이 크며, 증거물을 제시한 설화는 지명의 유래를 설명한다는 점에서 '심청설화'의 증거담과 유사하다.

'심청설화'의 배경담에 속하는 설화는 모두 12편이다. 배경담은 〈A) 부연설명〉에서 장산곶과 관련된 배경 설명으로 시작한다는 점에서 앞에서 살펴본 유형들과 구별된다. 이 유형은 3개에서 4개의 대단락에 최소 3개에서 최대 10개의 소단락으로 구성될 수 있다. 10개의 소단락 중에서 7개(d·i·p·r·s·t·u 소단락)는 구술한 화자들이 많지 않은 것으로 보아 핵심적인 요소로 인식하지 않고 있음을 알 수 있다. 남은 3개의 소단락 중에서 〈나) 심청의 성장과 효행〉의 '심청이 공양미 300석에 선인들에게 팔려간다'는 j 소단락과 〈다) 심청의 죽음과 재생〉의 '심청이 인당수에 몸을 던진다'는 l 소단락이 핵심 단락이다. 그것은 배경담의 화자들이 심청이 제물로 바쳐졌다는 장산곶이나 인당수의 자연적 내지 지형적인 배경을 전제로 하여 '심청설화'를 구술하기 때문이다. 이 배경담은 크게 '증거 제시→전개→(결말)→증거'의 구성으로 되어 있다.

그리고 다) 대단락의 '심청이 연꽃으로 변한다'는 o 소단락은 핵심적인 요소라고 단정지을 수는 없지만 그러한 요소에 가까운 것이다. '심청설화'의 배경담은 위의 3가지 핵심적인 단락에 〈라) 부녀상봉과 개안〉의 소단락 중에서 1개 정도만 덧보태서 구술하여도 전승될 것으로 보인다. 배경담에서 '심청이 공양미 300석에 선인들에게 팔려간다'는 j 소단락의 경우 심 봉사의 생존 문제와 결부된 설화들이 많고, '심청이 맹인 잔치를 소청한다'는 t 소단락의 경우 심청이 아버지를 찾기 위해 적극적으로 나선다는 점에서 다른 유형과는 구별된다.

'심청설화'의 증거담은 19편으로, 수적으로 많음에도 불구하고 내용면에서 가장 빈약하며 단순한 형태로 되어 있다. 증거담은 '증거 제시→증거'의 구성으로 되어 있으며, 화자들이 백령도 지역에 있는 '연화리나 연봉바위'와 같은 증거물을 동원하면서 구술한다는 점에서 전설적인 색채가 짙다. 증거담에서 연꽃과 관련된 〈다〉 심청의 죽음과 재생〉의 '심청이 연꽃으로 변한다'는 o 소단락만이 많은 화자들에 의해 구술된다.『심청전』에 나오는 연꽃을 수용하여 백령도에 존재하는 '연화리와 연봉바위'라는 지명을 설명한 것으로 볼 수 있다.

지금까지 살펴본 바를 토대로 하여 '심청설화'에서 핵심적인 단락을 간추려 보면 다음과 같다.

> 1. 심청이 공양미 300석에 선인들에게 몸을 팔았다는 나) 대단
>   락의 j 소단락
> 2. 심청이 인당수에 몸을 던진다는 다) 대단락의 l 소단락
> 3. 심청이 연꽃으로 변한다는 다) 대단락의 o 소단락

화자들이 핵심적인 단락을 기억할 수 있었던 것은 이들 단락에 내재되어 있는 모티프들이 설화를 통해 비교적 널리 알려졌기 때문이다. '심청설화'의 핵심적인 단락과 관련된 모티프를 살펴보면 다음과 같다.

> 1. 심청이 공양미 300석에 선인들에게 몸을 팔았다 ········ 효행
>   모티프
> 2. 심청이 인당수에 몸을 던진다···················· 인신공희 모티프
> 3. 심청이 연꽃으로 변한다 ···························· 재생 모티프

『심청전』의 근원설화에 관한 기존 연구자들의 논의에 따르면, 위의 3가지 모티프 이외에 태몽과 개안 모티프가 소설 속에 내재되어 있다. 그리고 이들 모티프와 관련된 설화가 소설의 배경설화를 이룬다고 한다. '심청설화'는 심청의 출생을 태몽과 관련해서 구술한 설화는 한 편도 없다. 그리고 화자들의 구술 태도로 보아 심 봉사의 개안은 심청이 아버지를 위해 몸을 팔고 사지로 뛰어든 효행의 결과로 얻어진 것이다.

> 개안담開眼談이 효행담孝行談을 수용하여 개안을 구성하는 방식
> 은 다음과 같다.
> ① 맹인이 있었다.
> ② 개천에 떨어져 죽을 위험을 당한다.
> ③ 화주승이 나타나 구출하고 개안을 위해 백미 삼백 석을 시주
> 하라고 권고한다.
> ④ 맹인이 시주를 약속한다.
> ※ 효행담 ㄱ. 맹인에게는 혼자 키운 딸이 있었다.
> ㄴ. 딸이 맹인을 위해 몸을 팔아 삼백 석을 마련한다.
> ⑤ 공양미를 시주한다.
> ⑥ 눈을 뜨게 된다.

위에서 볼 수 있듯이 효행담은 개안담 가운데 한 부분으로서, 가난한 맹인이 공양미를 준비하는 과정을 합리적으로 설명하는 구실을 한다. 개안담은 효행담을 수용함으로써 단조로운 이야기에서 복잡하고 흥미로운 이야기가 되었으며, 효행담은 개안담

에 수용됨으로써 그 효능과 의미를 구체적이고 충분하게 나타
낼 수 있게 되었다.[69]

위의 인용문에서 정하영이 지적한 것처럼 『심청전』에서는 개안
담이 효행담을 포함할 수도 있다. 그것은 소설에서 심 봉사의 경우도
이야기의 한 축을 차지하기 때문이다. 경판본 『심청전』에서는 심청
의 역할이 강조되고 심 봉사의 역할이 상대적으로 축소되었다면, 완
판본 『심청전』에서는 심 봉사의 역할이 강조되어 있으며 특히 심 봉
사의 비속한 행동 묘사가 많은 부분을 차지한다. 그래서 이본에 따
라 주인공이 달라지고, 이에 따라 주제 역시 다르게 파악된다.[70] 그런
데 '심청설화'에서는 이야기의 축이 심청의 행위에 국한되어 있기 때
문에 심 봉사의 역할은 제한될 수밖에 없다. 그래서 화자들은 심 봉
사에게 구체적인 이름을 부여하지 않고 그냥 아버지로 구술한다. 심
청의 모친이 설화에 등장하지 않는 것도 이 때문이다.

『심청전』에서 중요시되는 심 봉사의 개안이 '심청설화'에서는 구
술 과정에서 망각되는 경우가 많으며, 일부 화자들의 경우는 개안 자
체를 부정하기도 한다. '심청설화'에서의 심 봉사의 개안은 독립적으
로 존재하는 것이 아니라 심청의 효행에서 파생된 것이다. 이것은 화
자들이 소설을 설화화하더라도 자신들이 알고 있는 지식을 바탕으
로 해석하기 때문에 원전과는 차이를 보이면서 전승될 수밖에 없음
을 보여준다.

69 정하영, 앞의 논문, 27~28쪽.
70 최동현, 앞의 논문, 396쪽.

지금까지 화자들에 의해서 구술된 '심청설화'의 단락을 종합해 보면, 다음과 같다.

가. 심청의 출생

　a. 심청은 심 봉사의 딸이다.

나. 심청의 성장과 효행

　c. 심청의 모친이 일찍 죽는다.

　d. 심 봉사가 젖, 곡식을 동냥하여 심청을 양육한다.

　f. 심청이 동냥, 품팔이를 하여 부친을 봉양한다.

　g. 심 봉사가 물에 빠진다.

　h. 화주승에게 구출을 받는다.

　i. 눈을 뜰 수 있다는 말에 백미 300석에 시주를 약속한다.

　j. 심청이 공양미 300석에 선인들에게 팔려간다.

다. 심청의 죽음과 재생

　l. 심청이 인당수에 몸을 던진다.

　m. 심청이 용궁에 간다.

　o. 심청이 연꽃으로 변한다.

라. 부녀상봉과 개안

　p. 선인들이 해상에서 꽃을 발견한다.

　q. 선인들이 왕에게 꽃을 바친다.

　r. 왕이 꽃 속의 심청을 발견한다.

　s. 심청이 왕과 결혼한다.

　t. 심청이 맹인 잔치를 소청한다.

ㅂ. 부녀가 상봉하고 심 봉사 개안한다.

마. 부연설명

『심청전』이 여러 설화를 종합하여 한 편의 소설이 되었다면, 소설을 설화화한 '심청설화'의 경우는 심청의 효행을 이야기의 중심에 놓고 구술된다. '심청설화'를 구술한 화자들의 의식에 효의 관념이 저변에 깔려 있음을 알 수 있다. 그럼에도 불구하고 '심청설화'의 면면을 살펴보면, 효행에 주안점을 둔 설화형, 인신공희에 주안점을 둔 설화형, 지형적 배경에 주안점을 둔 설화형, 증거물에 주안점을 둔 설화형으로 나눌 수 있다. '심청설화'를 구술한 화자들은 소설의 내용만을 구술하지 않는다. 다시 말해서 『심청전』의 설화화가 단순한 형태로 이루어지는 것이라기보다는 설화전승집단의 경험과 그들이 살고 있는 주변의 지형적인 특성이 가미되어 복잡하게 진행되는 것이다. 따라서 '심청설화'는 전설과 민담의 범주를 넘나들게 되고, 각각의 설화는 전승 과정에서 필연적으로 변화를 겪게 된다.

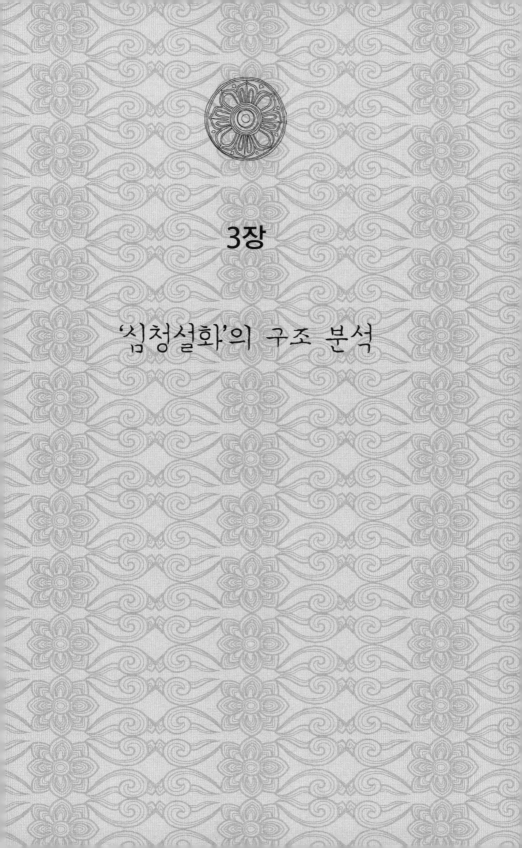

3장

'심청설화'의 구조 분석

고전소설은 구조적 측면에서 선善-주인공과 악惡-반주인공의 대립이란 도식이 지배적이다. 그러나 『심청전』에는 심청의 효를 방해하는 적대 세력이 존재하지 않는다.[1] 춘향과 탐학한 변사또와의 대결을 그린 『춘향전』, 홍부와 탐욕스런 놀부와의 갈등을 그린 『홍부전』, 토끼와 부패한 용왕이 맞서는 『토끼전』 등과 비교할 때, 주인공과 대립하는 적대자의 모습이 구체적으로 존재하지 않는다는 점을 『심청전』의 특징적인 면모 중의 하나로 보기도 한다.[2] 『심청전』에서 적대자가 존재하지 않는 것은 부모가 그 역할을 수행하기 때문이다. 효의 대상인 부모가 적대적인 세력이 될 수는 없다. 그래서 『심청전』에서는 적대자가 구체적으로 등장하지 않는 것이다. 『심청전』이 딸을 팔아먹을 수밖에 없는 사회적 현실을 반영하였다고 하더라도, 여기에 효라는 관념이 덧씌워지자 궁핍했던 현실은 소설의 전면에서 사라지게 된다.

'심청설화'는 소설과 같이 발단·전개·결말의 구성으로 이루어지기도 하지만, 앞장에서 살펴본 바와 같이 발단 부분이 생략된 채 사건의 전개와 결말로 구성되기도 하고 겨우 그 명맥만을 유지한 것도 있다. 화자들이 '심청설화'에서 핵심적인 요소만을 기억하고, 이를 중심으로 구술하였기 때문이다. 이 핵심적인 요소는 '심청설화'를 다른 설화들과 구별되게 하는 역할을 한다.

설화를 구술한 화자들은 대개 세 부류로 나눌 수 있다. 첫째는 자

---

1   정병욱, 『한국 고전문학의 이론과 방법』(신구문화사, 1999), 164~165쪽.
2   정출헌, 「심청전」의 민중정서와 그 형상화 방식」, 『고소설연구』(국어국문학회 편, 태학사, 1997), 450쪽.

기가 일단 들은 이야기를 가능한 한 충실히 전하고자 하는 쪽으로 여성이 화자인 경우가 많고, 둘째는 자신의 상상력을 동원하여 일단 들은 것을 부연하거나 첨삭하는 쪽으로 남성 화자에게서 많이 발견되며, 셋째는 기억력의 한계로 인해 내용이 전도되거나 다른 민담의 삽화가 첨가되는 쪽으로 남녀 모두에게서 발견된다. 첫째 부류에서는 설화의 전승성이 강조되고, 둘째 부류에서는 설화의 생명이라 할 수 있는 흥미소가 강조되며, 셋째 부류에서는 설화의 변이성을 발견할 수 있다.[3] 한 편의 이야기를 제대로 이해하려면 이들을 종합해서 전체적인 맥락에서 살펴보아야 한다. 채록된 '심청설화'의 요지를 단락별로 정리하면 다음과 같다.

1. 심청의 출생
2. 심청의 궁핍한 어린 시절과 모친의 부재
3. 아버지의 개안을 위한 심청의 매신(賣身)
4. 심청의 인당수 투신과 인신공희
5. 심청의 죽음과 재생
6. 심청의 결혼과 심 봉사의 개안
7. 심청과 관련된 부연설명

---

3   최인학, 『한국민담의 유형 연구』(인하대학교 출판부, 1994), 40쪽.
    남녀 화자들이 구술한 설화를 토대로 화자의 성별에 따라 구술하는 설화 장르가 다르다는 연구도 있다. 남성 화자들은 전설이나 고담(古談)을 주로 구술하며, 여성 화자들은 주로 여자들의 삶에 관한 이야기나 동화적인 성격을 띠는 순수 민담을 주로 구술한다는 것이다(이인경, 「화자의 개성과 설화의 변이」, 서울대학교 대학원 석사학위논문, 1991, 19쪽).

'심청설화'는 각각의 유형별로 구조 분석을 할 수 있지만, 이럴 경우 구조 분석이 그 유형에 국한되어 '심청설화'의 전체적인 면모를 파악하기가 곤란하다. '심청설화'를 전체적인 맥락에서 살펴보아야 설화전승집단이 소설을 설화화하면서 어떤 방식으로 해석하고 전승하였는가를 올바로 파악할 수 있다.

1. 심청의 출생

여타의 고전소설과 마찬가지로 『심청전』의 첫머리에 나오는 것이 심청을 얻게 된 출생담이다. 심청의 출생담은 신화적 전기유형傳記類型의 출생담과 구조적으로 일치한다. 이것은 심청을 영웅적 인물로 부각시키고자 하는 작가의 의도에서 나온 것이다.[4] 심청은 옥황상제께 반도蟠桃 진상 가는 길에 동방삭(송동본) 혹은 옥진비자(완판본)와 수작하다가 시간을 어긴 서왕모西王母의 딸이거나, 사정이 있는 노군성에게 몰래 술을 주었다가 왕모 잔치의 잔치술을 모자라게 한 초간왕의 딸 규성(경판본)이 인간계로 적강한 인물이다.[5]

고전소설에서 앞으로 태어날 주인공에 대한 정보를 제공하는 역할을 하는 것이 태몽담이다. 태몽이란 아이를 가질 징조의 꿈으로 태아의 성별이라든지 미래의 운명 등에 대하여 어떤 계시를 주는 것으로 믿어지는 꿈을 말한다. 고전소설의 태몽담은 선관·선녀·부처

---

4 정하영, 앞의 논문, 39쪽.
5 최운식, 『심청전연구』(집문당, 1982), 186~187쪽.

등이 부모의 꿈에 나타나 늦도록 자식이 없게 된 원인을 이야기하고 이제 자식을 점지하게 된 이유를 설명한다. 장차 태어날 주인공의 전생 신분과 인간계에 탄생하게 된 사연을 말하고 주인공이 어떤 인물이 될 것인지를 계시한다.[6] 그리고 전생에 지은 죄로 인하여 인간 세상에서 고난을 당할 것임을 암시한다.

이에 비해서 '심청설화'에서는 심청의 출생담이 간략하게 구술되어 있다.

> 심청에 대해서는 심 봉사, 심청의 아바이가 심학규. 학규씨가 눈이 멀어가지구 심청이를 낳아가지구. 〈자료 6〉

> 심청이가 그 심 봉사라는게 …(중략)… 그 심 봉사라는게 판사(판수)야. 〈자료 14〉

> 심청이가 심 봉사의 딸이다. 〈자료 24〉

> 내가 들은 얘기로서는 심청에 대해서는, 심청이 아버지가 심학도라는 것을 기억하고 있어요. 〈자료 25〉

> 황해도 황주군 도화동 갈추머리라는 그 동네에, 앞 못보는 맹인 심학규씨가 부인하고 살아서 딸을 난 것이 바로 심청이지요. 〈자료 46〉

---

6 박대복, 『고소설과 민간신앙』(계명문화사, 1995), 26~27쪽.

심 봉사가 그렸구료. 본래 그 냥반이 참, 본래 장님에 황해도 사람이에요. 그 냥반 아들은 읎구, 둘이 영감 마누라해서 딸 하나를 낳았는데, 〈자료 63〉

위의 인용문은 심청의 출생에 관해서 언급한 '심청설화'의 일부이다. 심청의 출생은 "심청이가 심 봉사의 딸이다."는(자료 24) 정도로 언급될 뿐, 그녀의 출생과 관련된 어떠한 행위도 구술되지 않는다. 특히 심청의 앞날을 예견할 수 있는 태몽담이 없는 것은 이야기의 전개 과정에서 그녀의 비범성을 보여주는 단락의 탈락으로 이어진다. 이 것은 이야기 전개상 앞으로 일어나는 심청의 행동은 비범성이 배제된 상태에서 이루어짐을 의미한다. 비범성을 보이는 인물 중에는 태어나기 전에 범인과 다른 인생을 살아갈 것임을 예견하는 몽조나 태몽담을 가지는 경우가 많다. 아니면 모친이나 부친이 이물異物과의 교혼을 통해 얻어진 자식이거나[7] 부모가 낳은 자식이 이물의 모습으로 태어난다.[8] 이것은 탁월한 능력을 지닌 사람은 보통의 인간과는 그 출생부터가 다르다는 것이다.

화자들은 심청에게서 비범성을 제거하여 일상생활에서 흔히 볼

7   이러한 유형의 대표적인 것이 최치원과 견훤의 출생 설화이다. 최치원은 아버지가 어느 고을의 원으로 발령을 받아서 임지에 도착했으나 그날 저녁에 모친이 멧돼지에 의해 납치를 당한다. 나중에 그의 모친을 구출하였는데, 얼마 후에 모친이 최치원을 낳게 된다. 아버지는 최치원이 멧돼지의 자식이라고 길에 버린다. 이후의 이야기 구조는 주몽 신화의 것과 유사하다. 한편, 후백제를 건국했던 견훤은 그의 아버지가 지렁이로 묘사되어 있다. 견훤의 아버지를 지렁이로 설정한 것은, 견훤이 고려 왕건과의 싸움에서 패하여 온전한 국가를 세우지 못했기 때문일 것이다.
8   고구려의 건국신화인 주몽설화가 대표적이다. 주몽은 정상적인 인간의 모습이 아닌 알의 형상으로 탄생한다. 그리고 민담의 경우 〈구렁덩덩 시선비〉가 이에 해당한다.

수 있는 평범한 인물로 전환시키고 있다. 심청에게서 비범성을 제거함으로써 효라는 것은 특별한 사람들에 의해 행해지는 것이 아니라 누구나 배우고 실천해야 하는 덕목으로 여기는 설화전승집단의 생각을 읽을 수 있다. "'너처럼 말 안듣는 애들을 위해 내가 좋은 얘길 허지.' 해서 심청전 얘길 해 주시드라구요."(자료 48) 하는 화자의 말처럼 원제보자가 아이들에게 교훈을 주려는 의도에서 '심청설화'를 구술했음을 알 수 있다. 대부분의 화자들이 어렸을 때, 어른들에게서 '심청설화'를 들었다고 하는 것에서도 유추해 볼 수 있다.

한편, 소설 『심청전』에서 사건을 이끌어 가는 인물은 심청과 심 봉사이다. 그래서 심청 못지않게 중요한 인물인 심 봉사에 대한 연구가 이루어져야 한다는 지적도 있다.[9] 소설에서 심 봉사는 심현(경판본), 심학규(완판본)라는 이름으로 등장하며, 본래 잠영지족簪纓之族 또는 명문거족으로 성명이 자자한 양반의 후예이다. 그런데 '심청설화'에서 심 봉사는 소설과 마찬가지로 "심학규"(자료 6·46), "심학도"(자료 25)라는 구체적인 이름을 갖기도 하지만, '심청설화' 전체를 대상으로 했을 때 심 봉사의 이름이 구체적으로 거론된 것은 위의 3편에 불과하다.

대부분의 '심청설화'에서 심 봉사는 "장님"(자료 63)과 같이 외모에 나타난 특징을 가지고 "심 봉사"라거나 일반적으로 부父를 지칭하는 "아버지"로 불린다. '심청설화'에서 심 봉사는 심청이 이야기의 전면에 나서게 하는 원인을 제공하고, 결말에서는 심청의 행위에 따른 보

---

9   최래옥, 「심청전의 총체적 분석」, 『한국학논집』 45(한양대 한국학연구소, 1984),
     165쪽.

상을 받는 수혜자의 역할을 할 뿐이다. 소설에서 일정한 역할을 담당했던 심 봉사가 '심청설화'에서는 미미한 존재로 전락하고 만다. 『심청전』은 심청과 심 봉사의 이야기로 나누어 각각의 전개 과정을 살펴볼 수 있다면,[10] '심청설화'에서는 두 이야기가 하나로 통합되어 심청의 이야기로 귀결된다. 이것은 화자들이 심청을 중심으로 이야기를 이끌어 가기 때문이다.

일반적으로 설화에 등장하는 인물들은 문학의 등장인물들과는 전혀 다른 성질을 지닌다. 문학에서 개개의 인물은 독특한 개성을 지니며 시대나 사회 환경으로 보아 특징적이며 전형적이다. 즉 묘사되어 있는 등장인물은 세상에 많이 있는 원형을 반영하고 있으나, 구체적인 단 하나의 인물로서 자기만의 이름과 얼굴을 갖는다. 이에 비해 설화에 등장하는 인물은 주인공의 이름이 없다.[11] 앞으로 살펴볼 〈지네장터〉의 등장인물은 순이건 영희건 아니면 구체적인 이름이 없이 그냥 '처녀'일 수도 있다. 설화에 등장하는 인물은 "가변적이나 구조를 형성하는 행위는 불변적이다. 다시 말하면 가변적인 등장인물은 구조를 이루는 요소가 될 수 없지만, 불변적인 행위 자체는 구조를 형성한다."[12]는 것이다.

그러나 우리에게 널리 알려진 소설이 설화화 된 경우는 그 사정이 다르다. 아버지의 개안을 위해 인당수에 빠지는 인물은 '심청'이며,

---

10 정하영, 「심청전의 제재적 근원에 관한 연구」(서울대학교 대학원, 1983), 26~32쪽.
    최래옥, 「심청전의 총체적 분석」(한양대 한국학연구소, 1984), 181~190쪽.
    최운식, 『심청전연구』(집문당, 1982), 189~194쪽.

11 블라디미르 프로프, 앞의 책, 125쪽.

12 조희웅, 『설화학강요』(새문사, 1989), 51쪽.

욕심에 눈이 멀어 제비의 다리를 부러뜨리는 인물은 '놀부'이고 광한루에서 이도령을 만나는 인물은 '춘향'이다. 소설이 설화화 된다고 하더라도 등장인물은 다른 이름으로 대치될 수 없는 것이다. 소설에 등장하는 각각의 인물은 불변적인 요소로 인식해야 한다. 이것은 널리 알려진 소설이 설화화 될 경우에 나타나는 특징의 하나라고 하겠다.

『심청전』이 태몽과 출생의 신비성으로 인하여 영웅적인 인물의 출생담과 비교된다면, 이러한 소설적 요소들이 탈락된 '심청설화'는 일상적인 인물의 이야기로 전환하게 된다. '심청설화'는 이야기의 서두 부분부터 소설과 다른 양상을 보이며 전승할 수밖에 없다. 이것이 백령도에서는 그 지역의 지형적 특성을 반영한 전설적인 형태로, 백령도 이외의 지역에서는 증거물이 존재하지 않기 때문에 민담적인 형태로 전승하게 되는 것이다.

2. 모친의 부재와 심청의 궁핍한 어린 시절

심청은 어머니가 죽는 뜻밖의 사건만 없었다면 행복한 어린 시절을 보냈을 것이다. 심청은 모친의 사망으로 인하여 어린 시절을 궁핍하게 보내게 된다. 설화에서 결핍된 상황이 전제되는 것은 주인공으로 하여금 가족이라는 울타리에서 벗어나 설화 세계의 전면에 나서게 한다는 점에서 중요하다. 특히 심청의 모친과 같이 어린 자식을 돌보아야 하는 존재의 부재는 그 자체가 불행을 예비하고, 불행의 적절한 순간을 만들어 낸다.[13] 설화에서 주인공은 결핍된 상황이 전제되어야만 행동하게 된다. 모친의 부재가 심청을 고난의 길로 들어서게 한다는 점에서는 설화와 소설이 공통점을 가진다. 그런데 모친의 부재로 인해 심청이 고난의 길로 들어서는 설정이 설화와 소설의 경우는 차이를 보인다.

먼저 '심청설화'에서 심청의 모친에 관해 언급한 것을 간추려 보면 다음과 같다.

> 지아바이 눈 띨라고 뭐 삼일만에 돌아간 다음에 〈자료 4〉

> 심청이가 난 지 7일 만에 어머니가 사망 됐다는 거. 〈자료 25〉

> 딸을 낳고서 불과 한 육개월, 칠개월도 못되야서 부인이 산후병으로 인해서 사망이 되었어요. 〈자료 46〉

> 심청이 난 지 칠일만에 엄마가 돌아가셔서 〈자료 57〉

> 아 그만 딸 난지 삼칠일 만에 어머니가 돌아가지 않았수? 〈자료 63〉

앞에서 살펴본 심 봉사와 비교할 때, 심청의 모친은 성과 이름도 없이 어머니라는 호칭으로 불린다. 이것은 소설에서 심청의 모친이

---

13 블라디미르 프로프, 『민담형태론』(유영대 옮김, 새문사, 1987), 32쪽.

서두에 언급되었다가 사라지는 것과도 관계가 있다. 완판본 『심청전』에 나타난 심청의 모친은 현모양처의 모습을 보여줄 뿐만 아니라 가부장제 사회에서 가장인 심 봉사의 무능으로 인하여 자신의 노동력을 팔아 현실 문제를 해결한다. 그래서 그녀의 모습에서 현실주의적 사고방식과 서민 경제의 단면을 엿볼 수 있다.[14] 그러나 '심청설화'의 화자들은 경판본 『심청전』과 같이 모친의 존재를 심청의 출생과 관련해서만 생각한다. 그래서 심청의 모친이 사망한 시점도 '삼일(자료 4)·7일(자료 25·57)·삼칠일(자료 63)·육~칠개월(자료 46)'과 같이 다양하며, 사망 원인에 대해서도 〈자료 46〉의 경우만 "부인이 산후병으로 사망"했다고 구술한다. 나머지 설화에서는 모친이 사망한 동기에 관해서 언급하지 않으며, 이들을 제외한 '심청설화'는 모친의 사망을 전제로 하여 이야기가 구술된다. 극단적으로 "심학규씨가 눈이 멀어가지구 심청이를 낳아가지구."(자료 6)라고 하여 모친의 존재가 부친에 투영되어 나타나기도 한다. 심청의 모친은 사건의 전개 과정에서 자기 역할을 다하지 못하는 인물로, 불행을 예비하는 단계에서 사라진다. 설화에는 불필요한 인물은 두지 않고 반드시 필요한 인물만이 등장하는데, 이러한 인물의 간결성에 기인해서 심청의 모친이 '심청설화'에서 사라지게 된 것이다.[15]

이에 비해 소설에서 모친은 심청과 심 봉사가 전생에 지은 죄를 대속하는 과정에서 사라지게 된다. 완판본 『심청전』에서는 태몽담을

14　박진태, 「심청전 신연구」, 『국어국문학』 87(국어국문학회, 1982), 666쪽.
15　최래옥, 「설화 구술상의 제문제에 대한 고찰」, 『한국민속학』 4(한국민속학회, 1971), 72쪽.

통해 심청의 모친이 사라지는 이유를 짐작할 수 있다면, 경판본『심청전』에는 그 이유가 구체적으로 나타나 있다. 경판본『심청전』을 인용하겠다.

> 션네 왈,
> "부인의 고힝도 하늘의 정흐신 비오, 이제 룡왕이 쳥흐심도 쏘흐 텬쉬오니 가시면 즈연 아르시리이다."
> …(중략)…
> 청이 나아가 공경 지빈흐니, 룡왕이 흠신 왈,
> "규셩아, 인간 즈미 엇더흐더뇨?"
> 청이 다시 공경 빈복 왈,
> "소첩은 인간 쳔인이라 틱왕의 하교흐시믈 씨닷지 못흐리로쇼이다."
> 뇽왕이 미소 왈,
> "너는 젼싱 쵸간왕의 귀녀로셔 요지 왕모연의 슐룰 가음알게 흐엿더니, 네 노군셩과 슈졍이 이셔 슐룰 만히 먹이고 잔쳐의 슐이 부족흐미, 도솔텬이 옥뎨긔 쳥죄흐딕 옥뎨 진노흐스 굴아스딕,
> '이는 텬존의 죄 아니라 술 가음으는 시녀의 죄니, 즈셔히 스실흐여 등죄룰 듀랴.'
> 흐시미,
> '노군셩을 인간의 닉쳐 스십 년을 무폐히 지닉다가, 널노 더부러 부녜 되여 네 셩효룰 낫투닉라.'
> 흐시미, 노군셩을 심현이 되여 인간의 격강흔 지 스십 년 만의 널

노써 그 쓸이 되여, 텬상의셩 술 도젹ᄒ여 먹은 죄로 식신을 겸지
치 아니ᄒ여 삼십 년을 비러 먹게 ᄒ고, 쏘 눈을 멀게 ᄒ며 규셩
의 비러 먹이는 거슬 밧다 텬상 과보를 밧게 졍ᄒ여 계시니,[16]

　심청과 심현은 천상에서 지은 죄로 인하여 지상에 적강한 인물이
다. 이들은 인간 세상에서의 고난을 통해 천상에서 지은 죄를 대속하
고 다시 천상으로 복귀해야 할 인물들이다. 심청의 어머니이자 심 봉
사의 아내인 정씨가 존재할 경우 이들은 자신들의 죄를 대속할 기회
를 마련할 수 없다. 따라서 어린 심청을 양육해야 할 어머니이며 심 봉
사를 봉양해야 할 아내로서의 정씨는 소설에서 사라져야 했던 것이
다. 설화와 소설에서 심청의 모친이 사라지게 된 계기가 다름을 알 수
있다. 심청은 모친의 사망으로 인해 심 봉사의 손에 길러지게 된다.

　　누구 친척도 없고 얻어 먹이는 젖동냥할 어마이는 이내 돌아갔
　　으니까, 젖동냥 돌아다니는 심 봉사가 심청이를 길렀단 말이야.
　　〈자료 14〉

　　그런데 심 봉사가 어머니 젖을 얻어 먹이러 다니다가, 이집 유모,
　　저집 유모, 아 지금은 유모죠. …(중략)… 심 봉사가 얼마나 불쌍
　　하겠나 이거야. 〈자료 24〉

16　정하영 역주, 『심청전』(고려대학교 민족문화연구소, 1995), 38~42쪽. 이 글에서 『심
　　청전』을 인용할 경우에는 이 책을 텍스트로 하고, 판본과 쪽수만을 적는다.

이 앞 못보는 봉사 양반이 딸을 안고서, 집집마다, 그때만 해도 옛날이니까, 다니믄서, 작은 애들을 데리고 사는 집에 가서, 젖도 얻어 멕이고 이렇게서 키워서 〈자료46〉

자기 아버지가 걔를 안고 다니면서 젖을 얻어 먹였는데, "젖 좀 주소. 젖 좀 주소." 하고 다니면서 얻어 먹였는데, 〈자료 48〉

심청이 아버지 심 봉사의 젖동냥으로 해서 어린시절을 살지 않았습니까? 〈자료 50〉

그 심 봉사가 댕기믄서 거리 거리마다 동네 이웃집을 안구 댕기면서, "젖좀 주. 젖좀 주." 젖을 은어 멕여서 열다섯 살 먹두룩 길렀단 말이죠.〈자료 63〉

아내의 사망은 심 봉사로 하여금 어린 딸의 양육을 책임지게 한다. 심 봉사는 맹인이라는 신체적인 결함으로 인해 젖동냥이라는 걸식 행위를 통해 심청을 양육하게 된다. 그런데 화자들은 어린 심청을 키우는 심 봉사에 대해서 "이 앞 못보는 봉사 양반이 딸을 안고서, 집집마다"(자료 46) 다니면서 젖을 얻어 먹여 키웠으니 "심 봉사가 얼마나 불쌍하겠나 이거야."(자료 24)와 같이 심 봉사가 심청을 위해 젖동냥하는 행위에 대해서 측은한 심정을 토로한다. 이것은 심청이 심 봉사를 봉양하는 대목과 좋은 대조를 이룬다.

심청이가 에 옛날에 지아버지 손을 잡고 얻어 먹었죠. 얻어 먹어 먹었어요. 〈자료 7〉

동냥젖을 먹여서 길렀는데, 그것을 차츰차츰 길러서 세월이 흘러가고 하니까니, 차차 심청이도 크고 그래서, 나이도 좀 먹구 그래가지구서, 일상 아버지의 생활을 좀 보충하기 위해서 품팔이를 나가게 됐댔시오. 〈자료 25〉

또 그럭저럭 컸는데, 열 다섯살이 났시요. 그런데 그 때는 요런 [두 손을 모아 펴 보이면서] 손으로 바구니를 요만큼 하는 것을 이고서, 동네를 다니면서 밥을 얻어다가서, 그 땐 저이 아버지를 대접하는 거야. 저는 저이 아버지가 안고 다니면서 젖을 멕였는데. 〈자료 36〉

약 한 팔세, 구세 나니까, 그 때는 자기 아버지가 그런 일을 하는 걸 감이 잡히니까, 자기가 직접 바가지를 들고 집집마다 걸식을 해서, 자기 아버지 봉양을 하다가, 〈자료 46〉

심청이가 그렇게 젖을 얻어 먹으면서 자라서, 조금 커서는 길쌈을 매서 자기 아버지를 봉양했답니다. 〈자료 48〉

아 길르다가 그, 걔가 장씨 가문의 그 장승상에 부인헌테 가서 수양딸 노릇을 했어요. 〈자료 63〉

심청은 모친의 사망으로 하여 어린 나이에 가장의 역할을 떠맡게 된다. 심청은 "지아버지 손을 잡고 얻어 먹"(자료 7)거나 "동네를 다니면서 밥을 얻어다가서, 그 땐 저이 아버지를 대접하는 거야"(자료 36·46)와 같이 아버지가 그녀를 키웠던 방식과 동일한 걸식 행위를 통해 하루하루 연명하기도 하지만, "품팔이"(자료 25)·"길쌈"(자료 48)·"수양딸 노릇"(자료 63)과 같이 걸식 이외에 자신의 노동력을 제공하여 아버지를 봉양하기도 한다. 그리고 부친을 봉양하는 심청의 나이에 대해서는 "8~9세"(자료 46)에서 "15세"(자료 36·63) 또는 "조금 커서"(자료 48)와 같이 일정하지 않다.

그런데 화자들은 심청이 심 봉사를 위해 '품팔이와 걸식'을 하는 행위에 대해서는 담담하게 구술한다. 어린 심청을 키우기 위해 젖동냥을 다니는 심 봉사에 대해 연민의 정을 느낀 것과는 대조적이다. 이것은 화자들이 『심청전』을 효의 입장에서 바라보는 것과 연관이 있다. 효는 "백행의 근원이요, 인도人道의 근본"인 까닭에 자식이 부모를 지성으로 받드는 것을 당연한 것으로 받아들이게끔 하였다. 자식은 부모를 봉양할 의무가 있다. 그것은 부모가 낳아 주고 길러 준 것에 대한 은혜 갚음이다. 부모가 자식을 기르는 것과 마찬가지로 자식도 부모에 대하여 애정과 정성을 모아 효심을 가지고 효를 행해야 한다.[17] 전통적인 효 관념이 오늘날에도 변함없이 전승되고 있음을 심청과 심 봉사의 행위를 바라보는 화자들의 시각을 통해서 확인할 수 있다.

---

17 최길성, 『한국의 조상숭배』(예전사, 1986), 58쪽.

설화와 소설에서 모친의 부재가 심청을 이야기의 전면에 나서게 한다는 점에서는 일치한다. 그러나 모친의 부재가 설화에서는 등장 인물의 간결성으로 인한 것이라면, 소설에서는 심청과 심 봉사가 천상에서 지은 죄를 대속하기 위한 과정에서 이루어졌다는 점에서 차이를 보인다.

3. 아버지의 개안을 위한 심청의 매신賣身

심청은 모친의 사망으로 인하여 어린 나이에 품을 팔거나 걸식을 해서 부친을 봉양하는 가장의 역할을 한다. 가장으로서의 심청은 어쩔 수 없이 집을 비우게 되고, 아버지의 눈 역할을 하던 심청의 출타는 심 봉사에게 죽을 고비를 맞는 사건의 원인을 제공한다.

> 심 봉사가 그 마을에 마실을 가다가 냇가에 빠졌다. 그래서 인제 중이 구해 주는데, 공양미 삼백 석, 삼백 석만 절에 시주하면은 이제 눈을 뜰 수 있다. 이런 이야기를 이제, 그 뭐냐 심 봉사가 하니까. 심청이가 그걸 듣고 그 이제, 공양미 삼백 석을 구할 길이 없잖아요? 〈자료 26〉

> 그런데 심 봉사가 어디 가다가 앞을 못 봐서 개천에 빠진 거야.
> …(중략)…
> 이 사람이 중을 붙잡고 주욱- 얘기를 하는데, 그 때 그 심 봉사

가 앞 못 보는게 억울해서

"이거 어떡해야 앞을 볼 수 있느냐?"

하고 중한데 물으니까, 중이 하는 말이,

"부처님 전에 공양미 삼백 석만 시주를 하면 눈을 뜰 수 있다."

이럭하니까, 눈 뜬다는 바람에 너무 좋아서 그걸 대답을 한 거야. 해 놓겠다구. 눈 뜬다는 바람에 가량도 없는데, 얻어 먹고 사는 주제에 대답을 했단 말여. 〈자료 57〉

아 그 어딜 가다가, 동네에서 참 어딜 놀러가다가, 아 물에 가서 빠졌구랴. 해필 연못에 가서. 잘못 가서 연못에 가 빠져 허우적거리는데, 그 사내, 중이 동냥을, 세주를 내려왔다가 보드니, 그 바랑을 내려 놓구 그 늙은이를 건져 냈어요. 건져내서 집으로 보내 줬는데.

…(중략)…

"영감 부처님께 공양미 삼백 석만 드리서, 그리믄 당신 눈을 뜰 수가 있다."

구 이랬단 말이예요. 그래니까 이 늙은이가 괜히 삼백 석커녕 한 톨두 없는 이가 대답을 해 놨단 말이예요. 아 그래군 줄창 끙끙 앓구 있어요. 〈자료 63〉

'심청설화'에서 심 봉사가 물에 빠져 목숨이 경각에 달린 상황을 구술한 부분이다. 심청이 출타 중일 땐, 심 봉사에게는 집을 벗어나면 안 된다는 금기가 주어졌을 것이다. 심청의 귀가가 늦어짐으로써 집에서 공양만 받던 심 봉사는 심청을 찾아 집을 나서게 된다. 심 봉사에게 내려졌던 금기 사항은 파기되고, 심청에게 불행이 닥치는 결과로 이어진다. 이 불행은 줄거리를 엮기 위한 근본적인 방편들 중의 하나이다.[18]

심 봉사의 실족 사건은 심청을 사지로 몰고 가는 계기가 된다. 심 봉사가 출타하는 이유는 소설에서처럼 귀가가 늦어지는 어린 딸을 걱정하는 마음에서 이루어지기보다는 위의 설화처럼 "마실"(자료 26)이나 "어디 가다가"(자료 57·63)와 같이 불명확하다. '심청설화'에서 심 봉사의 실족 사건은 소설에서처럼 핵심적인 요소가 아니다. 오히려 이 사건에서 파생한 공양미 시주 약속이 비중 있게 다루어진다. '심청설화'에서는 심 봉사가 실족하는 사건이 없음에도 불구하고 공양미 300석을 시주하겠다는 약속을 한다.

시주 과정에 나타난 심청과 심 봉사의 행동 방식은 두드러진 차이를 보인다. '심청설화'에 나타난 심 봉사는 걸식을 통해 어린 심청을 양육했고, 심청이 성장해서는 딸이 얻어 오는 음식을 먹고 사는 무능한 인간이다. 심 봉사의 무능한 모습은 실족 사건을 계기로 공양미를 시주하는 과정에서도 그대로 드러난다. 심 봉사는 "이 사람이 중을 붙잡고 주욱- 얘기를 하는데, 그 때 그 심 봉사가 앞 못 보는게 억울해서" 자신이 처한 상황을 신세 한탄조로 이야기하는 과정에서 "부처님 전에 공양미 쌀 삼백 석만 시주를 하면 눈을 뜰 수 있다"(자료 57)는 말에 즉흥적으로 시주를 약속한다. 그리고는 심 봉사는 "큰

---

18 V.Y. 프로프, 『민담의 역사적 기원』(최애리 역, 문학과지성사, 1990), 72쪽.

걱정이 되어서 밥을 안 잡숫"(자료 57)거나 "아 그래군 줄창 꿍꿍 앓구 있어요."(자료 63)와 같이 소심한 행동으로 일관한다. 아니면 어린 심청에게 공양미 삼백 석을 절에 시주하면 눈을 뜰 수 있다는 말을 하여 그녀의 효심을 자극한다(자료 46). 심 봉사는 현실적으로 공양미 삼백 석을 시주하는 것이 불가능하다는 것을 안다. 그럼에도 불구하고 부모로서의 위치를 망각한 채 자신의 안위를 위해 심청에게 불가능한 일을 요구하는 것이다.

> 공양미 삼백 석을 시주를 바치면 눈을 뜬다고 그러니까니. 그럼
> 우리 딸이 하나 있는데, 그렇게 하갔습니다 허구. 그러면 너의 딸
> 을 이 희생물로 바치면 제물로 바치면 우리가 공양미 삼백 석을
> 주갔노라고. 눈만 뜰 욕심으로 그렇게 했는데. 〈자료 6〉

위의 〈자료 6〉은 심 봉사가 죽을 고비를 맞는 실족 사건이 생략된 채 바로 공양미 삼백 석을 시주하겠다고 약속한다. 그런데 공양미를 받는 대상이 구체적으로 나타나지 않는다. 화자는 심 봉사의 시주 행위를 "눈만 뜰 욕심"이라고 하여 딸을 팔아서라도 개안하겠다는 심 봉사의 이기적인 욕망이 잠재해 있음을 간파하고 있다. '심청설화'에 등장하는 심 봉사의 경우, 무능하며 자신의 욕심만을 채우는 이기적인 인간의 속성을 반영하고 있다. 소설에 등장하는 뺑덕어미의 속성이 일정 부분 심 봉사에게 투영되고 있는 것이다.

이에 비해 심청은 아버지의 안맹이 생활하는데 불편하다는 것을 인식하고 개안의 방법을 강구한다. 이때 심청에 의해 공양미의 시주

약속이 이루어진다.

심 봉사 영감이 그 심청이를 마중 나갔댔대요. 마중 나갔다가서,
잘못해서 개천에 빠졌어요. 심청이 아버지가. 개천에 빠져가지
고서, 동네 사람들의 눈에 어떻게 띄어가지고서 집에 모셔다 놓
았는데, 심청이가 돌아와보니까, 엉망진창이 되어서 그러니까
니, 심청이가 고민이 생겨 가지고서 저희 아버지 눈이 어두워서
그렇게 되었다는 걸 생각해 가지고서, 저희 아버지 눈을 뜨게 하
기 위해서 부처에게 가서 거시기를 드렸대요. 공을. 공을 드려서
어떻게 하면 우리 아버지 눈을 뜨게 하겠냐. 그렇게 하니까니, 부
처에게 얘기 하기를,
"아버지 눈을 뜨게 할려면, 부처에게 공양미 300석을 불공해야
아버지 눈을 뜨겠다."
이렇게 해서, 심청이가
"내가 그럼 공양미 300석을 시주하겠으니, 우리 아버지 눈을 좀
뜨게 해주시요."
하고서, 거시기를(불공을) 드리고서 집에 와서 있는 차에, 〈자료 25〉

딸이 주이 아버지 눈을 띄울라고 그렇게 애를 쓰는 거야요. 애를
쓰면서 절에 가서 물어 봤어요. 물어보니께,
"느이 아버지 눈을 띄울라면 공양미 300석을 갖다 바쳐야 눈을
띄운다."
고 그랬어요. 그러니까, 공양미 300석을 어떻게 해야 갖다 바칠 수

있나, 바칠 수가 없잖아요. 그래서 스님들한테 이야기를 하니까,

"네 몸을 팔면은 공양미 300석을 받고 팔 수가 있다."

고 그랬어요. 〈자료 62〉

위의 〈자료 25〉에서 심청은 개천에 빠진 아버지의 모습에서 안맹이 생활을 영위하는데 불편할 뿐만 아니라 자칫하면 죽을 수도 있는 위험한 상태라는 것을 인식하게 된다. 그래서 아버지를 개안시킬 수 있는 방법을 모색한다. 〈자료 62〉에는 실족 사건이 없어 〈자료 25〉와 같이 안맹으로 인한 불편함을 자각하는 부분이 생략되어 있다. 그렇지만 위의 두 설화는 심청이 아버지가 개안할 수 있는 방법을 모색한다는 점에서는 동일하다. 심 봉사가 신세 한탄에 머물며 개안과 관련해서 수동적인 자세로 일관하는 것과 비교할 때, 심청은 스스로의 노력으로 아버지를 개안시킬 수 있는 방법을 모색하고 시주를 약속한다. 심청은 주어진 상황에 적극적으로 대처하는 능동적인 인물이다. 이것은 천상적인 존재에 의존하여 해결 방안을 모색하고 있는 소설과 구별된다.

효심이 지극해 가지구 뭐 자기 아버지를 눈을 뜨게 한다구 절에 가서 들은 이야기 아니예요. 절에 가서 스님한테 들으니까 중국으로 무역하는 선원들이 저 용신제를 지낸다고 그래서 삼백 석에 팔려가는 건데. 〈자료 2〉

구걸해가지구 젖먹여 길러놓으니까 지아버지 눈 떠우겠다구. 공

양미쌀 삼백 석에 팔아서 팔아가지구서는 〈자료 4〉

자기가 그 기관을 통해 가지고서 그 뱃사공한테 가서 "삼백 석
을 주겠다는데 거 사실이냐." 그런께 "사실이라고 말이야, 그 처
녀를 살 수 있냐." "제가 가겠으니까 우리 아바지는 판사위다." 그
러니까 앞을 못 보는디 아버지 한분 계시는데 어떻하던지 그 늙
으신이를 살려야 겠다고 말이야. 〈자료 14〉

공양미 삼백 석을 아버님 눈 뜨이기 위하여 바쳤다고 저희들이
전설상에 들은 얘기죠. 〈자료 56〉

위에서 인용한 '심청설화'에서 화자들이 심청의 효심을 바탕으로
심 봉사의 개안 문제에 접근하고 있음을 볼 수 있다. 설화에서 매신
賣身은 심청의 효심에 의해 자발적으로 이루어진다. 현실 세계에서
는 흉년이나 기근 그리고 그 밖의 상황에서 부모가 자식을 파는 매
신이 이루어졌지만 설화에서는 부모나 가족에 의한 매신이 눈에 띄
지 않는다. 이것은 아마도 없는 사람들 소위 민중이라고 불리는 설화
전승집단이 그런 비참한 사태를 스스로 드러내기 싫어한 때문일 것
이다.[19] 그래서 설화에서는 자식을 매매하는 것이 아니라 자식이 부
모를 위해 "지아버지 눈 띄우겠다구, 공양미쌀 삼백 석에"(자료 4) 자
진해서 몸을 파는 것이다. "인제 다 뭐 넉넉하게 사는 사람은 나부터

---

19 김대숙, 「우부현녀 설화와 "심청전"」, 『판소리연구』 4(판소리학회, 1993), 145쪽.

램도 자기 자식을 그런 속에 넣으라고 줄 사람 없"(자료 7)다는 화자의 입을 통해 가난 때문에 딸을 팔 수 밖에 없는 처지이지만, 부친을 개 안시키는 것으로 미화함으로써 의도적으로 자신들의 치부를 감추 는 것이다.

'심청설화'와 같이 부모를 위해 자신을 희생하는 효행설화는 문헌 과 구전을 통해 전국적으로 전승되고 있다. 문헌에 기록된 효행설화 가 단지형斷指型과 할고형割股型 위주라면, 구전설화는 이보다 다양한 형태로 전승된다.[20] 구전설화에 나타나는 효는 부모를 향한 맹목적 인 효이며, 이를 실천하는데 있어 인간의 존엄성은 철저히 무시된다. 문헌과 구전되는 효행설화에서 자식은 위기에 처한 부모를 구하기 위해 효행을 한다. 자식에게는 부모가 직면한 문제를 해결해야 할 의 무가 있다. 효자가 부모의 문제를 해결하기 위해 선택한 방법을 정리 하면 아래와 같다.[21]

A. 자신희생

① 고통이긴 효성- 겨울에 얼음 깨고 잉어 얻기剖氷, 죽순 얻

기泣竹, 종기 빨기吮腫, 변맛보기嘗糞, 삼년시묘, 과일얻기

② 신체일부를 훼손- 손가락 자르기斷指, 허벅지살베기割股,

시묘살이 하다가 병얻기哀毁

③ 자기 몸 팔아 봉양하기賣身- 효녀지은

④ 수절하여 시부모 섬기기- 민담, 어느 가문의 설화에서

---

20 최래옥, 『한국구비전설의 연구』(일조각, 1981), 80~83쪽 참조.
21 위의 책, 86~87쪽.

⑤ 자기 몸을 희생하기殺身- 심청전, 에밀레종

⑥ 자기 몸팔아 부모장례 지내기賣身治喪- 고대소설의 이야기
에서

B. 자식희생

당장 기적있다.

① 부모 약을 대신하여 자기의 자식을 솥에 넣어 삶고 보니 산
삼이었다殺兒得蔘 - 산삼동자

② 호랑이에게 자식을 주고 취해서 자는 시아버지를 구했다投
兒感虎- 민담

③ 어머니를 잘 대접하기 위해서 음식을 축내는 자식을 파묻
다가 보물을 얻었다埋兒得寶- 손순매아, 대전 식장산 유래

자식죽음을 용납하다.

④ 취해서 잔 시아버지가 아이를 눌러 죽였다. 후에 보상이 있
다醉父壓孫- 민담에서

⑤ 망녕든 시어머니가 아이를 솥에 넣어 삶아 죽였다老母釜孫
- 민담에서

⑥ 양부모가 잘못해서 아이를 죽였다養父壓孫- 민담에서

C. 아내희생

① 아내를 팔아서 부모 장례를 치루다賣妻治喪

부모의 당면한 문제를 해결하기 위해서는 희생이 필요하다. 이때
희생당하는 대상은 위와 같이 부모의 직계 자손과 며느리이다. 그런
데 희생 방식 중에서 주목할 것은 'B. 자식 희생'이다. A-⑤를 제외하

면 A와 C형에서는 희생이 죽음에까지 이르지 않는다. 그런데 B형의 경우는 모두 죽음과 연관되어 있다. 아이의 입장에서 보면, 자신을 죽이는 비윤리적인 행위가 '부모를 위한다'는 명분하에서 아무런 반성과 비판도 없이 미담으로 승화되어 전승하는 것이다.

효의 미담은 첫째는 '가난', 둘째는 '희생', 셋째는 해피 엔드의 '보은'이라는 세 가지 공식에 의해서 이루어진다.[22] 효행설화에서 부모를 위한 희생이 크면 클수록 그에 따른 효과도 비례하여 커진다. 부모는 절대 위기에 있고 자식은 그 위기를 해결할 수 없거나 어려운 처지에 있을 때, 그 '어려움의 거리'를 극복하려면 희생이 뒤따르게 된다. 이때 효행의 주체자인 효자가 부모를 위해 행하는 효행의 적극성과 감동성은 효자를 대하는 대상을 감화·변동시킨다.

심청의 적극적인 희생효는 처녀 제물을 받던 인당수의 수신으로 하여금 심청을 살려서 내보내게 만들었고, B-②형의 설화인 〈호랑이에게 아들을 던져 준 며느리〉에서는 시아버지를 구하기 위해 자식을 호랑이에게 던져 주었던 며느리의 감동적인 희생효가 악한 호랑이를 선한 호랑이로 변화시킨다.[23] 인간의 능력으로 해결하기 어려운 과제에 대해 효자가 적극적인 방법으로 대처했을 때, 심청과 같이 자신이 소망하던 대로 아버지가 눈을 뜨거나 〈호랑이에게 아들을 던져 준 며느리〉의 이서방 내외처럼 원치도 않았던 "효자·효부상"을 받게 된다. 효자에게 부여된 어려운 과제의 해결은 현실적인 차원에서의 보상으로 연결되곤 한다. 물론 부모에 대한 효행이 보상을 전제로 한 것

22 이어령, 『한국인의 신화』(서문당, 1996), 123쪽.
23 최래옥, 앞의 책, 80~85쪽.

은 아니겠지만 설화 속의 현실에서는 보상이 이루어지고 있다. 이 점이 오늘날에도 효행설화가 널리 전승될 수 있는 원동력인 것이다.

『심청전』에서 심 봉사의 실족 사건은 소설 전개상 중요한 사건이다. 실족 사건에서 심 봉사는 눈을 뜨고자 하는 개인적인 욕심에 공양미 삼백 석의 시주를 약속하지만, 이러한 심 봉사의 행동이 오히려 신의 뜻을 이행하는 계기가 된다. 시주 과정에 심 봉사에게 불가능한 과제가 부여된 것은 심청으로 하여금 속죄양이 되게 하려는 의도가 깔려 있다. 소설에서는 천상에서 지은 죄를 대속하는 하나의 과정으로 실족 사건이 설정된 것이다.

이에 비해 '심청설화'에서 심 봉사의 실족은 안맹한 심 봉사의 부주의로 일어난 사건에 불과하다. 그래서 심 봉사의 실족 사건이 소설과 달리 그 중요성이 반감된다. 설화에서는 실족 사건이 없어도 시주를 약속한다. 또한 시주 약속은 심 봉사와 부친의 안맹이 죽음에 이를 수 있다는 것을 자각한 심청에 의해서 이루어지기도 한다.

한편, 심청은 몸을 파는데 있어 추호의 원망이나 망설임이 없다. 부모를 위한 효행이 무비판적이며 맹목적으로 이루어진다는 점에서 구전되는 효행설화와 일맥상통한다. '심청설화'에서는 심 봉사의 실족보다 시주 과정이 중요하다. 그래서 '심청설화'의 심청은 『심청전』의 심청과 달리 출천지효를 완성하는 것이 아니라, 자기 부친을 위한 개인적인 차원의 효에 머문다. 설화에서는 소설과 달리 효가 지닌 의미가 축소되는 것이다.

4. 심청의 인당수 투신과 인신공희

어린 나이에 심청은 중국 상인에게 공양미 삼백 석에 팔려가 인당수에 제물로 바쳐진다. 왜 중국 상인들은 장산곶 인당수에 인고사를 지냈던 것일까. 인간은 자연적 재난이나 현상 등을 있는 그대로 받아들이는 것이 아니라 어떤 신적인 존재와 결부시켜 설명하려는 경향이 강하다. 특히 인간의 사고로는 도저히 이해 할 수 없는 자연 재난이 발생했을 경우, 이를 신이 내린 재앙으로 인식하고 신을 위무慰撫하는 제의를 거행한다. 제의에서 인간이 신을 위무하기 위해 희생 제물로 바쳐지는 것을 '인신공희'라고 한다.

인신공희는 나라와 민족에 따라 다양한 형태로 행해진 관습이며 제의의 하나로, 엘리아데에 의하면 인신공희 의례는 주로 농경의 풍요 의례, 성스러운 힘의 계절적 재생 등을 위해 거행되었다고 한다.[24] 일반적으로 인신공희는 제의적인 목적을 달성하기 위해 거행된다는 점에서 제의를 받는 신, 희생 제물, 희생제물을 바치는 집단을 상정해 볼 수 있다. 우리나라에 전승되는 인신공희설화는 대부분 주로 어떤 대상에 의해 재난이 발생하고 이를 해결하기 위해 그 대상에게 인간을 제물로 바치는 형식을 취하고 있다. 인신공희가 발생하는 원인(재난)과 그 소멸과정이 설화의 핵심을 이루고 있다.[25]

---

24 M. 엘리아데, 『종교형태론』(이은봉 역, 한길사, 1996), 446~454쪽.
25 이영수, 「한국설화에 나타난 인신공희의 유형과 의미」, 『한국학연구』13집(인하대학교 한국학연구소, 2004), 83~84쪽.

〈지네장터〉에서는 지네가 나타나 사람들을 괴롭히고[26], 〈김녕 뱀굴〉에서는 큰 뱀이 대흉년을 들게 하며[27] 〈공갈못〉에서는 튼튼하게 쌓아 올린 제방을 하늘에서 비가 내려 지속적으로 끊어지게 하며[28] 〈풍랑이 이는 뜻〉에서는 해신이 풍랑을 일으켜 배가 울릉도를 벗어나지 못하게 한다.[29] 〈지네장터〉와 〈김녕 뱀굴〉에서 사람들은 지네나 뱀과 같은 괴 신격을 퇴치하려는 노력보다는 해마다 처녀를 제물로 바쳐서 괴 신격을 위로한다. 이에 비해 〈공갈못〉과 〈풍랑이 이는 뜻〉에서는 인간적인 노력이 좌절된 끝에 인신공희가 일어난다는 점에서 차이가 난다. 〈공갈못〉에서 사람들은 무너진 제방 쌓는 일을 반복하다가 중을 인주人柱로 세워 제방을 완성하고, 〈풍랑이 이는 뜻〉에서 장수는 해신의 뜻을 거부하고 출항하였다가 다시 무인도로 되돌아와 어쩔 수 없이 해신의 뜻대로 남녀 한 쌍을 울릉도에 남겨 두고 떠난다. 위의 설화들은 인간이 발생한 재난에 굴복하고 인신공희를 받친다는 점에서 공통점을 갖지만, 재난에 임하는 자세에서 차이를 드러낸다.

위의 설화에서는 인신공희가 일어나게 된 계기와 인신공희를 받

---

26 최상수, 〈61 지네장터〉, 『한국민간전설집』(통문관, 1984), 82~85쪽.

27 현용준, 〈35 김녕 뱀굴〉, 『제주도 전설』(서문당, 1996), 101~105쪽.

28 최상수, 〈152 공갈못의 뚝〉, 앞의 책, 243~244쪽.

29 민병훈, 〈풍랑이 이는 뜻〉, 『한국대표야담전집』 2권(민중서관, 1980), 211~220쪽(박정세, 앞의 논문, 170쪽에서 재인용). 이 전설은 강원도 삼척에 와 있던 장수가 부하들과 함께 기생 한 사람을 데리고 동해안의 순찰길에 나섰다가 태풍을 만나 무인도에 표류하게 되었다는 것이다. 그 장수의 꿈에 백발이 성성한 노인이 나타나 인신공희를 바칠 것을 명한다. 우리나라 설화에서 "백발이 성성한 노인"은 신선의 이미지로 등장하는데 여기서는 장수가 표류했다는 곳이 무인도라는 특성상 신선이라기보다는 해신일 가능성이 크다.

는 신격이 구체적으로 등장한다. 설화전승집단은 이들 설화에서 재난을 일으키는 신격을 인신공희를 받는 횟수에 따라 차별화하고 있음을 볼 수 있다.

첫째, 〈지네장터〉나 〈김녕 뱀굴〉에서와 같이 인신공희가 주기적으로 일어나는 경우이다. 이때 재난을 일으키는 존재는 지네와 뱀과 같이 일반적으로 사악한 존재로 여겨지며 퇴치해야 할 적대적인 대상이다. 이 유형의 설화는 재난을 당하는 사람들이 수동적인 자세를 취하기 때문에 이들이 처한 상황을 해결해 주어야 할 구원자를 필요로 한다. 그래서 〈지네장터〉에서는 두꺼비가, 〈김녕 뱀굴〉에서는 서판관이 등장한다. 구원자인 두꺼비와 서판관은 적대적인 대상인 지네와 대사大蛇를 물리치지만, 이들 또한 적대자와 같은 운명의 길을 걷는다.

희랍신화나 독일 민담에서는 신격을 제거하거나 제압한 사람은 영웅이 되는데 비해, 우리나라 설화에서는 일반적으로 신격을 제거한 사람은 죽음을 맞이한다. 이것은 신격을 제거하는 것을 부정시하였기 때문이다.[30] 한국인에게 보편적으로 발견되는 악에 대한 지나친 조심성, 악과 대결하는 사람만 손해를 본다는 태도의 이면에는 악의 권력에 대한 외경과 외포畏怖의 생각이 잠재해 있다.[31] 인간의 희생을 강요하는 대상이 퇴치되었다고 해서 그에 대한 두려움이 민중들의 머릿속에서 바로 사라지는 것은 아니다. 뱀의 공포로부터 벗어나게 해준 서판관이 관헌으로 돌아오자마자 즉사한다. 인신공희

---

30 박정세, 앞의 논문, 178쪽.
31 이부영, 『한국민담의 심층분석』(집문당, 1995), 106쪽.

에 대한 두려움이 사라지기까지는 오랜 세월을 필요로 하는 것이다.

둘째, 〈공갈못〉과 〈풍랑이 이는 뜻〉의 경우는 인신공희를 받는 대상이 하늘이나 해신과 같이 경외시하는 신적인 존재이다. 그리고 이들은 위에서 살펴본 설화와 달리 신적인 존재라 퇴치의 대상이 아니다. 〈공갈못〉에서는 중이 인신공희를 자청하며, 〈풍랑이 이는 뜻〉에서는 남녀 한 쌍을 무인도에 남겨 두는 것으로 재난은 해결된다. 이들 설화의 경우 인신공희가 일회성에 그친다. 이처럼 일회성에 한해 거행된 인신공희의 경우, 이를 받는 대상을 적대자로 인식하지 않고 그 신격에 대한 두려움도 배제되고 있다.

'심청설화'에서 화자들은 장산곶의 지형적인 특성을 설명하면서 이곳에서 인신공희가 행해졌을 것이라고 한다.

> 옛날에는 인제人祭를 지냈다 이거야. 그래 인제를 지낼 적에, 왜 인제를 지냈냐? 배가 가다 보면, 자꾸 풍파가 일거든요. 왜 풍파가 이느냐. …(중략)… 무당한테 물어보고, 굿을 하고 뭐를 하는데, 무당한테 갔다가 '인제를 지내라' 그래서 인제를 지내게 됐는데 〈자료 24〉

> 그래 그 훈수가 져서, 이 무역선들, 중국 무역선들이 하도 많이 댕기는데, 거기서 벌써 행방불명 된게 하나 둘이 아니라, 아주 미개한 때니까, 거리를 멀리 돌았으믄 그런 일이 없을 꺼 아닙니까? 그런데 뭐
> '거기 귀신을 위하지 않으믄 통과 못한다.'

그래요.

[녹음 테잎을 뒤집느라고 잠시 중단됨.]

(조사자: 무당한테 물어보니까?)

예, 무당한테 물어보니,

"이거는 소나 이런 거 잡아서는 안 된다." 이거여. 〈자료 46〉

지금들 얘기하는 저 장산곶 앞에가 굉장히 물살이 세고, 거길
그냥 지나갈 수가 없었답니다. 웬만한 배는. 그래서 거기다가 처
녀를 사서 넣는데, 그게 아마, 옛날에는 아마는 인제(人祭)를 지
냈던 모양입니다. 〈자료 48〉

　위에서 인용한 '심청설화'에서 〈자료 24〉는 풍파가 일어나자, 그 원
인을 알기 위해 무당을 찾아간다. 무당이 "'인제를 지내라' 그래서 인
제를 지내게 됐"다는 것이다. 이 설화에서는 왜 인제를 지내야 하는
지 그 이유가 명확하지 않다. 이에 비해 〈자료 46〉에서 선인들은 무
당의 입을 통해 배들이 난파당하는 원인이 인당수의 귀신 때문임을
알게 된다. 〈자료 46〉에는 다른 설화보다 제의의 대상이 구체적으로
명시되어 있다. 무역상인들은 무당의 입을 통해 "거기는 소나 이런
거 잡아서는 안 된다."고 처녀를 제물로 바쳐야 한다는 대답을 듣는
다. 그래서 처녀를 제물로 바치는 인신공희가 행해졌다는 것이다. 그
런데 화자는 앞에서 장산곶의 지형적인 배경에 대해서 장황하게 이
야기를 한다. 이것은 화자가 자연적인 현상을 신적인 존재에 의탁하
여 설명한 것으로 보인다.

〈자료 46〉과 같이 화자가 인당수에 대해 구체적으로 묘사하기도 하지만, 대부분의 '심청설화'의 화자들은 재난이 일어나는 인당수를 물살이 빠르기 때문에 무서운 곳으로 인식할 뿐, 이곳에 대해서 자세하게 묘사하지 않는다. 화자들이 사건이 일어나는 인당수의 배경에 대해 세심한 주의를 기울이지 않는 것은, 설화의 전개 과정에서 배경 묘사를 중요하지 않게 생각하기 때문이다. 앞장에서 살펴본 '심청설화'의 유형 중에서 배경담과 증거담에 속한 설화의 경우, 심청이 제물로 바쳐지게 된 동기를 장산곶의 자연적 내지 지형적인 배경을 전제로 구술하지만, 이곳에 대한 묘사는 극히 미미하다. 설화에서 주인공의 행위가 이루어지고 있는 환경에 대해서 무관심한 것은 구전문학 속에서는 벌어진 일을 이야기하기 위해서 필요한 것만을 이야기하기 때문이다. 구전문학에서는 주인공이나 주변 인물이 처한 환경이나 배경에 대해서 세밀하게 묘사하는 문학적 기법을 찾아볼 수 없다. 구전문학의 기법은 문학의 사실적 기법과는 커다란 차이가 있다.[32]

바람만 조금만 불었다하든 배가 후딱 뒤집혀지고 말아, 거기서. 그러니까니 그걸 돌아야 되는데 그걸 돌고 무사히 갈려면, 용왕 용왕한테 제물로 처녀를 바쳐야 되거든. 이 사람들이 장삿꾼들이라 항시 배를 무대로 하고 사는 사람이기 때문에 꼭 제물로 처녀가 필요하거든. 그래서 희생물이 심청이야. 〈자료 6〉

---

32 블라디미르 프로프, 『구전문학과 현실』(박전열 역, 교문사, 1990), 115쪽.

무역을 범선으로 다녔는데, 풍랑이 심하니까 바다 용왕님한테 처녀를 제물로 해서 바치던 풍습이죠. 그래야만이 뱃길이 파도 없이 왕래가 되고 하니까. 그걸 공양미 삼백 석을 절에 바친다 해서, 심청이가 제물이 되어 가지고, 장산곶에서 인당수가 있어 요. 거기서 제사를 지낸 거죠. 〈자료 50〉

위의 인용문에서 화자들은 장산곶에서 일어난 재난을 자연적인 현상으로 설명하고, 제물을 수령하는 대상을 "용왕"이라고 한다. '심청설화'에서 제물의 수령자가 나타나는 경우는 위의 설화와 〈자료 46〉뿐이며, 대부분의 설화에서는 그 대상이 거론되지 않는다. 그리고 화자들의 구술 태도로 보아 인당수에서의 인신공희는 주기적으로 거행된 것으로 볼 수 있다. 〈지네장터〉와 〈김녕 뱀굴〉처럼 '심청설화'에서 인신공희가 지속적으로 일어났다면, 그것을 퇴치하는 구원자가 등장해야 한다. 그런데 '심청설화'에는 구원자가 등장하지 않는다. 용왕을 구원자로 보면 재난을 일으켜 퇴치되어야 할 대상이 구원자로 등장하는 이율배반적인 모순에 빠지게 된다. '심청설화'에서 제물을 수령하는 대상이 명확하지 않고 인신공희가 주기적으로 일어났는데도 불구하고 구원자가 등장하지 않는 것은 희생 제의의 목적이 민중의 이익을 대변하는 것이 아니라 개인적인 차원에 머무르기 때문이다.

남방장사들이 곳돌아서 장사를 가려고 하니까, 그 얘길 들으니, 장산곶을 돌아갈려면 인당수라는 데 대감바위가 있는데, 거기다가

서 인고사를 드려야, 그것도 처녀, 인고사를 드려야 그 곳을 넘어
가는데, 넘어가서 장사 한번 해보면 먹을 것 나오니깐 〈자료 57〉

그 남경의 뱃사공들이 큰 배를 가지구 댕기는 사람들이 장살헐
려구 인당수라는 데는 그 서쪽인데, 강인데, 물살이 세구 그냥
아주 그렇게 험하대요. 일년에 사람 하나씩은 물에다 넣어야 장
사가 잘 된다구 그래가지군, 처녀를 사러 댕겨요. 〈자료 63〉

　　인신공희가 개인을 위한 제의보다는 국가나 마을의 안위와 관련
된 공동체에서 행해지며, 공동체는 많은 사람들의 안전 기원과 기
풍·풍어를 목적으로 한다.[33] 그런데 '심청설화'에서 인신공희는 남방
장사들이 장산곶을 "넘어가서 장사 한번 해보면 먹을 것 나오니깐"
(자료 57) 또는 "사람을 사다가 제사를 엿고야 그 너머가면 그거만 돌
아가면 장사가 크게 하니까니 그렇게 비싸게 주고도 사람을 사다가
서 엿다"(자료 3)거나 "일년에 사람 하나씩은 물에다 넣어야 장사가 잘
된다구"(자료 63)하는 상인들의 욕망을 충족시키기 위한 것이다. 이처
럼 인신공희가 개인적인 차원에서 이루어진 것은, '심청설화'에서 심
청이 자기 부친을 위해 희생하는 것과 연관이 있다.
　　심청은 중국 상인들에 의해 인당수에서 제물로 바쳐진다. 소설에
서는 "인간 병인 심현의 쫄 청이 삼 셰의 어미를 여희고, 압못보는 아
비를 먹여 연명ᄒ더니, 부쳐긔 시듀ᄒ면 아비 눈이 쓰이리라 ᄒᄆᆡ 몸

33 최운식, 「인신공회 설화' 연구」, 『한국민속학보』(한국민속학회, 1999), 201~202쪽.

을 팔런 이 물의 쌘져 듁ᄉ오니, 듁기는 셟지 아니ᄒ오나 병신 아비를 오늘붓터 한 슐 물이라도 봉양ᄒ리 업ᄉ오니"(경판본 36쪽)라고 하여 심 봉사의 새로운 삶을 위해 죽음의 길을 떠나려 하는 심청의 모습에서 비장한 결의에 의해 지탱되는 영웅적 비장감[34]과 함께 이효상효以孝傷孝의 역설을 보게 된다. 인당수에 투신하기 전에 "청이 부친을 세 번 불너 통곡ᄒ며 두 손으로 낫츨 가리오고 몸을 날녀 물"에(경판본 38쪽) 뛰어들었다는 것으로 보아 효행의 표본이었던 심청에게도 죽음은 두려움의 대상이었던 듯싶다. 이 부분을 '심청설화'에서는 어떻게 구술하고 있는지 살펴보겠다.

여기서 보이는 몽금포 앞 보이는 저 촛대바위가 지금 여기서 사는 사람들 말로는 심청이가 거기서 뛰어내렸다는 저 따이빙때라구 그러죠. 저 잘 보이잖아요. 저 따로 떨어져 있는 섬. 거기서 뛰어 내려가지구 〈자료 2〉

그 때에 심청이가 심 봉사 어두운 눈을 뜨게 해 주겠다고 하고서, 효녀 심청이가 나와 가지고, 투신 자살해가지고 〈자료 25〉

거기서 그것을 지낼라고 갔는데, 심청이가 배를 타고 거기까지가 가지구 이 물에 가, 배 맨앞에 앉아 가지고 하늘을 우러러 보면서 울었답니다. 그렇지마는 자기가 이미 거기 죽어야 된다고

---

34 김흥규, 「판소리에 있어서의 비장」, 『구비문학』 3(한국정신문화연구원, 1988), 12쪽.

해 가지고, 자기 치마를 쓰고서 죽었답니다. 거기 빠졌답니다.

〈자료 48〉

위의 '심청설화'에서 죽음을 앞둔 심청의 모습에서 영웅적인 비장감이나 '이효상효以孝傷孝'의 감정은 거의 드러나지 않는다. 심청은 자신이 공양미 삼백 석에 몸을 팔았기 때문에 순순히 죽음을 받아들인다. 인당수에서의 투신은 부모를 위한 효행의 일환이다. 부모를 위해 효를 행함에 있어 자신의 처지나 상황을 비관하는 듯한 태도는 옳지 못하다. 〈호랑이에게 자식을 준 효부〉와 같이 그 처한 상황이 절박하면 절박할수록 그에 따른 효행은 미담으로 승화되어 전승할 뿐, 자식을 호랑이에게 던진 며느리의 행동은 비판의 대상이 아닌 것이다. 비극적인 상황을 담담하게 묘사하는 것이 설화의 한 특징이다.

그래서 이제 떡이 한 개 밖에 남지 않았다. 다시 고개를 올라가니까 호랑이가 또 나와서 그것을 주고 다시 고개를 올라가니까 호랑이가, "할멈, 팔 하나 떼어 주면 안 잡아먹지." 그래서 팔을 하나 떼어 주고 또 한 고개를 올라가니 호랑이가 나와 팔 하나를 또 떼어 줬다. 또 한 고개를 올라가니 호랑이가 나와서 다리하나를 떼어 주고 또 한 고개를 넘어가니 호랑이가 나와 나머지 다리를 마저 떼어 주었다.

그래서 다음의 고개에 있던 호랑이는 이 할머니를 잡아먹고 그 옷을 갈아입고, 그 할머니네 집으로 갔다.…(중략)… 호랑이는 방에 들어와서 어린애를 안고 어린애 손을 오도독오도독 깨물어

먹으니, 딴 애들이 그 소리를 듣고 "엄마 무엇 먹우?" 하고 물었다. 호랑이는 "뒷집에서 콩볶음 준 것 먹는다."고 했다.[35]

우리나라에 널리 알려진 〈해와 달이 된 오누이〉의 일부분이다. "할멈, 팔 하나 떼어 주면 안 잡아먹지."라는 절박한 상황이 반복되고 있다. 그런데 화자는 비극적이거나 잔인한 장면을 묘사하면서도 결코 이를 비극적이거나 잔인하게 묘사하지 않는다. 이처럼 설화 속에는 우리의 윤리로 보아서 도저히 용납될 수 없는 상황, 가령 의붓아들의 눈을 빼어 바늘 상자 속에 넣어둔다든가, 아우의 눈을 후벼 버리고 쫓아낸다든가 하는 과도한 잔인성을 보여주는 상황이 묵인된다.[36] 이러한 설정은 사람을 새롭게 만드는 제의적 의미를 함축하고 있다.[37] 그러나 우리나라의 설화를 대상으로 왜 이러한 잔인한 상황이 담담하게 표현되는지 보다 구체적인 연구가 진행되어야 할 것이다.

소설 『심청전』에서 심청이 수신에게 제물로 바쳐지는 것은 다른 작품에는 없는 특이한 사건으로,[38] 심청이 인당수에 제물로 바쳐짐으로써 심 봉사는 개안을 이루고 선인들은 물건을 매매하여 부를 축적하며 심청은 천자의 왕후가 되어 부귀영화를 누린다. 심청의 인당수 투신은 작품 속에 내재되어 있는 모든 사건을 해결하는 열쇠인 것

---

35 임동권, 〈41. 해님 달님〉, 앞의 책, 73~74쪽.

36 조희웅, 앞의 책, 56~57쪽.

37 V. Y. 프로프, 『민담의 역사적 기원』(최애리 역, 문학과지성사, 1990), 137쪽.

38 최운식, 『심청전연구』(집문당, 1982), 204쪽.

이다.[39] 소설과 차이를 보이며 전개되던 '심청설화'에서 심청이 인당수에 투신하는 대목과 그로 인해 얻어진 결과는 소설과 동일하게 처리되어 있다. 그런데 소설에서는 심청의 효행을 통해 전생의 죄를 대속하기 위한 방편이라면, 설화에서는 순수하게 효행을 실천하기 위한 목적으로 인당수에 제물로 바쳐진다. 제물로 바쳐지는 동기가 설화와 소설 간에 차이를 보인다.

'심청설화'에는 소설과 달리 인당수에서 일어난 재난이 누구에 의해 무엇 때문에 일어나는 것인지가 분명하지 않다. 화자들은 장산곶의 지형적 특성을 이야기하면서 인신공희가 주기적으로 일어났다고 구술한다. 인당수에서 인신공희가 주기적으로 일어났다면, 〈지네장터〉와 〈김녕 뱀굴〉에서와 같이 제물의 수령자는 민중들에게 해를 끼치는 제치除治의 대상이다. 그럼에도 불구하고 적대적인 대상이 등장하지 않으며 이를 물리치는 구원자가 등장하지 않는다. 이것은 인신공희의 목적이 민중의 이익을 대변한 것이 아니라 선인과 심청의 개인적인 목적을 달성하기 위한 것이기 때문이다.

5. 심청의 죽음과 재생

인간은 유한적 존재이기에 세상에 태어나면 누구나 죽음을 맞게 된다. 죽음은 생명의 포기이고 상실이다. 죽음은 피할 수 없는 숙명

---

39 정하영, 앞의 논문, 75~76쪽.

이지만, 이러한 죽음에 대한 인식은 개인적인 차이뿐만 아니라 사회나 문화의 차이에서도 일어난다.[40] 우리의 경우 죽음에 대한 언급은 가급적 삼가는 경향이 있다. 만약에 피치 못해 죽음을 언급할 경우, 죽음 자체를 수용하는 이야기보다는 이를 통해 생에 대한 강한 집착을 엿볼 수 있다.[41] 노인들 중에 간혹 "자식들에게 폐 끼치지 말고 빨리 죽어야 하는데" 라고 하면서 오래 사는 것이 자식들에게 짐이 된다고 말한다. 여기서 "죽어야 한다"는 노인의 말을 곧이곧대로 죽음을 기다리는 것으로 받아들일 사람은 없을 것이다. 오히려 죽음을 두려워하고 오래 살고 싶어 하는 인간의 본능을 읽을 수 있다.

개똥밭에 굴러도 이승이 좋다.

거꾸로 매달아도 사는 세상이 낫다.

산 개가 죽은 정승보다 낫다.

소여小輿·대여大輿에 죽어 가는 것이 헌 옷 입고 볕에 앉았는 것

만 못하다.

땡감을 따 먹어도 이승이 좋다.

죽은 석숭石崇보다 산 돼지가 낫다.

사후 술 석 잔 말고 생전에 한 잔 술이 달다.[42]

---

40 최길성, 앞의 책, 36~37쪽.

41 이영수, 「저승설화의 전승 양상에 관한 연구」, 『비교민속학』 33집(비교민속학회, 2007), 553~574쪽 참조.

42 한국민속학회 편, 『한국속담집』(서문당, 1975), 28~275쪽 참조.

위에서 인용한 속담은 인간 세상에 대한 미련을 보여주는 것들이 있다. 속담은 일반적으로 누구나 경험했거나 경험할 수 있는 내용을 단구短句로 표현한 것이다. 속담은 대체로 일상의 개별적 경험이 그 소재이지만 민중의 공감과 만나는 과정에서 그들의 삶에 대한 정서와 태도, 그리고 가치관이 담겨있다.[43] 위의 속담에서 우리는 자신이 처한 현실이 비록 구차하고 보잘 것 없어도 죽는 것보다 인간 세상에서 사는 것이 낫다는 강한 집착을 엿볼 수 있다. 사람이 죽으면 영혼들이 사는 곳에 도착하며, 예전에 죽었던 친구나 친척들의 영접을 받는다. 이러한 영계靈界가 희망과 선망으로 가득한 곳이라든지 혹은 낙원이라고 이야기되더라도 사람들은 그곳에 가고자 하는 바람을 갖고 있지 않다.[44] 그것은 사후의 세계에 대한 두려움과 인간 세상에 대한 미련 때문이다.

설화에는 인간의 생에 대한 미련을 보여주는 예가 많다. 설화를 통해 죽을 고비에서 살아났다거나 죽었던 사람이 다시 살아났다는 이야기를 접할 수 있다. 이때 죽음에 대응하는 수단으로 사용되는 것이 재생이다. 인간은 재생을 통해 죽었던 몸으로 다시 태어나기도 하지만, 죽은 사람의 혼이 다른 사람에게 들어가 태어나거나 동물·식물 또는 신·정령으로 변하여 생명을 연장하기도 한다.[45] 재생의 방식에 따른 용어의 개념과 이를 사용한 예는 논자에 따라 각기 다르

---

43 민속학회, 『한국민속학의 이해』(문학아카데미, 1994), 294쪽.
44 말리노우스키, 『원시신화론』(서영대 옮김, 민속원, 1996), 72쪽.
45 최운식, 「재생설화의 재생양식」, 『설화』(민속학회 편, 교문사, 1989), 34쪽.

다.[46] 이 글에서는 심청이 죽었다가 살아난 경우를 넓은 의미에서의 재생이라는 용어를 사용한다.

설화에서 죽었던 인간이 다시 살아나는 이유는 저승차사의 착오[47]나 수명이 다했을지라도 인간 세상에서 하던 귀한 일을 끝맺지 못했을 경우에 다시 인간 세상으로 보내진다.[48] '심청설화'의 경우도 심청은 인당수에 투신해 빠져 죽었지만, 다시 인간 세상으로 귀환한다.

> 자기가 자작 그냥 그저 인제 거시기 뒤집어쓰고서 물에 빠져 죽었는데, 너무 효성이니까니, 하나님이 감응했는지, 이제 그것이 결국은 꽃이 되어가지고 〈자료 40〉

> 그 효성이 너무 지극해서 용왕님이 부활시켜가지구서 연꽃으로 변해가지고 연꽃이 나오다가서 〈자료 11〉

> 효심이 지극하다 해서 용왕님이 연꽃으로 환생을 시켜 가지고, 〈자료 50〉

> 그래서 심청이 용궁에 들어가 가지고, 용왕이,
> "야, 너는 효성이 지극하다."

---

46 같은 곳.

47 이영수, 「인간 수명담'의 일고찰」, 『인하어문연구』 3(인하대학교 인하어문연구회, 1997), 160쪽.

48 최운식, 『옛이야기에 나타난 한국인의 삶과 죽음』(한울, 1997), 131쪽. 최운식은 이런 경우를 환혼부활(還魂復活)로 보았다.

그래 가지고, 흘러흘러 떠 올라온 것이 연봉바위라고 저는 알고 있습니다. 〈자료 55〉

위의 인용문에서 화자들은 심청이 살아난 이유를 아버지를 위해 자신을 희생한 심청의 효심에 둔다. 그래서 심청의 효행에 감복한 용왕이 살려 보냈다는 것이다. 심청의 효성은 결국 심청을 다시 살려내어 인간 세상에서 생을 계속 영위하게 한다. 그런데 심청은 바다에 있는 인당수라는 곳에서 빠져 죽는다. 바다는 해난에서 일어나는 사고로 인해 공포와 불안, 위협 등을 통해 죽음을 상징하기도 하지만, 바다는 물 중에서 신화적 원수原水 관념을 가장 크고 뚜렷하게 구현해 준다.[49] 물에 들어감은 형태의 해소 즉 존재 이전의 무형태성으로 돌아가는 것을 뜻하며 물로부터 발생하는 것은 형태의 최초의 표현이라는 창조행위를 반복하는 것이다. 물과의 모든 접촉은 '새로운 탄생'이라는 재생 관념을 포함한다.[50]

심청은 바다에 빠짐으로써 상징적인 죽음을 맞이한다. 따라서 심청은 인신공희 이전과는 다른 삶을 살게 된다. 앞에서 살펴본 〈지네장터〉의 순이와 〈김녕 뱀굴〉의 마을 사람들이 인신공희가 일어나기 이전의 일상생활로 복귀하는데 비해, 심청은 가난한 일상에로의 복귀가 아닌 신분 상승을 수반하면서 인간 세상으로 돌아오게 된다. 물론 이것이 '심청설화' 전반에 걸쳐 해당하는 것은 아니다. 이에 대해서는 뒤에서 자세하게 살펴보겠다.

---

49 한국문화상징사전편찬위원회, 『한국문화상징사전』(동아출판사, 1992), 297쪽.
50 M. 엘리아데, 앞의 책, 265쪽.

심청은 인간 세상으로 돌아오기 전에 용궁에 머문다. 용궁은 바다 속에 있다고 믿어지는 곳으로, 하늘에 존재하는 천상과 같은 이상향이다. 이곳엔 수신인 용왕이 살면서 바다의 세계를 주관한다. 우리의 용왕 관념은 불교가 전래되면서 체계화되어 민간에 빠른 속도로 확산된다. 이것은 불교 전래 이전에 우리나라에 있었던 민간신앙과 연계되었기 때문이다. 용왕은 작게는 가정에서부터 마을 그리고 국가 단위에 이르기까지 수호신으로 숭배되었다.[51]

먼저 『심청전』에 등장하는 용궁에 대한 묘사부터 살펴보겠다.

> 흐고 비롤 져혀가며 옥져롤 불며 션가롤 화답흐니, 쳥의 ᄆᆞ음이
> 샹연ᄒᆞ고 몸이 날 듯ᄒᆞ여 슌식간의 한 곳의 다다르니, 듀궁픠궐
> 아 운외의 표묘ᄒᆞ고 큰 문의 금ᄌᆞ로 현판을 싀여스되 '동ᄒᆡ룡궁'
> 이라 ᄒᆞ엿더라.
>
> …(중략)…
>
> 여러 문을 지ᄂᆞ 젼하의 다다르니 옥난은 찬난ᄒᆞ고 듀렴은 현황
> 흔 곳의 샹운은 이이ᄒᆞ고 셔무는 몽몽ᄒᆞ니, 도로혀 졍신이 미몽
> ᄒᆞ고 의식 당황흔지라.
>
> 한 쌍 시녀 나아와 낭ᄌᆞ롤 붓드러 젼상의 올녀 북녁 교의롤 가르쳐,
>
> "비례ᄒᆞ라."
>
> ᄒᆞ거놀, 낭지 우러러보니 황금 교의에 일위 왕지 통텬관을 쓰고
> 쳥ᄉᆞ 곤룡포롤 입어스며, 양지 빅옥디롤 씌고 벽옥홀롤 뒤여 언

51 최인학, 『한국 민속학 연구』(인하대학교 출판부, 1989), 171쪽.

연히 안겨 괴위 찬난ᄒ고, 좌우 시신이 봉미션을 드러스니 위의

엄슉ᄒ더라.(경판본 38~40쪽)

『심청전』에 나타난 용궁은 이상향임에도 불구하고 지상의 왕실과 비슷하다. 용궁에 대한 묘사는 지상의 왕실에 대한 지식을 바탕으로 이루어졌으며, 용왕은 지상세계의 임금의 모습에서 유추한 것이다.[52] 이러한 용궁은 심청의 고난과 불행으로 가득 찬 현실계를 폐기하고, 새로운 행복한 현실계로 재생하는 과정에서 필연적으로 겪어야 하는 통과제의적 의미를 갖는다.[53] 용궁은 심청이 전생에 지은 죄를 대속하고 출천지효를 완성시키는 공간이다. 따라서 심청은 출궁할 때 인당수 투신 이전과는 다른 삶을 살 것이라는 예언을 듣고, 이를 위해 신분적인 상승이 이루어진다.[54]

이번에는 '심청설화'에 구술된 용궁에 대해서 살펴보겠다.

심청이가 인당수에 빠져서 용궁에 들어가서 즈그 어마니 만나보구

즈 어마니 젖도 빨아보구 그렇허구 용궁에서 내보내서 〈자료 3〉

52 정하영, 앞의 논문, 54쪽.

53 최운식, 『심청전연구』(집문당, 1982), 196쪽.

54 김흥규, 「판소리의 이원성과 사회적 배경-신재효와 '심청전'의 경우를 중심으로」, 『창작과비평』 31(창작과비평사, 1977), 88쪽. 김흥규는 〈임당수-용궁〉이라는 죽음과 재생의 계기를 중심으로 다음과 같이 서로 대립되는 구조를 보여준다고 하였다.
　　1. 무능, 불행한 부녀
　　2. 딸의 희생
　　3. 인당수-용궁(반전)
　　4. 딸의 환세(還世)
　　5. 득명, 부귀와 부녀

물 속 안을 들어가서 즈이 오머닐 다 만났어. 거기서 물에서 애기하는 데는 저렁저렁저렁 하게 애기가 나오더라고.

"너는 요렇게 반갑게 만나나 봤지. 너는 데려갈 수가 없다. 여기서 살 수가 없다. 너이 아버지, 앞 못보는 아버지를 두어두고 안 된다."

그 땐 또 나어보게 되잖아.

[이씨 할머니의 아들이 경운기를 몰고 오는 바람에 잠시 중단하였다가 다시 구연함.]

"넌 나가서 앞 못보는 아버지를 봉양해라."

하고 내보냈는데, 꽃송이가 어드른 꽃송이냐 하믄, 이렇게 [두 손의 엄지와 검지를 펴서 네모를 만들어 보이며] 네모가 졌는데, 요럭하고 요렇게 네모가 졌는데 고기다 올려 앉혔어. 〈자료 36〉

인당수에 빠져 가지고 그냥 빙빙 돌면서 물 속으로 들어가는데, 아 어느덧 맹고리(물에 빠졌을 때 건지는 도구) 같은 것이 와서, 지금 용궁에서 용왕이 제자를 보내서,

"심청이가 들어오니까 어서 오라."

고 하면서 심청을 건져서 용궁으로 들어갔다. 들어가니까 용왕한테 갖다놓으니, 용왕이 물어볼 게 아니야,

"무슨 사연으로 이렇게 마지막 길을 걸었느냐?"

하니, 이 사람은 사연 애기를 주욱- 한 거지. 그랬더니,

"너같은 효자 없구나."

그래 가지구 이걸 살려서 잘 봉양해서 있다가서 〈자료 57〉

대부분의 '심청설화'에는 용궁에 관한 언급이 없다. 용궁을 언급한 경우에도 위의 인용문처럼 용왕과 문답을 나누거나 어머니를 만날 뿐이다. 『심청전』과 같이 용궁에 대한 묘사가 구체적이지 않다. '심청설화'에서 용궁은 인간이 꿈꾸는 이상향이 아니라 사람이 죽어서 가는 저승의 또 다른 이름이다. 용궁이 죽어서 가는 곳이기 때문에 구체적으로 묘사하지 않은 것으로 보인다. 이에 비해 방리득보설화放鯉得寶說話[55]에서는 용궁에 관해서 비교적 상세하게 묘사하고 있다. 방리득보설화는 육지로 세상 구경을 나온 용자龍子를 위험에서 구해준 사람에게 용궁의 보물을 주어 은혜를 갚는다는 내용이다. 용자는 자신을 구해 준 사람을 용궁으로 초대한다. 화자는 자신이 알고 있는 지식의 한도 내에서 용궁을 묘사한다. 그래서 용궁에는 '아스팔트'가 깔려 있고 '기와집'이 즐비하게 늘어선 인간 세상과 동일한 모습으로 표현된다. 방리득보설화에 나타난 용궁은 『심청전』과 별반 다르지 않다. 화자는 청자가 이해할 수 있는 범위 내에서 용궁의 모습을 구술해야 되기 때문에, 별세계로 여겨지는 용궁의 모습이 현실 세계와 큰 차이가 없는 것이다.

'심청설화'에서 용궁은 어떤 의미를 갖는 곳인가를 살펴보겠다.

장산도곳에 물이 빙글빙글도는 곳에 "네가 여기 빠져라." 그래, 치마를 뒤집어쓰고 빠졌어. 그랬는데, 용왕이 떠억 봤을 적에

---

55 손진태는 어부 혹은 행인이 이상한 잉어를 해중에 방환하였다가 용궁에 들어가서 용왕에게 「자식 혹은 여식을 구한 은인」이라 하여 많은 보물을 받고 돌아오는 설화를 방리득보설화(放鯉得寶說話)라고 명명하였다(손진태, 『한국민족설화의 연구』, 을유문화사, 1991, 225쪽 참조).

"네가 어떻게 여길 들어왔느냐." 하니까 사실 그 애기를 했단 말이야. "참 착한 효녀다." 그때 심청의 어머니가 용왕의 뭘로 있었느냐 하면, 그저 왕이라고 하나. 왕, 왕비라구. 뭐 하나의 전설이니까. 왕비로 있었거든, 뭐 우리 심청이가 그 심청이가 지아버지를 위해 투신했다고 하니까. 그 용왕께서 연꽃을 하나 주면서 "너 이 안에 들어가라." 연꽃을 띄웠다고. 〈자료 6〉

그 사람이 그 물엘 들어 갔는데, 하늘에서 내려온 즈 어머닐, 소년에 만났던 어머닐 만났단 말이야.
"아이구, 니가 이렇게, 내가 널 세 살 먹구 내가 이 세상이 들어 왔는데, 니가 이렇게 세상에 나와 물에 들어와서 이렇게 죽었구나." 이래구. 친히 서루 만나서 봤는데, 그 걸 용궁에서 가엽게 생각해서 그걸 꽃으루 맨들어 보냈어. 그 사람을. 죽은 영혼을. 꽃으루 맨들어 그 꽃 속에다가 사람을 다시 태어나게 해 줬거든. 그래 그걸 장사꾼들이 거길 지나 가니까, 연꽃이 물에 떴으니까 연꽃을 갖다가 송나라 천자한테다 갖다 바쳤어요. 〈자료 63〉

'심청설화'에서 용궁이 등장하는 경우는 모두 12편이다.[56] 위의 '심청설화'를 보면, 용궁은 소설처럼 심청의 효가 완성되는 공간으로 설정되어 있다. 다만, 설화의 경우는 소설처럼 출궁한 심청이 어떠한 삶

---

56 〈자료 3〉·〈자료 6〉·〈자료 11〉·〈자료 20〉·〈자료 36〉·〈자료 38〉·〈자료 47〉·〈자료 50〉·〈자료 55〉·〈자료 57〉·〈자료 58〉·〈자료 63〉의 12편이다. 이 12편에는 용왕만 나온 경우도 포함시켰다.

을 살 것인가 하는 예언담이 생략되어 있다. 심청이 가난한 현실에서 벗어나 새로운 삶을 살 것이라는 예언은 연꽃이 담당하는 것으로 볼 수 있다. 그런데 '심청설화'에서 용궁이 심청의 효행이 완성되는 공간이며, 연꽃이 고귀한 신분의 예지로 등장하는 설화는 위의 설화 이외에 〈자료 3〉·〈자료 36〉·〈자료 50〉·〈자료 57〉의 4편을 포함하여 모두 6편이다. 이들 6편은 심청이 연꽃을 통해 인간으로 환생하여 왕과 결혼한다. 그러나 나머지 6편의 설화는 심청이 연꽃을 통해 인간으로 환생하지만 왕과 결혼하는 모티프가 탈락되어 있다. 이들 설화에서 연꽃은 신분의 표시가 아닌 재생의 상징으로만 사용되었음을 알 수 있다.

'심청설화' 중에서 용왕이나 용궁이 직접적으로 언급되지 않은 경우를 살펴보겠다.

처음에 빠지니까 그거 빠지는데 거시기한 사람이니까 안 죽고
꽃이 되야서 나와서 〈자료 4〉

연당에 갖다가 엿코서는 연꽃이 피어서나리 〈자료 5〉

중국선인들에 팔려가서는 물에 빠졌던 사람이니깐, 대뜸 연봉
아리가 되야가지구설랑 〈자료 17〉

장산곶말레에서 빠져서, 심청이가 거기 빠졌을 적에요. 연꽃으
로 변해가지고, 〈자료 41〉

심청이가 요 앞 장산곶 인당수에서 빠져 가지구, 연꽃으로 환생

해 가지고, 〈자료 54〉

위의 인용문처럼 '심청설화'에서 연꽃이 등장하면서 용궁이 언급
되지 않은 설화는 모두 32편이다.[57] 용궁이 등장하지 않은 설화의 경
우는 연꽃이 용궁의 역할을 대신하는 것으로 볼 수 있다. 그리고 이
들 설화 중에서 연꽃을 통해 인간으로 환생한 6편과[58] 죽지 않고 살
아난 것으로 구술된 2편[59] 등 모두 8편의 설화에서 심청이 왕과 결혼
한다. 연꽃이 등장하는 46편의 설화 중에서 연꽃이 왕과 결혼할 수
있는 고귀한 신분을 표시하는 경우는 모두 14편이며, 나머지 32편은
재생의 상징으로만 쓰이고 있다. 화자들이 연꽃의 의미를 재생 개념
으로 받아들였음을 알 수 있다.

한편, 심청은 인당수에 희생 제물로 바쳐졌음에도 불구하고 죽지
않는 것으로 설정한 설화가 있다. 우리나라의 설화에서 죽음의 기원
이나 죽음 자체를 이야기하는 경우는 드물며, 죽음을 피해서 살아
남았다고 하는 이야기가 주류를 이룬다.[60] 〈삼천갑자 동방삭〉 설화
를 보면, 삼천갑자를 산 동방삭도 죽을 때가 되어 저승사자가 잡으러

---

57 〈자료 1〉·〈자료 4〉·〈자료 5〉·〈자료 12〉·〈자료 14〉·〈자료 15〉·〈자료 16〉·〈자
   료 17〉·〈자료 18〉·〈자료 21〉·〈자료 22〉·〈자료 24〉·〈자료 25〉·〈자료 26〉·〈자
   료 28〉·〈자료 28〉·〈자료 30〉·〈자료 32〉·〈자료 33〉·〈자료 34〉·〈자료 35〉·〈자
   료 39〉·〈자료 40〉·〈자료 41〉·〈자료 43〉·〈자료 45〉·〈자료 51〉·〈자료 52〉·〈자료
   53〉·〈자료 54〉·〈자료 61〉·〈자료 62〉의 32편이다.
58 〈자료 25〉·〈자료 30〉·〈자료 33〉·〈자료 39〉·〈자료 48〉·〈자료 62〉의 6편이다.
59 〈자료 14〉와 〈자료 34〉의 2편이다. 이에 대해서는 뒤에서 언급하겠다.
60 최길성, 앞의 책, 41쪽.

오자 다른 사람으로 변장하여 도망갔다거나 아니면 저승사자가 무서워하는 것을 알아내어 그들의 접근을 막는다. 삼천갑자를 산 동방삭도 인간 세상에 대한 미련을 떨쳐 버릴 수 없었던 모양이다. 이러한 〈삼천갑자 동방삭〉 이야기가 널리 구전되는 것은 그만큼 저승보다는 이승이 낫다는 설화전승집단의 생각을 우회적으로 보여준다. 심청이 죽지 않는 것으로 구술한 '심청설화'는 이러한 범주에 속하는 이야기로 볼 수 있다.

> 막상 심청이를 던졌단 말이야. 한께 심청이는 죽을 각오하고선 거기다가 몸 받쳤으니께 들어가니께 배는 무사히 가고 거기가 막상 그 당시 큰 연꽃이 떠다녔어. 떴는데 거기에서 받아들렸단 말이야. 〈자료 14〉

> 그렇게 헌데, 그 때가 뭐, 억수가, 장마가 졌댔는지 어쨌댔는지 몰라도, 그 연꽃이 나왔대요. 연꽃이 나왔는데, 연꽃이 불끝나 뜨더니, 쩍 벌리면서나리
> "여기 타라."
> 구 그래서나리 연꽃 속에 들어가서 심청이가 나왔다고 그러드라고요. 〈자료 34〉

위에 인용한 설화에서 화자는 심청이 바다에 몸을 던졌을 때, "그 당시 큰 연꽃이 떠다녔어. 떴는데 거기에서 받아들"(자료 14)였거나 연꽃이 "쩍 벌리면서나리 '여기 타라'"(자료 34)고 해서 심청이 살아났다

고 한다. 심청이 인당수에 투신할 때 연꽃이 나타났다는 것은 심청의 효행에 감동한 하늘이 그녀를 살리기 위해 보내 준 것이다. 심청이 살아난 대목은 효행설화의 득약得藥·득과得果 모티프를 차용한 것이다. 효행설화에서 효자가 병든 부모를 위해 자신의 몸을 돌보지 않고 정성껏 봉양하는 행위는 하늘을 감동시켜 부모의 병을 고칠 수 있는 잉어나 과실 등이 스스로 모습을 드러내게 한다. 이 유형의 효행설화는 대체로 인간의 능력으로는 실천하기 불가능한 과제가 효자에게 부과된다는 공통점이 있다. 효자는 과제를 수행하기 위해 최선의 노력을 기울이며, 인간적 능력의 한계로 좌절하기 직전에 효행의 결과로 부과된 과제를 극적으로 해결하게 된다.

〈자료 14〉와 〈자료 34〉의 경우 심청은 알 수 없는 신적인 존재의 도움으로 인해 살아났다면, 〈자료 46〉의 경우는 신적인 존재의 도움 없이 인간적인 힘으로 살아나 그 변이 양상이 가장 심하다.

이 양반들이 원체 중국 무역상들이니깐, 비단도 많고, 옷도 좋은 거 많고, 정말 기가 맥히게 꾸리고, 비단으로 싸구, 또 싸구. 이렇게 사람을 물에다 던질라니까, 배에 실었던 고급 포목으로 선뜻 그냥 다 갖다 꾸려서, 배 떠날 물 때를 비툴허게 맞춰서, …(중략)… 심청인 뭐 장산곶에 빠드렸지, 원체 든든히 입히고, 잘해서, 정말 연꽃이 물에 빠진 그런, 멀리서 보믄 울긋불긋하고. 옛날만 해도 그렇게 고급이 없댔으니까. 지금 겉으믄 보통이지만. 이렇게 돼 가지고, 거기다 던졌는데, 던지고 배는 무사히 통과했답니다. 배는 무사히 통과했는데, 빠뜨린 심청이는 어드렇게 됐

느냐? 이게 물에 빠뜨리곤 가고 말았는데, 그 물에 들어가 오래
지 않으믄 그게 물 속으로 들어갈 수가 없지요. 꾸리고 또 구려
서, 아 솜으로 싸고, 몇 벌씩 해 입혀서 단단히 싸났으니, 그 아이
는 그렇게 크진 않지만, 정신 없이 꾸렸는데, 색색이 옷을 잘해
입혔다고. 〈자료 46〉

　　〈자료 46〉의 화자는 위의 두 화자들보다 심청이 살아난 이유를
더욱 합리적으로 설명하고 있다. 심청의 몸을 감싸고 있던 솜과 비단
옷이 마치 구명복 역할을 해서 심청이 물에 빠졌으나 죽지 않고 살아
났다는 것이다. 그리고 비단옷에 싸인 심청의 모습이 마치 연꽃처럼
보였다는 것이다. 사람의 인지가 발달할수록 인신공희에 대한 사고
는 퇴색되어 그 흔적만 남게 되는데, 이 설화는 그러한 흔적을 보여
주는 좋은 예라고 하겠다. 제의가 실제로 존재하던 시대에 이러한 방
식으로 심청이 살아난다는 것은 생각할 수 없다. 그러나 시대가 변하
고 제의에 대한 관념이 희박해지면서 희생당해야 하는 인간들은 제
의를 요구하는 대상들을 제치除治하면서 살아나게 된다.[61] 이러한 변
이 양상은 화자의 합리적인 사고를 바탕으로 한 것으로 자연스러운
현상이라 하겠다.

61　V. Y. 프로프, 앞의 책, 46~48쪽 참조.

6. 심청의 결혼과 심 봉사의 개안

심청이 몸을 숨긴 연꽃은 사람들에게 발견되어 임금님께 바쳐진다. '심청설화' 유형 분류에서 살펴보았듯이 연꽃을 임금에게 바치는 대상은 심청을 인당수에 제물로 바치고 갔던 상인일 수도 있고 전혀 별개의 사람일 수도 있다. 위에서 살펴보았듯이 연꽃은 고귀한 신분을 표시하기 때문에 연꽃에서 나온 심청은 왕과 결혼하게 된다. 이 글에서는 '심청설화' 중에서 심청이 왕에게 발견되는 부분이 있는 것을 중심으로 논의를 진행한다. 그것은 이 부분이 없는 대부분의 설화가 "심청이가 왕과 결혼하고 맹인 잔치를 해서 아버지를 찾았다."는 식의 단순한 구조로 되어 있기 때문이다. 여기서는 논의의 편의를 위해 각 부분의 설화 편수만을 밝힌다. 논의에서 제외한 설화들은 필요한 경우에만 인용한다. 왕과 결혼하는 설화는 모두 13편이고,[62] 맹인 잔치가 열리는 설화는 모두 16편이며,[63] 심 봉사의 개안을 언급한 설화는 모두 19편이다.[64] 이 중에서 심청이 왕에 의해 발견되는 11편의 설화가 중복되므로 개안을 언급한 경우를 제외하면 각 편의 수는 많은 편이 아니다.

---

62 〈자료 7〉·〈자료 8〉·〈자료 14〉·〈자료 25〉·〈자료 33〉·〈자료 36〉·〈자료 39〉·〈자료 44〉·〈자료 48〉·〈자료 50〉·〈자료 57〉·〈자료 62〉·〈자료 63〉의 13편이다.

63 〈자료 1〉·〈자료 3〉·〈자료 5〉·〈자료 6〉·〈자료 7〉·〈자료 8〉·〈자료 14〉·〈자료 25〉·〈자료 33〉·〈자료 36〉·〈자료 37〉·〈자료 48〉·〈자료 50〉·〈자료 57〉·〈자료 62〉·〈자료 63〉의 16편이다.

64 〈자료 1〉·〈자료 3〉·〈자료 4〉·〈자료 6〉·〈자료 7〉·〈자료 8〉·〈자료 10〉·〈자료 14〉·〈자료 25〉·〈자료 32〉·〈자료 33〉·〈자료 36〉·〈자료 37〉·〈자료 48〉·〈자료 50〉·〈자료 56〉·〈자료 57〉·〈자료 62〉·〈자료 63〉의 19편이다.

'심청설화'에서 연꽃에 있는 심청을 왕이 발견하는 설화는 모두 11편이다.[65] 이들 설화는 연꽃에 있던 심청이 왕에 의해 발견되는 부분을 간략하게 구술한 것과 흥미롭게 구술한 것으로 나눌 수 있다. 먼저 '심청설화'에서 심청이 왕에 의해 발견되는 부분이 간략하게 되어 있는 것을 살펴보겠다.

> 꽃을 떠다가 보니까니 그 심청이가 그 속안에서 체니가 나와서 또 뭐 거지들 다 뫼아라 해서 인제, 우리 아버지를 찾을라면, 그 임금님네 마누라가 돼야서 〈자료 8〉

> 그 꽃을 임금님께 바치니까, 꽃에서 심청이가 나왔다는 거예요. 심청이가 그 꽃에서 나왔는데, 인물이 너무나 거시기하니깐 왕이 왕비로 삼았대요. 〈자료 25〉

> 거기서 연꽃이 피어서 꺽어다 두니께, 거 속에서 심청이가 나와서. …(중략)… 거기서 심청이가 그 속에가 있어가지고, 그렇게 해가지구 저기 뭐야, 왕자한테 시집을 가, 그 왕자와 결혼을 해서 잔치를 크게 베풀적에, 저이 아버지가 와서 심청이를 만나서 눈을 떴다고, 그렇게 그저 그래요. 〈자료 33〉

위에서 인용한 3편의 설화는 왕이 심청을 발견하는 부분이 간략

---

65 〈자료 3〉·〈자료 6〉·〈자료 8〉·〈자료 25〉·〈자료 33〉·〈자료 36〉·〈자료 37〉·〈자료 48〉·〈자료 57〉·〈자료 62〉·〈자료 63〉의 11편이다.

하게 구술되어 있다. 이들 설화에서는 어떻게 해서 심청이 발견되는지에 대한 설명이 없다. 다만, "우리 아버지를 찾을라면, 그 임금님네마누라가 돼야서"(자료 8)처럼 맹인 잔치와 심 봉사의 개안으로 이어지는 사건의 진행 순서에 맞게 구술하기 위한 일환으로 심청이 임금에게 발견된다.

위의 설화보다 심청이 발견되는 부분을 흥미롭게 구술한 경우를 살펴보겠다.

> 지금으로 말하면 대통령한테 나라 임금한테 바쳤다. 근데 그게 뭐 전설은 전설인데. 임금님이 큰 옥상에다 갖다 놓구서. 아-, 아무튼 있는데. 아아 그 책에는 그렇게 했다. 아니 어디 좀 식장을 나갔다 돌아오믄, 아- 밥상도 차려 있고, 야야 이상하다. 하루는 지켜서 있으니까, 아, 그 꽃이 흔들리더니 거기서 아, 처녀가 나와가지고는 상을 차려 놓고 그렇하니께 나와 가지고 꼭 붙잡아 가지구, "사람이냐, 원숭이냐", "사람이냐 짐승이냐" 아 그 다음 심청이가 지 아버지 눈 띠울라고 인당수에 제물로 들어갔던 그 이야기를 주욱 했어. 〈자료 3〉

> 갖다 왕실 앞에 놓구서 그때 박정희만처럼 아마 왕이 왕비가 아마 세상을 뜨구서 왕이 혼자였던 모양이야. 육여사 죽구서 박정희 혼자 산 것처럼.(조사자: 예.)
> 근데 아- 꽃을 앞에다 놓구서 꽃- 아름답다 하구서 쓰욱 헤져보니까, 아 거기서 아 어여쁜 처녀가 거 있거든. "너 사람이냐 뭐냐."

하니까니 그 애기를 쭈욱했단 말이야. 〈자료 6〉

그래 임금님께 그걸 갖다 났는데, 그거 이상하게도 젓가락이 자
꾸 바뀌었답니다. 임금님 수랏상에 젓가락이 자꾸 바뀌었는데,
임금님은 그것도 모르고 그냥 드신답니다. 그래서 하루는 어떻
게 이상한 소리가 나서,
"부인 바뀌는 거는 몰라도 젓가락 바뀌는 것도 모르나?"
(조사자: 젓가락 바뀌는 것은 알아도 여자 바뀌는 것은 모르냐?)
"젓가락 바뀌는 것은 알아도 여자 바뀌는 것은 모르느냐?"
그런단 말이예요. 그래 이상한 생각이 들어서 임금이 딱 보니까,
연꽃에서 연꽃이 아니고, 어여쁜 아가씨가 나왔답니다. 그게 바
로 심청이가 환생해서 임금한테 간 거라 그런 애길 합니다. 〈자
료 48〉

위에 인용한 설화들은 심청이 왕 앞에 모습을 드러내는 부분이
매우 흥미롭게 구술되고, 이 부분에서 각각의 설화가 변이 양상을 드
러낸다. 위의 설화들은 왕에 의해 심청이 발견되는 시점에 따라 크게
1) 〈자료 3〉·〈자료 37〉·〈자료 48〉·〈자료 57〉·〈자료 62〉의 경우와
2) 〈자료 6〉·〈자료 36〉·〈자료 63〉의 경우로 나눌 수 있다. 1)은 왕이
심청을 발견하기까지 일정한 시간이 경과하고, 심청은 왕에게 발견
되기 전까지 자신의 존재를 알리는 행동을 한다. 이것은 심청의 출현
을 좀 더 극적으로 표현하기 위한 것이다. 1)의 설화는 〈우렁 미인(각
시)〉와 『콩쥐팥쥐』에서 흥미로운 남녀의 결합 대목을 수용하여 첨가

한 것이다.[66] 이에 비해 2)의 경우, 심청은 연꽃이 임금에 바쳐지는 동시에 나타나기 때문에 1)의 경우보다 흥미소가 약하다. 2)에 속한 설화들은 소설과 유사한 것으로 생각된다.

1)의 〈자료 3〉과 〈자료 57〉은 〈우렁 미인(각시)〉에서, 〈자료 37〉과 〈자료 48〉, 그리고 〈자료 62〉는 『콩쥐팥쥐』에서 남녀 결합 대목을 각각 차용한 것이다.

'심청설화'의 〈자료 3〉과 〈자료 57〉에서 자신의 밥상을 차려 놓는 것에 대한 의구심을 풀기 위해 몰래 훔쳐보는 왕의 모습은 〈우렁 미인〉에서 총각의 행동과 일치한다. 화자들이 〈우렁 미인(각시)〉에 나오는 우렁 미인이 총각을 위해 밥상을 차리는 모티프를 차용하여 '심청설화'를 구술한 것이다. '밥상 차리기' 모티프는 가난한 총각이 우렁이 처녀와 결혼하는 대목에 나오는 것으로 우리나라에 널리 알려져 있다.

'심청설화'의 〈자료 37〉과 〈자료 48〉은 소설 『콩쥐팥쥐』에서 모티프를 차용한 것이다. 『콩쥐팥쥐』에서 콩쥐는 이웃집 노파에게 노파 자신의 생일이라고 감사를 속여 집으로 데려오게 한다. 그리고 감사가 젓가락 짝이 바뀐 것을 나무라자, "젓가락 짝이 틀린 것은 어찌 저렇게 똑똑히 아시는 양반이, 사람 짝이 틀린 것은 어찌하여 그토록 모르시나뇨?"[67] 하면서 팥쥐와 사는 감사를 힐책한 대목을 차용한 것이다. 그리고 〈자료 62〉는 팥쥐의 간계로 물에 빠져 죽은 콩쥐가 연꽃으로 변하여 팥쥐의 머리카락을 쥐어뜯는 부분을 차용한 것이다.

화자들은 심청이 왕과 결혼하는 부분을 흥미롭게 하기 위해서

---

66 최운식, 「『심청전설』과 『심청전』의 관계」(반교어문학회, 2000), 689쪽.
67 장덕순 외, 「콩쥐팥쥐」, 『한국고전문학전집』 3(희망출판사, 1965), 276쪽.

『콩쥐팥쥐』와 〈우렁 미인(각시)〉에 내재되어 있는 모티프를 차용하고 있다. 이러한 모티프의 차용을 통해 흥미를 유발하는 동시에 심청과 왕의 만남이 운명적임을 보여주고 있다. 심청과 왕이 결합하는 부분에 있어 변이가 일어나는 것은 설화에 흥미성을 가미한다는 점에서 주목된다.

이상의 설화에서 〈자료 33〉의 경우만 심청이 맹인 잔치를 소청하는 부분이 탈락되어 있다. 〈자료 33〉을 제외한 심청이 왕에게 발견되는 설화에는 맹인 잔치를 소청하는 부분이 다른 설화보다 자세하게 구술되어 있다.

아 다음 심청이가 지 아버지 눈 띠울라고 인당수에 제물로 들어 갔던 그 이야기를 주욱 했어. 그렇게 가지구 우리 아버지가 살았 을텐데, 우리 아버지를 좀 찾아 뵈야겠다구. 그렇게 해서 삼년 맹 인잔치를 했지. 〈자료 3〉

데려왔죠, 하니 이쁘죠. 하니까니 잔치를 해야 되잖아요(조사자: 예) 자기 색시를 하려면, 잔치를 해야 되는데, 잔치를. 잔치를 해 야되는데 이 상을 다해 놓고
"이제 모든 분들을 다 불러오너라."하니까니,
심청이가 이 세상에 거렁뱅이라는 사람들은 다 모아 오겠금 해 라. 해야 지아버지가 오잖아요. 〈자료 7〉

그 뒤에 어떻게 됐냐면, 왕께서 심청이의 아버지가 심 봉사라는

것을 차차 알아서, 인제 '심청이 아버지를 찾아봐야 하겠다.' 해 가지고서, 전국에 맹인 잔치를 크게 벌려 가지고 잔치를 벌여 놓았는데, 〈자료 25〉

심청이가 살아 가지고, 연회를 베푸는데, 저 거시기 전국에 판사는 전부 모이라고 해 가지고서 만찬을 차려놓고 식사를 대접하는데, 〈자료 37〉

데리구 있었는데, 도무지 화색을 안 하더래요. 하루 한 날 웃는 저기가 없고 그렇거니께,
"왜 그렇게 화색을 안 하고 웃지 않느냐?"
그러니께,
"나는 비렁뱅이 잔치를 3년을 해주어야 웃는다."
고 그러더래요. 〈자료 62〉

위의 '심청설화'에서 맹인 잔치가 열리게 되는 부분은 크게 3가지로 나눌 수 있다. 첫째는 〈자료 3〉과 〈자료 62〉의 화자처럼 『심청전』에서 심청이 맹인 잔치를 소청하는 부분을 구술한 경우이다. 〈자료 3〉·〈자료 6〉·〈자료 36〉·〈자료 48〉·〈자료 57〉·〈자료 63〉의 경우는 완판본 『심청전』을, 〈자료 62〉는 경판본 『심청전』에 나오는 부분을 구술한 것으로 보인다. 그러나 심청은 소설처럼 왕의 처분만을 바라지 않고 "거렁뱅이 잔칠 좀 해 달라는 거야."(자료 3·36·48·62)처럼 직접 자신의 생각을 밝힌다는 점에서 소설과 달리 적극적인 모습을

보인다.

둘째는 〈자료 25〉의 경우로 왕이 심청의 아버지가 봉사라는 것을 알고 맹인 잔치를 열어 심 봉사를 찾는다는 것이다. 맹인 잔치가 심청의 소청에 의해 열리는 것이 아니라 심청의 아버지를 찾고자 하는 왕의 의지에 의해서 열리게 된다.

셋째는 〈자료 7〉과 〈자료 8〉, 그리고 〈자료 37〉의 경우처럼 아버지를 찾고자 하는 심청의 의지에 의해 열리는 경우이다. 〈자료 7〉은 왕이 심청을 발견하는 대목이 없는 데도 불구하고 맹인 잔치를 여는 부분과 개안 과정이 상세하게 구술되어 있다는 점이 특이하다. '심청 설화'의 심청은 맹인 잔치를 소청하는 부분에서 『심청전』의 심청보다 적극적임을 알 수 있다. 이것은 화자들의 의도가 심청의 효행을 강조하는 부분과도 연관되어 있다.

심 봉사는 맹인 잔치가 끝나 가는 시점에 등장하는 것은 "뭐 다 그렇게 아슬아슬하게 맨들었다구."(자료 3)하는 화자의 말처럼 극적 효과를 노린 것이다. 그것은 오지 않는 부친을 기다리는 애달픈 심정의 심청과 심청의 부재로 인해서 겪게 되는 심 봉사의 고달픈 상황을 극대화하기 위한 것이다. 그래서 공양미 삼백 석의 시주에도 불구하고 심 봉사는 심청을 만난 자리에서 개안하게 된다.

> 심청이는 거기 앉고서 저희 아버지 오는 것만 잔뜩 대기하고 있
> 던 찰라인데, 잔치가 끝날 때까지 도무지 안 들어왔거든. 즈이 아
> 버지가, 그러다가 나중에 끝날에 가서야, 즈이 아버지 모습이 나
> 오니까니, 아 보니까니 진짜지 모를 리가 있나요. 부둥켜 안고서

울면서 '나 심청이요.' 그러니까, 심 봉사가 '심청이라는 말이 웬 말이냐?' 하고서니 눈을 비비적 비비적 하다가 그 눈을 완전히 떴다 이거요. 〈자료 25〉

심청이 보니, 즈이 아버지야. 그래서 그 내력을 물으니까, 도화동 어디메 살다 어떻게 됐다고 얘기하는 걸 보니, 즈이 아버지거든. 그 땐 가서 부대안고서,

"아버지! 딸 심청이가 지금 살아왔습니다."

하니,

"우리 딸 없어. 심청이 없어. 죽은 지 오래서 없어!"

하자, 그 내력 이야기를 주욱 하면서,

"아버지, 심청이야요."

하니 그 때 부대안고 그러니까, 학수가 그 때

"네가 진짜 심청이냐?"

하니까,

"심청이요."

라고 하면서 얘기하는 걸 들어보니깐, 심청이가 분명하거든.

"네가 진짜 심청이냐?"

"내가 심청이요."

"네가 심청이면 어디 한번 보자꾸나!"

하고서, 심청이 붙잡고서 눈을 번쩍 뜬거야. 그래서 눈을 떴다는 전설이지. 〈자료 57〉

위에서 인용한 설화에서 보듯이, '심청설화'에서 심 봉사가 개안하는 과정은 두 가지 경우로 나눌 수 있다. 첫째는 심 봉사가 심청을 만나자마자 눈을 뜨는 경우이고, 둘째는 딸을 팔아먹었다는 죄책감으로 인해 처음에 심청을 부정하다가 눈을 뜨는 경우이다. 전자를 구술한 화자들은 "'아버지…' 소리하구 이렇게 안는 바람에," 내가 심청이요. "그랜 바람에 눈을 번쩍 떴다구."(자료 63)하는 것으로 보아, 죽었다고 생각한 자식이 살아왔다는 경이에 의해 눈을 뜬 것으로 구술하고 있다. 이 경우에 해당하는 '심청설화'는 〈자료 6〉·〈자료 25〉·〈자료 33〉·〈자료 36〉·〈자료 37〉·〈자료 62〉의 6편이다. 후자는 반전에 의한 개안이라는 점에서 전자보다 극적인 요소가 많이 포함되어 있다. 둘째에 해당하는 '심청설화'는 〈자료 3〉·〈자료 8〉·〈자료 48〉·〈자료 57〉·〈자료 63〉는 5편이다.

이밖에 본 논의에서 제외로 한 설화를 대상으로 하면, 전자는 〈자료 1〉·〈자료 4〉·〈자료 10〉·〈자료 50〉·〈자료 56〉의 5편이고, 후자는 〈자료 7〉·〈자료 14〉·〈자료 32〉의 3편이다. 논의로 삼은 것이나 논외로 한 것이나 전자의 경우가 약간 많음을 알 수 있다. 전자는 심 봉사의 개안을 소설에 가깝게 구술한 것이고, 후자는 화자의 의도가 내포되어 있는 것이다.

'심청설화'에서 화자들은 맹인 잔치에 참석했던 맹인 중에서 심 봉사만이 눈을 뜬다. 이것은 심청의 행위가 개인적인 차원에서 이루어진 것과 함께 화자가 능동적으로 행동하는 인물에 관심을 갖고 묘사하기 때문이다.[68] 맹인 잔치에 참석한 다른 맹인에 대해서 관심을 기울이지 않는 것도 이 때문이다.

한편, 심청은 왕이 아니라 꽃을 건진 어부에 의해 발견되기도 한다.

> 그걸 안아다가 배에다 놓고서 이걸 꽃을 이렇게 보니까 사람이 하나 있더래. 그 이렇게 나오라고 하니께 나왔단 말이야. 그 하는 말이 "너 왠 아이냐." 그 애길 전부 쫙 했단 말이야. 그러니겐 "아 그래." 아주 그 신의 역할로써 그렇게 됐는지 이리케 됐는지 너무 하두 예뻐서 말이야. 너무 예뻐서 "이런 정말 나라님한테 갔다 받혀야 되것다." 그 심청이를 나라님한테 갔다 바쳤단 말이야. 왕한테 가서 이런 걸 이런 아이를 주워 왔다고 하니께 왕이 보니께 천하일색 미인이란 말이야. 너무너무 이쁘거든, 그래 왕이 얻기로 결정을 했지. 게를 결혼식 날짜를 잡으면서, 게 심청이의 소원이 모이냐 할 것 같으면 '니 소원을 말해라.' 우리 아버지는 시방 말할 것 같으면 장애인이고 몸군포(몽금포) 도화동 이라고 주소를 알려줬단 말이야. 아 그러냐고 하옇든 고 가서 찾아보니께 영감이 없더란 말이야. 뺑덕엄마는 그 나쁜 할마이가 돈 다 가지고서 딴데로 시집가고 말고 심청이는 또 물에 빠져 죽었다는거 다 알고. 〈자료 14〉

> 인당수에 넣언 그곳에가 연꽃이 피어나서, 그 꽃 속에 있는 걸

---

68 블라디미르 프로프, 『구전문학과 현실』(박전열 역, 교문사, 1990), 119쪽.

보니까 심청인데, 그래서 그 심청이를 데려다가, 저의 아버지 심

봉사헌데,

"심청이 제가 살아왔습니다."

그러니까, 저의 아버지가

"아 그 뱃사람들헌테 팔려 가서 인당수에 물 속에 집어 넣었는

데 그게 말이 되느냐?"

이렇게 아주 뜻밖에 있는 일로 그렇게 얘기를 하는데, 사실 그

눈을 감았으니까 그런데, 딸이, 심청이가 매달리고

"아버지 접니다."

하고 그럴 적에 눈을 버쩍 떠서 보니까 심청이다. 이렇게 얘기가

되고, 내려왔지요. 〈자료 32〉

〈자료 14〉에서는 어부가 심청의 입을 통해서 인당수에 제물로 바쳐진 사연을 들었음에도 불구하고 심청을 고향으로 돌려보내지 않고 임금에게 바친다. 그리고 왕은 심청의 미색에 반해서 청혼을 한다. 화자가 심청을 왕에게 바치는 것은 『심청전』에 충실하려는 노력이거나 아니면 죽을 고비를 넘긴 심청으로 하여금 원래의 비천한 삶이 아닌 고귀한 삶을 부여하고자 하는 의도에서 이루어진 것이다. 이 설화에서 맹인 잔치가 열리게 된 이유를 심청이 자신이 살던 동네로 사람을 보냈으나, 뺑덕어미가 돈을 갖고 도망가고 심청이 죽은 것에 낙담한 심 봉사가 고향을 등지기 때문이다. 화자가 완판본 『심청전』의 내용을 충실하게 구술하고 있다. 〈자료 32〉는 꽃을 발견한 대상이 명확하지 않으며, 꽃 속에서 나온 심청을 심 봉사에게 데리고 갔

다고 하여 '심청설화'의 전개 과정에서 상당히 벗어나 있다. 이 화자는 맹인 잔치와 결혼 단락을 망각하고 있다.

'심청설화'에서 심 봉사의 개안에 관해서 가장 부정적인 시각을 표출한 것이 〈자료 46〉이다.

맨 마지막에 들어갔다 이기야요. 심학규 이름을 하도 조사하다,

마지막날 도착했는데,

"심학규 없느냐?" 니께,

"여기 왔다."고 들어갔어요. 들어가서 아, 그 심학규 이름을 부르

니까, 딸이 모르갔어요? 바로 만나서

"내가 심청입니다."

"하, 우리 딸은 이미 죽은 지 오래다."

이렇게 해서 만났는데, 뭐 눈이야 떴겠어요? 딸을 만나 반가히

부둥켜 안고, 그랬겠다는……. 〈자료 46〉

〈자료 46〉은 '심청설화' 중에서 많은 변이 양상을 포함하고 있는 설화이다. 심청은 중국 상인들이 입힌 비단옷 때문에 살아나며 왕에게 바쳐지는 것이 아니라 고을 원님에게 보내진다. 따라서 왕과 결혼하는 것이 아니라 이 고을 원님의 아들과 결혼하게 된다. 화자가 생각했을 때 심청이 왕후가 되는 것보다는 원님의 며느리가 되는 것이 오히려 실현 가능해 보였기 때문일 것이다. 이것은 뒤에 심 봉사가 개안하지 못하는 것으로 구술하는 부분과도 연관된다. 맹인 잔치를 여는 부분에서도 심청이 신랑에게 자신의 신상을 이야기하지만 아버

지를 찾아 나서는 것이 아니라 대뜸 맹인 잔치를 삼 개월 동안 연다. 심청이 맹인 잔치에 참석한 아버지를 만났지만 결국 심 봉사는 개안을 하지 못한다. 이것은 심 봉사의 개안이 현실적으로 불가능하다는 생각을 피력한 것이다.

〈자료 46〉을 제외한 '심청설화'에서 맹인 잔치에 참석한 심 봉사는 개안을 한다. 심 봉사의 개안은 심청의 효가 완성되는 시점인 것이다. 따라서 더 이상의 이야기 전개는 청자들의 관심을 끌지 못하기 때문에 '심청설화'는 심 봉사의 개안과 함께 끝나고 부연설명 단락으로 넘어간다. 등장인물에 대한 후일담이 없는 것이 '심청설화'의 특징이다.

7. 심청과 관련된 부연설명

심청과 관련된 부연설명은 앞의 제 2장의 '심철설화'의 증거담에서도 일부 언급하였다. 여기서는 백령도에 있는 증거물에 대해 언급한 경우로 국한해서 좀 더 구체적으로 살펴보고자 한다. '심청설화'에서 부연설명은 심청과 관련된 연화리와 연봉에 대한 설명이 주를 이룬다. 먼저 연화리와 연봉이 심청과 관련되었다는 설화부터 살펴보겠다.

> 저 대청도 앞에 연봉바위에요. 저기서 연화리 사람들이 건져가
> 지구-. 연꽃을 연꽃봉우리를 주서 왔다죠. 그래 가지구 거기서
> 피어난게 지금 지금도 연꽃이 백령도에서 유일하게 연화리 연못
> 연꽃이 피잖습니까. 〈자료 2〉

심청이하고 연관, 연지동 저 벌판은 심청이하고 별 연관이 없는 모양이에요. 연꽃으로 변해서 심청이가, 연꽃으로 떠내려오다가 연봉에 가 정착을 했다 하는 전설만 전해 오지 연지동이라는 동네하구 별 모르겠어요. 〈자료 11〉

　'심청설화' 중에서 심청과 백령도의 연봉 또는 연화리와의 관계를 구술한 화자는 모두 48명이다. 이 중에서 〈자료 2〉와 같이 심청이 연꽃을 타고 떠내려 왔을 때 연화리 또는 연봉을 경유했다거나 〈자료 11〉처럼 어느 한 쪽만이 심청과 관련 있다고 구술한 설화는 모두 30편이다. 이들 설화를 제 2장에서 살펴본 '심청설화'의 유형 분류에 따라 구분해 보면 기본형 2편, 효행담 4편, 인신공희담 9편, 배경담 3편, 증거담 12편 등이다.[69] 많은 편수를 차지하는 유형은 인신공희담과 증거담으로 이 둘을 합치면 21편이다. 그런데 '심청설화'의 유형 분류에서 살펴보았듯이 인신공희담과 증거담은 지명 유래와 관련되어 있다. 화자들은 조류의 방향을 기준으로 심청의 연꽃이 연화리와 연봉으로 왔을 것이라며, 이들을 증거물로 제시한다. '심청설화'는 지명 유래담과 관련된 설화들이 많다는 것이 특징이다.

　그러면 '심청설화' 중에서 연화리와 연봉이 심청과 관련이 없다는 설화에 관해서 살펴보겠다.

69　〈자료 6·14〉(기본형), 〈자료 2·21·48·50〉(효행담), 〈자료 27·38·41·43·44·51·
　　52·　53·56〉(인신공희담), 〈자료 11·17·55〉(배경담), 〈자료 12·13·16·18·19·22·
　　28·31·35·49·59·60〉(증거담) 이상 30편이다.

(조사자: 연화리하고는 상관 없는지요?)

연꽃이란 상관 없죠. 예-, 옛날에 연지동가면는 반 중간쯤 연꽃이라는 나무가 굵직한 것이 있었는데요. 큰 것 있는데. 그 연꽃이 깨끗한 거기 때문에 그 위에 똥물도 내려가고, 발간 구정물도 내려가고, 개 기르는 거, 돼지 기르는 것, 소 기르는 거, 전부 지저분한 물은 내려가니까. 깨끗한 거이 좀 아무리 이 나무라도 괴롭잖아요. 그러니까니 그 연나무가 그냥 뿌리채 뽑혀 그냥 그냥 이제 연못 장술로 뚝을 터서 내달아 나갔데요. 울면서 나갔데요. 왕소리를 내면서. 울면서 나가면서 연씨는 이렇게 끌어나가는 순간에 연못 논들 많죠. 거기에 떨어뜨리면서 연등을 터뜨리면서 나가서 그 나무는 그렇게 해서 나가고. 그 씨는 아직도 깊이파면 그 깊이 파면, 그 씨족은 있데요. 그래가지구 그래서 가지구 그렇게 안에 있는 논 틀은 연못연, 연못논, 연못논 그렇게 하지요. 〈자료 7〉

〈자료 7〉처럼 이 부류에 속하는 설화는 모두 18편이다. 수치상으로 볼 때, 연봉과 연화리가 심청과 관련되었다는 설화보다는 적지만, 이를 부인하는 설화들도 무시할 수 없을 정도이다. 이들 설화는 효행담 4편, 인신공희담 3편, 배경담 8편, 증거담 3편 등이다.[70] 배경담은 인당수에 주안점을 두면서 구술한 것이다. 인당수에 주안점을 두고 구술한 화자들이 백령도에 있는 연화리나 연봉을 증거물로 인정하

---

70 〈자료 33·40·48·57〉(효행담), 〈자료 10·39·53〉(인신공희담), 〈자료 7·8·23·29·26·32·37·45〉(배경담), 〈자료 23·29·45〉(증거담) 이상 18편이다.

지 않는다는 것은 아이러니가 아닐 수 없다. 〈자료 7〉과 같이 연화리에는 '심청설화'와는 별개의 설화가 구전된다며, 연화리와 심청의 연꽃을 연관 지어 이야기하는 것에 대해 부정적인 입장을 취하는 화자들이 있다.

이러한 현상이 일어나게 된 가능성을 여러 각도에서 생각해 볼 수 있다. 첫째는 '심청설화'가 형성될 때부터 연화리와 연봉이 증거물로 제시된 경우, 둘째는 '연화리나 연봉바위'와 관련된 전설이 '심청설화'에 흡수되는 과정에 있는 경우, 셋째는 '연화리와 연봉바위'가 증거물로서의 기능을 상실하여 '심청설화'에서 떨어져 나가 연화리 전설이 형성된 경우, 넷째는 연화리와 연봉바위 전설이 '심청설화'와는 별개의 설화로 구전되는 경우이다.

먼저 셋째의 경우는 그 가능성이 희박하다. 그것은 효를 고취하고 효의 고장임을 내세울 수 있는 '심청설화'를 버리고 단지 지명과 관련된 설화를 전승시키지는 않을 것이기 때문이다.

위에서 제시한 네 가지 가능성 중에서 둘째일 가능성이 크다. 화자들은 연화리를 '연꽃 연蓮자 꽃 화花자'(자료 14)를 써서 '연화리蓮花里'라고 하거나 연화리와 연봉에 '연꽃 연蓮'자가 들어간 것은 심청이가 다시 살아난 곳이기 때문이라고 한다(자료 18). 또는 "실질적으로 그런 연꽃이 핀 자리 백령도는 없거든요."(자료 21)하면서 백령도에서 연화리에서만 연꽃이 피는 이유를 심청의 연꽃과 연관시켜 설명한다. 그런데 〈자료 14〉의 화자가 이야기한 '연화리蓮花里'는 행정구역상 명칭이 '연화리蓮和里'이며, 본래는 연지동蓮池洞 또는 연지변동蓮池邊洞으로 불리던 곳이다. 1914년 행정구역의 통폐합과 명칭 변경 때 연지동과 중화동 그리고 소갈동의 일부를 합쳐서 연화리라는 법정리_法定里가 된 것이다.[71]

「백령도지」의 기록에 의하면, 연지동에 연꽃이 피었던 것은 사실인 듯하다.

> 서西로 수십 리를 뻗어 내려 못의 크기가 호수 같은 곳이 있어 주위가 거의 오륙五六리라 수목이 울창하여 파도에 감기고 검으며 모든 해조들이 그 사이에서 알을 낳고 기르며 서식하는데 해학海鶴이 더욱 많으며 또 연꽃이 못에 가득하여 향기가 하나의 골짝에 가득한지라. 이것은 섬 중에서도 특별한 지구라. 만약에 사랑선자四郎仙子의 전설이 과연 헛되지 아니한다면 나는 반드시 유적의 장소가 이곳을 벗어나려 아니할 것을 알겠도다.[72]

위의 기록으로 보아, 연화리에는 연꽃이 만발했음을 알 수 있다. "또 연꽃이 못에 가득하여 향기가 하나의 골짝에 가득한지라. 이것은 섬 중에서도 특별한 지구라."고 한 것은 '심청설화'의 화자들이 연화리에서만 연꽃이 핀다고 구술한 것과 일치한다. 이것은 원래 연화리와 관련된 전설이 있었을 가능성을 말해준다. 연화리 전설은 『삼국유사』 권 2 성덕여대왕 거타지居陁知조에 수록된 신지神池와 같은

---

71 『옹진군향리지』(1996), 393쪽. 오백진은 백령도의 행정구역 개편이 1913년에 이루어졌다고 하였다. 오백진, 『백령도』(샘터사, 1979), 56쪽.

72 이대기, 앞의 책, 1347쪽.

전설일 수도 있고,[73] 위의 기록처럼 '사랑선자'와 관련된 전설일 수도 있다.[74] 이러한 전설이 전해 내려오다가 연화리에 사람이 많이 살게 되어 연못이 지저분해지자, '심청설화'와는 별개의 연화리와 연봉바위에 관한 〈자료 7〉과 같은 전설로 바뀌었을 가능성이 있다.

'심청설화' 중에서 현재의 연화리의 모습을 보여주는 설화가 있다.

> 임당수라는 장산곶 앞에서 빠져 죽었는데, 그것이 밀려 가지고 저 연봉바위로 왔다가 거기서 꽃이 피어 가지고, 다시 임금한테 갔다는 얘기, 그리고 꽃이 안치된 곳은 저 연화리의 연못이다 그래 가지고, 아직도 연꽃이 핀다고 그러는데…(중략)…또 저 연화리 연꽃 피는 자리도 그게 굉장히 컸어요. 옛날에는. 그랬는데 지금은 오랜 세월이 지나가 보니까, 자꾸만 메워지고 그래가지고 그래서 논이 되고 그랬지만, 전에는 논이 되고 그러지 못했어요. 그 자리가. 실은 갈대밭이고 그래 가지고, 지금 60대들은 거기 가서 연밥 주워서 먹었다고 그래요. 그전에 어렵게 살고 그러니깐 그걸 먹고 그랬는데, 지금도 아마 캐면 토탄土炭도 나오고 그럴 겁니다. 〈자료 21〉

위의 화자는 오랜 세월이 흘러서 연못이 "자꾸만 메워지고 그래가

---

73 서울대학교 문리과대학 학술조사단, 앞의 책, 18쪽. 서영대, 앞의 논문, 5쪽. 최운식, 앞의 논문, 672~673쪽.
74 백령도에서 가까운 대청도에는 원순제와 관련된 전설이 전해지고 있다.(서울대학교 문리과대학 학술조사단, 앞의 책, 24~26쪽.) 따라서 백령도에 '사랑선자' 전설이 구전되었을 가능성도 있다.

지고 그래서 논이 되"었다고 한다. 그리고 어른들이 주워 먹었다는 연밥은 심청이 타고 온 연꽃에서 생긴 것이라고 설명한다. 원래 연화리 지역은 조선조 세종 때부터 목장 구역이었다. 그런데 농경지 개발을 원했던 주민들의 청이 받아들여져 순조 10년(1810년)에 목장 구역이 쇠상이골에서부터 조강골 직선 서북으로 개정되면서 연지동 지역은 제외된다. 목장 지역에서 제외된 연지동 하연답下蓮畓을 개척키 위해 중앙에서 관원과 검사를 파견하고, 도민을 동원하여 짧은 시일 안에 간척한 결과 200여 두락斗落(30,000평)을 얻었다. 이와 같은 면적은 오늘날 연지동의 논뜰과 크게 변화가 없을 것이라고 한다.[75] 위의 화자가 연화리의 농지 정리와 관련된 사실을 심청의 연꽃과 관련시키고 있음을 알 수 있다.

"연화리 전설은 백령도 주민들이 연화리의 지명 유래와 연꽃이 피는 이유를 설명하기 위해 만든 전설"이라면,[76] 넷째의 경우인 〈자료 7〉과 같이 별개의 설화로 전승되었을 가능성도 배제할 수 없다. 넷째의 가능성을 배제한다고 하더라도, 화자들이 구술한 설화의 내용은 사실을 바탕으로 해서 백령도의 실정에 맞게 변형시킨 것임을 알 수 있다.

여러 가지 정황으로 미루어 보았을 때, '심청설화'가 형성되면서 연화리 전설을 수용한 것이 아닌가 한다. 그리고 '심청설화'와는 별개로 연화리의 유래를 설명하는 설화가 지금도 채록되는 것으로 보아 '심청설화'의 형성 초기부터 이들이 증거물로 활용되었던 것은 아닌 듯

---

75 『옹진군향리지』(1996), 393~395쪽. 서울대학교 문리과대학 학술조사단, 앞의 책, 16쪽 참조.
76 최운식, 앞의 논문, 672쪽.

싶다. '심청설화'는 다른 지역의 설화가 들어와 지역에 맞게 변형된다는 설화의 속성을 반영하고 있다.

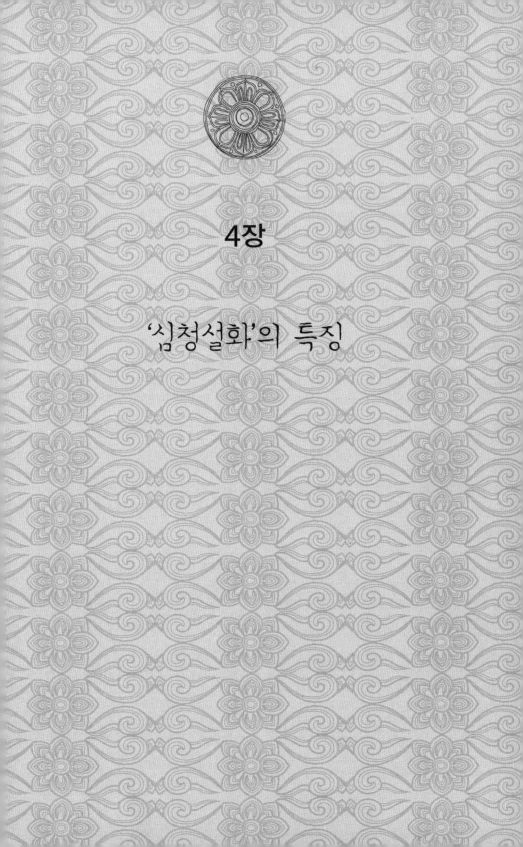

4장

'심청설화'의 특징

‘심청설화’는 다른 설화들과는 달리 설화의 원형을 알 수 있다는 점에서 설화의 형성과 전승 과정에서 나타난 특징을 파악하기가 용이하다. 이 장에서는 ‘심청설화’에 나타난 특징을 살펴보겠다.

1. 설화전승집단의 전승 의식

설화전승집단은 왜 『심청전』을 설화화 한 것일까? 그것은 소설 속에 설화전승집단이 공감할 수 있는 요소가 내재되어 있기 때문이다. ‘심청설화’를 검토하면서 설화전승집단이 함께 공감하는 요소가 무엇인가를 살펴보겠다.

공양미 삼백 석에 딸이 팔려간 거야. 그러니께. 거기서 결국은 말하자면 효 효녀상을 탄거지. 그러고 중국갔다 오면서 말하자면 연꽃으로 거기서 나타나 가지고서는 무언가. 이 부모에게 효도한 여자야, 사실은. 〈자료 1〉

그랬는데, 용왕이 떠억 봤을 적에 “네가 어떻게 여길 들어왔느냐.” 하니까 사실 그 얘기를 했단 말이야. “참 착한 효녀다.”…(중략)…그 용왕께서 연꽃을 하나 주면서 “너 이 안에 들어가라.” 연꽃을 띄웠다고. 〈자료 6〉

효심이 지극하다 해서 용왕님이 연꽃으로 환생을 시켜 가지고,

어느 왕자님을 만나서 아버님을 잔치에 모시게 하고, 심청이르
만나게 하는 장면에서 인제,

"청아!"

하면서 눈을 뜨게 된, 그 효심의 바탕이 되는 그런 「심청전」인데
요. 물론 다 저보다 박식하시고 다 아시니까 그런데, 저는 여기서
그렇게 듣고 자랐기 때문에 심청이는 여기 효의 바탕이고, 아울러
지금 젊은 세대의 사악한 마음들을 없애 줄 수 있는 아주 중요한
우리나라의 보고적인 효의 전설이면서도, 공감할 수 있고, 마음
을 정화시킬 수 있는 효의 사상이 아닌가 생각합니다. 〈자료 50〉

제가 듣고 알기로는 만고효녀 심청이가 자기 아버지-, 효도를 위
해 가지고 공양미 삼백 석에 팔려 가지고 말이죠. 〈자료 52〉

위의 화자들은 심청이 지극한 효심 때문에 다시 살아날 수 있었으
며, 그녀의 효행으로 인해 심 봉사가 개안할 수 있었다고 믿는다. 심
청의 환생과 심 봉사의 개안이 그녀의 효행에서 기인한다는 화자들
의 구술 태도로 보아 '심청설화'에는 효 관념이 밑바탕에 깔려 있다.
그래서 '심청설화'의 경우는 심청의 비범성이 제거되고, 『심청전』과
비교해서 그녀의 효행을 뒷받침하는 부분들이 부각되어 있다. '심청
설화'에서 심 봉사의 실족 사건보다 시주 약속이 비중 있게 다루어지
는 것은 그 때문이다. 시주 약속을 이행하는 과정을 통해 심청의 효
행을 드러내는 것이다. 심청에게 공양미 삼백 석의 시주 약속은 불가
능한 과제의 수행에 해당한다. 불가능한 과제에 직면한 심청은 자신

의 몸을 희생하여 효행을 실천한다. 부모를 위한 심청의 효행이 맹목적이라는 점에서 '심청설화'는 효행설화와 일맥상통한다.

화자들은 '심청설화'를 통해 청자들에게 효행의 당위성을 설명하고 교훈을 주려는 의도에서 『심청전』을 설화화 한 것이다. 우리나라에 효행설화가 광포화 되어 있는 점도 『심청전』의 설화화를 용이하게 하였을 것이다. 이러한 '심청설화'는 민담과 전설로 구전되고 있다. '심청설화'가 민담처럼 구술된 경우는 심청의 효행을 강조하는 교훈적인 측면이 강하게 나타난다. 반면에 '심청설화'가 전설처럼 구술된 경우는 교훈적인 측면 이외에 전설로서의 일반적 특성을 지니게 된다. 그 특성은 다음과 같다.

첫째, 진실성을 부여한다.
둘째, 허구적인 사실을 역사적 사실로 받아들인다.
셋째, 증거물에 의해 풍토화한다.

이러한 특성은 '심청설화'의 전승에서도 엿볼 수 있다. 첫째, 설화 전승집단은 '심청설화'를 구술하면서 진실한 이야기라고 믿는다. '심청설화'에서 장산곶과 인당수에 관해 언급한 설화를 살펴보겠다.

옛날 노친네들이, 장산곶말래는 노을이 심해서 배가 못지나간다. 배가 못지나가면(김보득할머니: 잔잔하던 것도 배가 지나가며는 물쌀이 쎄다.) 잔잔한데도 그냥 넘어갈려면 배가 못넘어가고 배가 뒤집어 엎어서, 치니를 한 놈씩 사가지고, 씰어 넣고야 무사히 잘

너머간다. 〈자료 8〉

장산곶 앞에 인당수라는 곳이 있는데, 그 곳에서 옛날에 상인
들이 제사를 지냈다고 하는 그런 얘기를 들었어요. 장산곶 앞에
물살이 센 곳이 있는데, 장산곶 앞에 임당수라 하는 곳이 있는
데, 우리 마을에 연세 드신 분이 계신데, 장산곶에 어업하며 다
니셨거든요. 60여 년 전에. 그때는 지금같이 통제도 안하고 그러
니깐, 그 곳까지 어업을 하러 다녔대요. 쳐다보면 장산곶이 가깝
고 백령도가 먼 정도로 어업을 나갔단 말이예요. 거기는 그 역시
물이 돈대요. 빙빙.
우리 듣던 얘기로는 물이 돌고 그러니깐, 옛날에 장사 다니던 상
선들이 자주 침몰되니깐 제를 지냈다고 그런 얘기를 들었어요.
〈자료 22〉

위의 화자들처럼 대부분의 설화전승집단은 인당수가 장산곶 앞
바다에 존재한다고 믿는다. 설화전승집단이 말하는바, 장산곶 앞바
다에 있는 인당수는 "잔잔한데도 그냥 넘어갈려면 배가 못넘어가고
배가" 침몰하여 사람을 제물로 바치고서야 지나갈 수 있는 곳이다.
장산곶 인당수에서는 『심청전』처럼 실제로 인고사(人告祀)를 지냈을
것이라고 생각한다. 설화전승집단은 '심청설화'에 진실성을 부여하
고, 스스로 구술된 설화의 내용을 사실로 믿는 것이다. 인당수가 실
재한다는 믿음은 백령도에서 '심청설화'가 구전될 수 있는 기틀을 마
련한다. 이러한 설화전승집단의 전승 의식이 '심청설화'가 백령도에

서 활발하게 구전되는 계기가 되는 것이다.

둘째, 소설에 등장하는 심청을 실존했던 인물로 생각한다. 그리고 심청이 인당수에 제물로 바쳐진 것도 사실처럼 간주한다. 허구적인 소설의 내용을 실제로 있었던 역사적인 사실로 받아들이는 것이다.

> 공양미 삼백 석이죠. 그 때 우리는 어렸을 적에도 그렇게 들었어요. 그 중국 다니는 선인들에게 팔렸다고 돼 있죠. 그렇게 이야기가 전해 내려 오고 있어요.…(중략)…그 당시 어렸을 적 생각에 거기가 아마 해안가가 되기 때문에, 중국 배의 선원들이 들어 오지 않겠어요? 그래서 사람을 인당수에 널라고 사람을 처녀를 사러 다니는데, 산골 먼 데 같으면은 거기까지 오진 못했을 거예요. 옛날이니까. 그래 인저, 제가 생각하기엔 바닷가가 아니겠는가. 바닷가 마을. 〈자료 26〉

> 심청이 임당수, 장산곶이 제일 가까운 곳이 우리나라에서 백령이지요. 아주 접경이지요. 아마 요 산에 올라가 보면, 장산곶을, 요렇게 밥상받듯 그렇게 앉게 되는데, 가찹고. …(중략)… 그 내중에 그 왜 심청이가 열녀가 됐냐? 아주 죽고 말았으면 모르는데, 그 때 시절엔 그랬대요. 저도 얘기를, 들은 얘기인데, 그 때에 어떠헌 배든지 큰 수로를 가서 장산곶을 돌리게 되믄, 전에도 그런 예가 있었다. 그래서 그때에 심청이를 인당수에 느키까지, 〈자료 32〉

위의 설화에서 화자들은 인당수에서 실제로 인고사를 지냈을 것이라고 생각하고, 심청이 제물로 바쳐졌다고 구술한다. 이것은 설화 전승집단이 심청을 실존 인물로 믿고 구술하여 생긴 현상이다. '심청 설화'에서 장산곶 인당수에서 심청이 빠졌다고 하는 것을 통해 자신들이 알고 있는 인당수의 존재를 기정사실화 하려는 설화전승집단의 의식을 엿볼 수 있다.

심청이 인당수에 제물로 바쳐지는 것은 소설의 영향으로 치부할 수는 없다. "옛날 노친네들이, 장산곶말래는 노을이 심해서 배가 못 지나간다."거나(자료 8) "우리는 어렸을 적에도 그렇게 들었어요."(자료 26)라는 화자의 말에서 백령도에서 인신공희가 행해졌음을 보여주는 『삼국유사』의 〈거타지 설화〉처럼 오래전에 이 지역에 전해져 내려오던 설화나 사실에 근거를 둔 것으로 보인다. 앞에서도 살펴보았듯이, 장산곶 인당수는 『심청전』에 등장하는 인당수와 같은 조류의 흐름과 지형적인 특성을 가지고 있다. 필자는 인신공희 요소를 포함한 장산곶 설화가 전승되어 오다가 『심청전』이 보급되면서 설화와 소설이 상호 유기적으로 융합하는 과정에서 지금의 '심청설화'가 형성된 것으로 보았다.

문헌과 구술을 통해 전승되는 전설들은 역사적 사실 자체가 아니라, 설화전승집단의 시각에서 재해석된 역사인 것이다. 설화전승집단이 전설을 이야기하면서 역사적으로 실재했던 것으로 믿고 구술한 것이라 할지라도 그것은 구체적인 역사와 직접적 대응 관계를 보여주지 않는다.[1] 설화전승집단에 의해서 해석된 역사와 실제 역사와

---

1 강진옥, 앞의 논문, 38쪽.

는 거리가 있다. 이것은 전설의 일반적인 특징이다. 손돌목 전설을 통해서도 이러한 점을 확인할 수 있다.

세시 풍속에 의하면, 동절기에 속하는 음력 10월 20일을 전후해서 부는 바람을 '손돌바람', 추위를 '손돌추위'라고 한다. 그리고 손돌이 죽은 장소를 손돌목이라고 부른다. 김포와 강화 지역을 중심으로 전승되는 손돌목 전설은 손돌이란 뱃사공과 강화천도를 연계시킨 전설이다. 손돌이라는 인물의 비명횡사를 더욱 극적으로 부각시키기 위해 시간적 배경을 국가의 존립이 풍전등화에 있던 시기로 설정한다. 손돌목 전설에 수용된 역사적 사건은 실재했던 역사적 사실과는 거리가 멀다. 설화전승집단은 손돌의 비극적인 죽음이라는 상황 설정을 통해 손돌의 충성심을 부각시키고 위정자의 근시안적 안목을 비판하고 있다.[2] 절기상 이 시기에 부는 바람과 추위를 손돌과 관련지어 설명하고 있음을 보게 된다. 이러한 현상은 '심청설화'에서도 볼 수 있는 것이다.

셋째, 설화전승집단은 증거물을 제시하면서 '심청설화'가 백령도의 전설임을 강조한다.

> 인당수에 빠져서 살아난 곳이 연봉인데, 연봉으로 연꽃이 떠올라가지고, 장산곶이 물이 흐르면요 연봉으로 지나가거든요. 물이 장산곶에서 흘러와서 한쪽 줄기는 용기원산 앞쪽으로 흘러나가고, 한 줄기는 두무진에서 연봉바위 쪽으로 흐른대요. 군함

---

2 이영수, 「손돌목 전설에 나타난 역사성과 민중성」, 『설화와 역사』(최래옥 외, 집문당, 2000), 413~432쪽 참조.

도 물이 내릴 적에는 맞받아서 내리가기는 힘든다고 그래요. 물살이 있어서.

연봉에서 걸려가지고 다시 올라와 가지고 연꽃이 피었답니다. 연봉에서 연꽃이 피어올라 가지고, 연화리로 연꽃이 밀려와 가지구, 거기서 연꽃이 피기 시작해서 연화리라고 그런대요. 옛날 노인네들 견해를 따른다면, 옛날에, 150년 전에는 연꽃이 많이 피었대요. 많이 피었는데, 그 동안 연꽃이 피지 않다가 150년만에 연꽃이 피었다는 거예요. 지금도 연화리 거기를 파면은요, 논갈 때 파면은요 연씨가 나와요. 〈자료 52〉

위의 설화에서 화자는 백령도 주변의 조수가 흐르는 방향으로 보아 심청이 연봉바위에서 연꽃으로 떠올랐고, 그 연꽃이 연화리로 들어왔다고 한다. 경험적 사실과 소설적 허구가 결합됨으로써 생겨난 연화리의 연꽃이나 연봉바위라는 증거물은 '심청설화'의 진실성을 뒷받침해 주는 구실을 하고 있다. 연화리 전설이 백령도의 역사적 사실을 토대로 한 것임은 앞에서 살펴본 바 있다. '심청설화'는 연화리 전설을 수용하면서 심청이야기를 백령도와 그 주변 환경을 설명하는 지역 전설로 발전시키고 있다. 이를 통해 설화전승집단은 백령도가 효의 고장이라는 자부심을 갖게 되는 것이다.

지금까지 살펴본 바와 같이 '심청설화'가 백령도에서 구전되는 것은 인당수에 대한 설화전승집단의 확고한 믿음에서 출발한다. 이러한 믿음이 소설의 내용을 사실로 받아들이게 하고, 연화리와 연봉을 증거물로 삼아 '심청설화'의 진실성을 강조하고 있다.

2. 악인형 인물의 망각화

지역적인 정서도 설화의 전승에 영향을 미칠 수 있다. 이러한 점은 뺑덕어미가 구술된 설화를 통해 잘 드러난다. '심청설화'의 등장인물 중에서 상대적으로 구술 비중이 낮은 인물이 뺑덕어미이다. 뺑덕어미가 한 번이라도 나오는 설화는 모두 14편이다. 이 중에서 단편적으로 언급된 5편을 제외한 9편의 설화에서 뺑덕어미가 등장한다.[3] 먼저 뺑덕어미가 구술된 부분이 소설과 유사한 경우를 살펴보겠다.

> 그 심 봉사라는게 판사(판수)야. 판사고, 할머니는 그 판사가 아
> 닌데 결과적으로 할머니는 세상 떠나고, 거기가 아주 못된 할머
> 니가 있었는데 뺑덕어미라고. 뺑덕어미. 그 할머니를 얻어 가지
> 고 살면서 심청이가 무지무지하니 판사의 딸이니까 누구 친척
> 도 없고 얻어 먹이는 젖동냥할 어마이는 이내 돌아갔으니까, 젖
> 동냥 돌아다니는 심 봉사가 심청이를 길렀단 말이야. …(중략)…
> 우리 아버지는 시방 말할 것 같으면 장애인이고 몸군포(몽금포)
> 도화동 이라고 주소를 알려줬단 말이야. 아 그러냐고 하옇든 고
> 가서 찾아보니께 영감이 없더란 말이야. 뺑덕엄마는 그 나쁜 할
> 마이가 돈 다 가지고 딴데로 시집가고 말고 심청이는 또 물에 빠
> 져 죽었다는거 다 알고. 〈자료 14〉

---

3 〈자료 3〉·〈자료 14〉·〈자료 24〉·〈자료 25〉·〈자료 36〉·〈자료 41〉·〈자료 50〉·〈자료 57〉·〈자료 62〉 이상 9편이다.

돈이 많으니까 자꾸 여자들이 영감을 섬길려고 하는 거야. 그러니게 뺑덕어미라고 여자를 하나 얻어준 거야. 그러니게 뺑덕오마이가 그걸 다 옳아먹으려고, 동네에 있으면 다 아니까, 자꾸 이사를 다니니까, 어디 간 줄 몰라. 그래서 신하들에게 얘길 하니, "맹인잔치를 삼 년을 합시다. 그러면 세계 맹인들은 다 올 거다. 그러면 거기에 올 거 아니냐."

해서, 맹인 잔치 광고를 세상에 다 했어.

이 영감도 그 얘길 듣고 떠난 거야. 뺑덕엄마 하고, 그런데 오다가서, 뺑덕어미가 거기 가며는 영감의 돈을 못다 먹을 거 같아서, 뺑덕엄마가 그 돈을 다 훔쳐서 도중에 도망질하고 말았어. 〈자료 57〉

'심청설화'에 뺑덕어미가 등장할 경우에도 소설과는 달리 그 외모나 행실에 관해서는 구술되지 않는다. 화자들은 뺑덕어미를 몹쓸 사람, 악한 사람, 악처의 표본으로 인식할 따름이다. 〈자료 14〉는 설화의 서두 부분이다. 화자는 서두에 심 봉사가 부인이 죽자 뺑덕어미를 얻어 살았다고 했으나, 다시 "젖동냥 돌아다니는 심 봉사가 심청이를 길렀단 말이야."라고 함으로써 뺑덕어미가 등장하는 부분을 혼동하고 있다. 화자가 결말에서 뺑덕어미가 돈을 가지고 도망가서 심 봉사가 마을을 떠났다고 한다. 이것은 『심청전』과 마찬가지로 맹인 잔치를 열게 되는 이유를 설명하기 위해서이다. 〈자료 57〉의 화자는 뺑덕어미가 의도적으로 심 봉사의 재산을 빼앗으려고 고향을 떠난 것으로 이야기한다. 소설의 뺑덕어미보다 설화의 뺑덕어미가 심 봉사의 재산을 가로채는 지능적인 인물로 묘사되고 있다. 위의 '심청설화'에 등장하는 뺑덕어미는 소설에서처럼 그 나름의 역할을 하고 있다.

'심청설화'에서 뺑덕어미가 소설과 동떨어지게 구술된 경우를 살펴보겠다.

> 그 뺑덕어미라는 사람은 약삭빠르고 그런 사람이라고 그럽니다. 김치만 할아버지 말씀에 따르면은. 그래서 공양미 삼백 석이 절로 옮겨진다는 말을 듣고 재빨리 중화동에 가서 애기하던 데가 그 중화동 절터라고 그럽니다. 그러니깐 심학규씨는 공양미를 바칠까 말까하던 그런 순간이 되겠지요. 그러니깐 심청이가 벌써 몸을 던졌으니까 쌀은 나왔겠고. 그러니깐 심청이 몸을 던진 후가 되겠습니다. 그래 뺑덕어미는 그 심학규씨, 심 봉사를 보고
> "이걸 절에다 바치지 말고 우리끼리, 쌀 삼백 석을 가지면 행복하게 살 수 있으니까 바치지 말자."
> 고 꼬였다는 애깁니다. 〈자료 47〉

> 심청이 눈먼 아버지를 두고 시집을 가면 어떡하느냐? 그래서, 뺑덕옴마가 팔아 먹을랴고까지 했지만, 〈자료 50〉

〈자료 47〉의 화자는 뺑덕어미가 공양미 삼백 석이 절로 옮겨졌다는 소리를 듣고 재빨리 달려갔다고 한다. 그리고 심청이 몸을 팔아 마련해 준 공양미 삼백 석을 부처님께 시주하지 말고 함께 쓰자고 심 봉사를 유혹한다. 뺑덕어미를 "송동본이나 완판본 계열의 『심청

전』에 나오는 뺑덕어미보다 더 간교한 여인으로 표현"[4]하고 있다. 화자는 심 봉사가 뺑덕어미의 제안을 수락했는지에 관해서는 언급하지 않았다. 다만 심 봉사가 뺑덕어미의 제안을 받은 시점을 "공양미를 바칠까 말까 하던 그런 순간이"라고 하여 심 봉사 자신도 공양미 300석의 시주를 망설였다는 것이다. 화자가 뺑덕어미뿐만 아니라 심 봉사에 대해서도 부정적인 시각을 갖고 있다. 이 설화에서 심 봉사의 개안이 언급되지 않은 것도 이러한 맥락에서 이해할 수 있다. 〈자료 50〉의 화자는 뺑덕어미가 심청을 팔아먹으려고 했다고 구술한다. '심청설화' 중에서도 뺑덕어미가 가장 나쁘게 구술된 경우로 보인다.

다음은 뺑덕어미가 백령도의 특정 지역과 관련 있다고 구술된 경우를 살펴보겠다.

> 심청이의 고향이 백령도에 나서, 저 연봉바위에서 나와서, 뺑덕어미가, 장촌에 지금도 있잖아요. 뺑덕어마이, 뺑덕어마이 집이 거기 있대요. 그 때 심 봉사 젖을 심청이 얻어 먹이러 댕길 적에, 뺑덕어미는 심 봉사를 못살게 굴던 사람예요. 그 옛날예요. 이게 진짠데 선생님들 말이예요. 여기 영감(오라고 연락한 매형 김광호씨를 말하는 것임) 오면은 알 것인데, 이거 진짜인데, 장촌에 뺑덕어미가 살았대요. 〈자료 24〉

〈자료 24〉에서 "심 봉사가 젖을 심청이 얻어 먹이러 댕길 적에, 뺑

---

4 최운식, 앞의 논문, 678쪽.

덕어미는 심 봉사를 못살게 굴던 사람"이라고 하고, 결말에 가서 "그 심 봉사는 요 앞을 못보니깐 지팡이 짚고 다니지. 그 재산이 좀 있었던 모양이지요, 그걸 놀려 먹었대요."라고 하여 뺑덕어미에 대한 표현이 다소 모호하게 되어 있다. 결말 처리로 보아 화자는 소설의 내용을 알고 있는 듯하다. 심 봉사의 재산을 탕진한 못된 사람이 뺑덕어미임을 강조하다 보니 구술한 내용에 모순이 생긴 것이다. 이 화자는 뺑덕어미가 백령도의 장촌에 살았다고 하는 확신을 갖고 이야기한다. 그런데 〈자료 24〉에서 "여기 영감(오라고 연락한 매형 김광호씨를 말하는 것임) 오면은 알 것"이라고 한 〈자료 25〉의 화자는 뺑덕어미와 관련해서 〈자료 24〉의 화자와는 다르게 구술한다.

> 날이 미구에 닥쳐와 가지고서, 남경 장사 선인들은 달구 갈라구 자꾸 독촉을 하니까, '뺑덕어마이한테다가 아버지 후사를, 모두 살펴달라고 부탁을 해야 것구나.' 하구서 그 뺑덕어미, 한집안처럼 지내기는 지내는 사이더라도, 아버지한테는 직접 그 얘기를 못하고, 그 뺑덕어마이한테로 가서 아버지의 후사 얘기를, '내가 이런 사유로 가니, 그런 사유를 좀 아버지께 말씀드려 안정시켜 달라.'고 당부를 하고서 〈자료 25〉

앞에서 언급한 '심청설화'가 뺑덕어미는 행실과 성품이 악하다는 전제하에 구술되었다면, 〈자료 25〉에서는 심청이 선인들을 따라가기 직전에 "뺑덕어마이한테다가 아버지 후사를, 모두 살펴달라고 부탁을 해야 것구나."라고 하면서 뺑덕어미를 찾아간다. 뺑덕어미를 심 봉사의 여생을 책임져야 하는 인물로 그리고 있다. 한편 심청과 뺑덕어미가 한집안처럼 지내는 사이라고 구술한 것으로 보아 화자가 뺑덕어미가 등장하는 부분을 착각하고 있다. 뺑덕어미는 맹인인 아버지를 혼자 두고 죽으러 가는 심청의 행동을 합리화시키는 과정에서 등장한다.

이상의 설화들이 뺑덕어미를 백령도와 연관된 인물로서 언급한 것이라면, 뺑덕어미와 백령도의 연관을 부정하는 이야기도 있다.

> (조사자: 그 다음에 장촌하고 『심청전』하고 얘기는 못 들어 보셨어요?)
> 그 얘기는 들은 얘기 없지요 뭐.
> (조사자: 뺑덕어미가 장촌에 살았다고 하는 그런 얘기는 들으신 적이 없
> 으십니까?)
> 예, 들은 적이 없어요. 장촌이 뭐 심청이 하고 관계라는 건 못들
> 었어요. 〈자료 32〉

〈자료 32〉의 화자는 뺑덕어미와 장촌의 연관성을 부인하고 있다. 그것은 현재 화자가 살고 있는 곳이 뺑덕어미가 살았다고 하는 장촌이기 때문이다. 장촌 주민들은 뺑덕어미를 자신들의 동네와 연관 짓는 것에 대해서 강한 거부감을 표시한다. 이것은 〈자료 31〉를 통해서 확인할 수 있다.

> 그런데 하루는 장촌이라는 마을에서 마을 주민들, 나이드신 분
> 들하고 이렇게 술자리를 한 기회가 있었는데 저는

"옛날에 나오는 그 설화가 같은 그 이야기로, 이 마을에, 장촌이
라는 마을에 뻥덕 엄마가 살았다는 걸로 그렇게 알고 있습니다.
맞습니까?"

그렇게 물으니까, 그 자리에 참석했던 그 주민 중에 나이 한 오십
넘은 분이 상당히, 그 뻥덕이 엄마가 살았다는 말에 상당히 거
부 반응을 보이면서 화를 내고 술상을 엎으면서,

"뻥덕이 엄마가 사는 것 같이 그렇게 험악한 동네가 아니다."

라는 것을 술상을 엎으면서 이렇게 하니까, 막 당황한 적이 한
번 있었습니다. 〈자료 31〉

〈자료 31〉의 화자는 다른 사람에게서 들은 대로 장촌을 뻥덕어미
가 산 마을이라고 이야기했다가 장촌 주민에게 곤욕을 치른 경험담
을 이야기하고 있다. 이것은 부정적인 이미지의 뻥덕어미를 자기 마
을과 관련시켜는 것을 매우 못마땅하게 여기는 마을 사람들의 의식
을 단적으로 보여주는 예인 것이다.[5] 구체적인 증거도 없이 몇몇 화자
의 이야기에 의존하여 뻥덕어미를 특정 마을과 연계시키는 것은 곤
란하다. 그것은 우리의 정서상 뻥덕어미와 관련된 마을의 다른 사람
들까지도 부정적인 시각으로 바라볼 수 있기 때문이다. 이것은 다른
설화의 경우도 마찬가지이다.[6]

현지 조사를 하면서 심청이야기를 들려 달라는 제안을 거부하는

---

5 위의 논문, 680쪽.
6 이영수, 「'풍기문란'형 설화 연구-인천 지역을 중심으로-」, 『비교민속학』 36집(비교
   민속학회, 2008), 425~457쪽 참조.

주민들을 간혹 만날 수 있었다. 이것은 『심청전』에서 뺑덕어미가 부도덕한 인물로 묘사된 것과 관련이 있다.

> "○○대 교수팀들이 장촌마을이 뺑덕어미의 고향이다"라고 이야기하고 갔는데, 어떤 근거로 이야기 했는지 모르겠어요. 배경이 황해도 장산곶을 기준으로 한 것이란 말이예요. 여기 사람들도 몰라요. 뭘 근거로 했는지 그건 모르겠어요. 〈자료 12〉

〈자료 12〉의 화자는 필자가 심청이야기를 청하자 처음엔 모른다고 피했던 분이다. 위의 인용문은 화자를 두 번째 만났을 때, 부연한 내용이다. 화자가 '심청설화'의 구술을 꺼린 것은 『심청전』에서 악인으로 묘사된 뺑덕어미가 백령도에 살았다거나 또는 고향이 장촌이라는 설 때문이다. 화자가 무슨 근거로 교수들이 이런 이야기를 했는지 모르겠다고 했는데, 앞에서 살펴보았듯이 뺑덕어미가 백령도 내지 장촌과 관련 있다고 하는 이야기는 현지에서 채록된 설화를 통해 나온 것이다. 시대가 변해도 뺑덕어미에 대한 인식은 달라지지 않았음을 알 수 있다.

설화전승집단이 바라보는 뺑덕어미와 문학 연구에서 바라보는 뺑덕어미는 차이가 난다.

> 그녀(뺑덕어미-필자 주)는 곽씨부인과 대비적 존재로서, 곽씨부인의 현숙함을 돋보이게 만든다. 또한 심청과도 대비되는 존재로서 심청이 심 봉사에게 얼마나 지극한 보호자였는지를 보여주는

역할을 한다. 또한 그녀는 심 봉사로 하여금 오랜 침잠의 세계에서 벗어나 능동적으로 살아가도록 자극을 주기도 한다.

뺑덕어미에게 주어진 배역이 부정적인 것이기 때문에 작품에서는 그녀의 입장은 전혀 고려하지 않고 있다. 그러나 작품을 좀 더 객관적이고 주의깊게 살펴본다면, 그녀는 비난의 대상이거나 오락의 대상이기 이전에 연민의 대상임을 발견하게 된다. 그녀는 아무런 가진 것도 없이 유랑하면서 그날그날을 살아가는 서민의 생활상을 보여주는 인물이다. 그녀의 악행은 악행이라기보다는 불우한 처지에서 생계를 이어가기 위한 불가피한 삶의 방식이었다. 그녀가 꾸미는 간계와 웃음 뒤에는 서민사회의 우울한 생활상이 깔려 있다.[7]

'곽씨부인'과 '심청'이 심 봉사로 하여금 현실에서 고난을 겪지 않게 돌보아 주는 역할을 했다면, 뺑덕어미는 심 봉사에게 눈을 떠야겠다는 자극을 준 인물이다. 그리고 그녀는 "아무런 가진 것도 없이 유랑"하는 하루 벌어서 하루 먹고 사는 "서민의 생활상을 보여주는 인물"로 "그녀의 간계와 웃음 뒤에는 서민사회의 우울한 생활상이 깔려 있다."고 하여 새로운 시각에서 뺑덕어미를 조명하고 있다. 또는 뺑덕어미를 악처의 표본이라거나 골계를 위한 조역이 아닌 못생기고 행실 나쁜 여자일지언정 심 봉사에게는 마지막 의지처로 파악

7 정하영, 「심청전에 나타난 악인상−뺑덕어미론−」, 『국어국문학』 97(국어국문학회, 1987), 28쪽.

되기도 한다.[8] 문학에서의 뺑덕어미에 대한 연구는 논자에 따라 시대에 따라 얼마든지 달라질 수 있다. 이러한 평가가 설화전승집단에게 영향을 미쳐 뺑덕어미에 대한 인식의 변화가 일어날 것이라고는 기대할 수 없다. 설화전승집단의 뇌리에 각인된 뺑덕어미는 상종하지 못할 악인이다. 이것은 현재도 그렇고 미래도 그럴 것이다.

이상에서 살펴보았듯이 현재 전승되는 '심청설화'에 뺑덕어미가 등장한다. 그런데 앞으로 전승되는 과정에서 뺑덕어미는 망각될 소지가 충분하다.

첫째는 '심청설화'가 심 봉사의 개안과 함께 종결된다는 점이다. 제 3장에서도 살펴보았듯이 대부분의 '심청설화'가 심 봉사의 개안과 함께 이야기가 끝난다. 그래서 심청과 심 봉사가 어떻게 되었다는 후일담이 없는 상태에서 바로 부연설명으로 넘어간다. 이러한 이야기 전개 과정상 뺑덕어미가 '심청설화'에서 일정한 역할을 하기는 어려울 것으로 보인다.

둘째는 백령도의 경우, 화자들은 뺑덕어미와 같은 악인형 인물이 자신들이 살고 있는 지역과 연계되는 것에 대해 강한 거부감을 나타낸다. 이러한 거부감으로 인해 백령도 지역에서 전승하는 '심청설화'에서는 뺑덕어미가 망각되어 설화에 등장하지 않을 것으로 생각된다. 따라서 이들 지역에 전승되는 '심청설화'는 효행의 당위성을 설명하고, 지역 주민들에게 자긍심과 함께 자기 고장에 대한 애향심을 고취하는 형태로 변모될 가능성이 크다.

---

8 정출헌, 「'심청전'의 민중정서와 그 형상화 방식」, 『고소설연구』(국어국문학 편, 태학사, 1997), 466~467쪽.

3. 설화의 습득 과정과 구술의 차이

설화전승집단이 어떤 경로로 '심청설화'를 습득했는가에 따라 두 가지 경우로 나눌 수 있다. 첫째는 소설책을 읽고 자신의 경험을 첨가하여 구술한 경우, 둘째는 원제보자가 구술한 내용을 듣고 기억하였다가 이를 다시 구술한 경우이다. 전자는 문자를 매개로 것이고 후자는 순수하게 구전에 의존한 경우이다. 문자와 구전 중에서 어떤 경로를 통해 설화를 습득한 것이 설화 구술에 유리한가. 먼저 '심청설화'의 서두 부분을 구술한 경우를 살펴보겠다.

> 심청에 대해서는 심 봉사, 심청의 아바이가 심학규. 심학규씨가
> 눈이 멀어가지구 심청이를 낳아가지구. 지 어마이가 죽으니까,
> 그건 책에서 본 그대로.(조사자: 예.) 몸이 실려가지구 중국 장사
> 꾼에가 공양미 삼백 석에 그 허락을 했는데. 〈자료 6〉

> 심 봉사가 그랬구료. 본래 그 냥반이 참, 본래 장님에 황해도 사
> 람이예요. 그래 그 냥반 아들은 읎구, 둘이 영감 마누라해서 딸
> 하나를 낳았는데, 아 그만 딸 난지 삼칠일 만에 어머니가 돌아가
> 지 않았수? 게 그 심 봉사가 댕기믄서 거리 거리마다 동네 이웃
> 집을 안구 댕기면서,
> "젖좀 주. 젖좀 주."
> 젖을 은어 멕여서 열다섯 먹두록 길렀단 밀이죠. 아 길르다가, 걔
> 가 장씨 가문의 그 장승상에 부인헌테 가서 수양딸 노릇을 했어

요. 거기 있는 바람에, 그 영감이 가끔 거기서 반찬해 오른, 아 참 잘 잡숫구 그랬는데. 아 그 어딜 가다가, 동네에서 참 어딜 놀러 가다가, 아 물에 가서 빠졌구랴. 해필 연못에 가서. 잘못 가서 연못에 가 빠져 허우적거리는데, 그 사내, 중이 동냥을, 세주를 내려왔다가 보드니, 그 바랑을 내려 놓구 그 늙은이를 건져 냈어요. 건져내서 집으로 보내 줬는데. 〈자료 63〉

위에서 인용한 설화들은 전체적인 구성면에서 소설과 유사한 각 편들이다. 〈자료 6〉은 화자가 책을 읽고 기억하였다가 구술한 것이고, 〈자료 63〉의 화자는 다른 화자가 구술한 내용을 기억하였다가 다시 구술한 경우이다. 위의 두 편의 설화들은 서두 부분에서 차이를 보인다. 〈자료 6〉의 화자는 서두 부분을 "그건 책에서 본 그대로"라고 하면서 간략하게 구술하고 있다. 전적으로 구술에 의존하여 의사소통이 이루어진 사회에서는 사람들의 기억력이 지금보다 월등했다. 그러나 문자를 사용하면서 인간은 외적인 수단에 의지하기 때문에 구술된 내용을 완전하게 기억하지 못하고 기억한 것도 망각하기 쉬워진다.[9] '심청설화'의 경우도 소설책을 통해 얻은 지식을 굳이 기억하려는 노력을 기울이지 않았기 때문에 이처럼 핵심적인 단락을 중심으로 이야기가 단순하게 구술된 것이 아닌가 한다.

이에 비해서 〈자료 63〉의 화자는 그런대로 소설의 내용을 충실히 구술하고 있다. 화자는 돈을 받고 이야기를 해 주는 직업적인 이야기

---

9 월터 J. 옹 지음, 『구술문화와 문자문화』(이기우·임명진 옮김, 문예출판사, 1995), 126쪽.

꾼은 아니지만, 아주 이야기를 잘한다는 점에서 이야기꾼이라고 할 수 있다. 화자는 어린 시절부터 일을 하느라고 학교에 다니지 못했다. 학교를 다니지 못해 "낫놓고 기억자도 모르"는 화자가 '심청설화'을 구술할 수 있었던 것은 동네 사랑방에 모인 사람들이 소설책을 돌려가며 소리 내어 읽을 때 그 내용을 기억했기 때문이다.[10] 화자가 전적으로 기억에 의존하여 '심청설화'를 구술하였음을 알 수 있다.

심청이 왕에게 발견되는 부분 및 맹인 잔치를 구술한 경우를 비교해 보겠다.

근데 아– 꽃을 앞에다 놓구서 꽃– 아름답다 하구서 쓰욱 헤쳐보니까, 아 거기서 아 어여쁜 처녀가 거 있거든. "너 사람이냐 뭐냐." 하니까니 그 얘기를 쭈욱했단 말이야. 아. 그러냐. 그땐 아버지 대한민국의 조선인의 맹인들은 다 모아놓구서 잔치를 하자 해서 다 모아놓았어. 〈자료 6〉

송나라 천자한테다 갖다 바쳤어요. 꽃을 그래
"그 꽃이 참 장하다."
구 그랬는데, 아 꽃 속에서 색시가 나오네. 그래
"누구냐?"
구 그러니까,
"난 아무데 땅의 황, 그 영감의 딸이라구."

10 이수자, 앞의 책, 1~38쪽 참조.

"그런데 내가 왜 이렇게 다시 여기 온 건 참 천만이라."

구 이랬는데. 그래가지구 인제, 그리구 작은 마누라루 허구 큰 마누라는 못허구, 후처루다가 그 이를 봉허구 있는데, 아 저의 아버지를 보기를 원을 해요. 생전에, 그래 장님 잔칠 중국서부텀 우리나라꺼정 수차 얘길 했는데, 날마다 장님 잔치를 해두 예길, 장님이 저의 아버진 안 와요. 그래 인제 오늘만 하구 그만 두겠다구 그래는 날, 맨 야중에 인제 영감이 하나 들어 오잖아. 〈자료 63〉

위의 화자들은 심청이 왕에게 발견되는 대목을 거의 비슷하게 구술하고 있다. 그런데 맹인 잔치를 열게 되는 대목은 〈자료 63〉이 소설과 유사하게 구술되고 있다. 두 편의 '심청설화'를 비교했을 때, 화자의 설화 습득 과정이 구전에 의한 경우가 문헌에 의한 경우보다 설화의 전개와 묘사면에서 앞선 것으로 보인다. 그렇다면 채록된 '심청설화' 전부를 대상으로 했을 경우도 동일한 결론을 내릴 수 있는지 살펴보겠다.

앞으로 다 설명 잘 하는 분이 나와요. …(중략)… 유래를 할려면 심청전을 다시 봐야돼. 심청전이 있다고 심청전, 심청전 보면 다 나와 있지. 〈자료 1〉

사실은 뭐. 그래서 그 심청이를 이제 공양미를 사가지고 거기다가 제사지내기 위해서 뱃사공들이, 이제 그 심 봉사에게서 사가지고 했다는 책자의 내용 그대로죠. 〈자료 11〉

위의 화자들은 자신들의 구술 내용이 『심청전』에 있음을 직접적으로 언급하고 있다. 이처럼 화자들이 '심청설화'를 구술하면서 직·간접적으로 소설을 언급한 경우는 63편 중 12편이다.[11] 원제보자가 구술한 '심청설화'를 듣고 이를 다시 구술한 경우가 압도적으로 많음을 알 수 있다.

그렇다면 설화의 구성면에서는 어떤 차이가 있는지 살펴보겠다. 소설이 설화화 된다고 해서 소설의 줄거리나 세부 내용이 그대로 전달되지는 않는다. 소설은 설화전승집단의 의도에 맞게 부분적으로 변개되면서 설화로 구전된다. 그러나 전체적인 맥락에서 볼 때, 소설의 설화화 과정에서 변개될 수 없는 핵심적인 요소들이 있다. 앞에서 살펴보았듯이 '심청설화'는 3개의 핵심적인 요소가 있었다. 이를 포함하면서 비교적 많은 단락으로 이루어진 8편의 '심청설화'를 비교 대상으로 삼았다. 이들 '심청설화'에 포함된 대·소단락을 상호 비교하면 아래의 표와 같다.

---

11 〈자료 1〉·〈자료 3〉·〈자료 6〉·〈자료 11〉·〈자료 12〉·〈자료 13〉·〈자료 18〉·〈자료 19〉·〈자료 20〉·〈자료 28〉·〈자료 36〉·〈자료 57〉 등 12편이다.

대·소단락	습득대상	소설「심청전」				구술			
대단락	소단락	자료3	자료6	자료36	자료57	자료14	자료25	자료62	자료63
가) 심청의 출생	a		O			O	O		O
내) 심청의 성장과 효행	c		O		O	O	O	O	O
	d			O	O	O	O	O	O
	f		O				O		O
	g				O		O		O
	h				O		O		O
	i		O		O		O	O	O
	j	O	O	O	O				
	k	O		O					
다) 심청의 죽음과 재생	l	O	O	O	O	O	O	O	O
	m	O	O	O	O				O
	o	O	O	O	O	O	O	O	O
마) 부녀상봉과 개안	p	O	O	O	O	O	O	O	O
	q	O	O	O	O	O	O		
	r	O	O	O	O	O	O	O	O
	s	O		O	O	O	O	O	O
	t	O	O	O		O	O	O	O
	u	O	O	O	O	O	O	O	O

위의 표를 보면, 구술에 의해 '심청설화'를 습득한 화자가 심청의 출생부터 심 봉사의 개안에 이르는 과정을 구술하는 편이다. 전체적인 구성면에서 짜임새가 있는 것으로 보인다. 이에 비해 소설을 읽고 '심청설화'를 구술한 화자들의 경우, '선인들이 심 봉사의 생활대책을 마련해 준다'는 k 소단락과 '심청이 용궁에 간다'는 m 소단락을 구술한다. 제 2장에서 살펴보았듯이 k 소단락은 위의 두 편에만 있다. 그리고 제 3장을 통해서 살펴보았듯이, m 소단락들은 12편의 '심청설화'에 나타난다. 소설을 통해 설화를 습득하는 경우가 구술에 의지하는 경우보다 m 소단락을 재미있게 구술하고 있다.

'심청설화'의 전체적인 짜임새는 구술에 의해 설화를 습득한 경우가 소설에 의해 습득한 경우보다 앞서는 것으로 생각되며, 부분적인 면에서는 소설에 의존한 경우가 구술에 의한 것보다 충실하게 구술하고 있음을 볼 수 있다. 설화전승집단이 설화를 습득하는 과정도 설화에 변화를 일으키는 요인 중의 하나임을 알 수 있다.

5장

결 론

지금까지 현지 조사를 통해 채록된 '심청설화'를 대상으로 소설이 설화화 되는 과정과 전승 양상과 '심청설화'의 특징을 살펴보았다. 이 글은 지면을 통해 발표된 50편과 필자가 채록한 13편을 합쳐 모두 63편의 '심청설화'를 대상으로 논의를 진행하였다.

제 2장에서는 『심청전』의 설화화 과정과 '심청설화'의 형성 과정, 그리고 '심청설화' 유형의 변이 양상을 살펴보았다. 문학 양식이 '단순한 형태에서 복잡한 형태로'의 이행뿐만 아니라 '복잡한 형태에서 단순한 형태로' 이행된다는 것을 전제로, '심청설화'를 소설 『심청전』에서 제재를 취해 설화화 된 경우로 보았다. 소설이 설화로 이행하면서 나타나는 현상으로는 1) 구전된다는 점, 2) 분량이 적어진다는 점, 3) 구성이 파괴적이라는 점, 4) 등장인물이 축소된다는 점, 5) 주제가 단순해진다는 점, 6) 설화전승집단이 설화화에 제약을 받는다는 점을 들었다. 이 중에서 1)과 2) 그리고 4)와 5)는 설화의 전반적인 특징을 반영한 것이며, 3)과 6)은 소설 『심청전』이 설화화 되면서 소설적인 요소를 포함해서 일어나게 되는 현상으로 보았다.

'심청설화'가 형성된 계기를 1) 개인적인 성향에 의한 것, 2) 지역 구성원이 집단적으로 참여하여 형성된 경우로 나누었다. 그리고 후자의 경우를 백령도에서 채록된 '심청설화'를 대상으로 그 형성 과정을 살펴보았다. 백령도 주변의 지형적 특성과 문헌, 그리고 구술된 설화를 종합해 볼 때, 백령도 주변의 장산곶은 소설에 나오는 인당수와 지형적인 특성이 유사하고 뱃사람들에게 두려움의 대상이었음을 알 수 있었다. 설화는 지형적인 특성에 맞게 자연 발생적으로 형성되기도 하지만, 다른 설화를 수용하여 그 지역의 지형적인 특성에 맞게 변화되기도 한다. '심청설화'는 자연 발생적으로 생성된 것이라기보다는 백령도 주변의 지형적인 특징을 설명하기 위해 소설의 공간 배경이 황해도로 되어 있고, 인신공희 요소가 있는 『심청전』을 설화화한 것으로 보았다. 그것은 설화전승집단이 증거물로 내세운 연화리의 연꽃에 관한 전설이 '심청설화'와는 별개로 지금도 채록되고 있기 때문이다.

또한 기존의 『심청전』 연구의 성과를 원용하여, '심청설화'를 5개의 대단락과 21개의 소단락으로 구분하여 '심청설화'의 유형과 변이 양상을 살펴보았다. 화자가 구술한 '심청설화'가 소설과 구성이 유사한 것을 기본형으로, 이에서 벗어난 것을 변이형으로 설정하였다. 변이형은 대단락의 탈락 정도에 따라서 다시 4개로 세분하였다.

기본형은 5개의 대단락과 최대 18개의 소단락으로 구성되어 있으며, 전체적인 맥락에서 소설의 전개 방식을 따르지만, '심청이 인당수에 몸을 던진다'는 l 소단락을 기준으로 해서 소설과 부분적인 차이를 보이며 전승된다. l 소단락을 기준으로 이전의 단락은 심청의 효행에, 이후의 단락은 화자의 경험에 비추어 불합리한 부분에 수정을 가하고 있다. 기본형에 속한 '심청설화'는 63편 중에서 6편에 불과하다. 이것은 소설이 널리 알려진 것에 비해 이를 제대로 구술할 수 있는 화자가 그리 많지 않음을 입증한다. 소설의 내용을 잘 알고 있는 것과 이를 원형에 가깝게 구술하는 것과는 차이가 있음을 보여주고 있다.

'심청설화'의 효행담은 기본형에서 〈가〉 심청의 출생〉과 관련된 대단락이 탈락된 경우로 4개의 대단락과 최소 9개에서 최대 15개의 소단락으로 구성되어 있다. 가) 대단락의 탈락으로 화자들이 이야기를 시작하는 부분이 일정하지 않다. 이 유형에 속하는 설화는 모두 12편으로 변이형 중에서 비교적 기본형과 유사한 형태로 전승되고 있다. '심청이 공양미 삼백 석에 선인들에게 팔려간다'는 j 소단락, '심청이 인당수에 몸을 던진다'는 l 소단락, '심청이 연꽃으로 변한다'는 o 소단락은 이 효행담에서 없어서는 안 될 핵심적인 단락이다. 그리고 〈마) 부연설명〉을 구술한 화자들이 연화리와 연봉을 증거물로 활용하지 않는 것이 이 효행담의 특징이다.

'심청설화'의 인신공희담은 화자가 구술하는 과정에서 대단락이 불규칙적으로 탈락되어 이야기가 심하게 비약하며 전개되는 것이 특징이다. 14편의 설화가 인신공희담에 속하며, 3개의 대단락과 최소 2개에서 최대 9개의 소단락으로 구성되어 있다. 인신공희담의 특징은 최소 2개의 소단락이 모두 〈다) 심청의 죽음과 재생〉에 속해 있다는 것이다. 인신공희담에서 '심청이 인당수에 몸을 던진다'는 l 소단락과 '심청이 연꽃으로 변한다'는 o 소단락은 핵심적인 단락이다. 화자들이 인신공희적 요소를 중심으로 '심청설화'를 구술한 것이 인신공희담의 특징이다. 그리고 〈라) 부녀상봉과 개안〉을 구술하지 않은 화자들이 〈마) 부연설명〉을 통해 '연화리와 연봉'을 증거물로 제시하는 것 또한 인신공희담의 또 다른 특징이다.

'심청설화'의 배경담에 속한 설화는 12편이며, 4개의 대단락과 최소 4개에서 최대 10개의 소단락으로 구성되어 있다. 화자들은 서두에 장산곶이나 인당수의 지형적인 특성을 전제로 이야기를 진행한다. 배경담에서 '심청이 공양미 삼백 석에 선인들에게 팔려간다'는 j 소단락과 '심청이 인당수에 몸을 던진다'는 l 소단락이 핵심적인 단락이다. 위의 두 단락과 '심청이 연꽃으로 변한다'는 o 소단락 이외의 소단락들은 대부분 망각되어 있다.

한편, 심청이 몸을 파는 이유를 심 봉사의 생존 문제와 결부시켜 구술한 설화는 '심청이 연꽃으로 변한다'는 o 소단락이 탈락되어 있다. 그리고 〈마〉 부연설명〉은 연화리나 연봉 이외에 뺑덕어미와 개인적인 경험담 등 다양한 이야기로 구성되고 있다. 이 배경담은 전체적으로 화자들이 장산곶의 자연환경을 중심으로 '심청설화'를 구술하고 있는 것이 특징이다.

'심청설화'의 증거담은 19편으로, 편수에 있어서는 다른 유형보다 많지만 내용과 구성면에서는 가장 단순한 형태를 띠고 있다. 증거담은 2개의 대단락과 최대 2개의 소단락으로 구성될 수 있다. 증거담은 다른 유형과 달리 마) 대단락에서 '연화리와 연봉'을 심청과 관련된 증거물로 활용하는 화자들이 많다는 것이 특징이다. 이 증거담은 위의 배경담과 지형적인 특성을 기반으로 형성된 점에서는 유사하지만, 증거물을 대하는 화자들의 태도에서 차이를 보이고 있다.

'심청설화' 유형의 변이 양상을 통해서 볼 때, 화자들이 중요하게 생각하는 단락은 '심청이 공양미 300석에 선인들에게 팔려간다'는 j 소단락, '심청이 인당수에 몸을 던진다'는 l 소단락, '심청이 연꽃으로 변한다'는 o 소단락임을 알 수 있었다. 『심청전』에서는 심 봉사가 이야기의 한 축을 형성하고 개안 모티프가 중요한 위치를 차지하고 있지만, '심청설화'에서 심 봉사는 심청이 이야기를 이끌고 가는데 있어서 부수적인 인물에 지나지 않는다. 그리고 심청의 비범성과 관련된 '선인적강의 태몽을 꾸고 잉태되어 출생한다'(b)·'심청의 비범성이 나타난다'(e)·'심청이 장래를 예언 받는다'(n) 소단락이 모든 '심청설화'에서는 탈락되어 있다.

제 3장에서는 '심청설화'의 구조를 전체적인 맥락에서 살펴보았다. 먼저 심청의 출생과 관련된 단락들이 탈락된 것은 심청에게서 비범성을 제거하기 위한 것으로 보았다. 설화전승집단이 심청에게서 비범성을 제거하여 일상적인 인물의 이야기로 구술한 것은 효는 누구나 행해야 하는 덕목임을 강조하기 위한 것이다. 심청은 평범한 가정에서 출생하여 아버지의 개안을 위해 공양미 삼백 석에 몸을 파는 효녀로 설정되어 있다.

'심청설화'에서 모친은 이야기 전개 과정에서 사라진다. 『심청전』에서 심청이 출천지효出天之孝를 완성하고 전생의 죄를 대속하기 위한 과정에서 모친이 사라졌다면, '심청설화'에서는 등장인물의 간결성으로 인해 사라지게 된 것이다. 소설과 설화의 장르상 차이로 인해 모친이 이야기 전개 과정에서 사라지는 이유가 다름을 알 수 있다.

심청은 봉사인 아버지에 의해 젖동냥으로 양육되고 성장해서는 아버지를 봉양한다. 그런데 화자들은 심 봉사가 어린 심청을 젖동냥해서 키우는 것에 대해 연민의 정을 드러내며, 어린 심청이 아버지를 봉양하는 것에 대해서는 담담하게 구술한다. 이것은 자식 된 도리로서 부모를 위해 고생하는 것은 당연하다는 전통적인 효 관념의 반영으로 볼 수 있다.

'심청설화'에서는 시주 약속이 심 봉사의 실족 사건보다 중요하게 구술되어 있다. '심청설화'에서는 심 봉사가 실족하는 사건이 없이도 시주 약속이 이루어지고, 시주 대상도 심 봉사 이외에 부친의 안맹이 위험을 동반한다는 심청의 인식하에 이루어진다는 점에서 그렇다. 시주 약속을 이행하는 과정을 구술한 화자들 중에는 심 봉사가 심청의 효심을 자극하여 공양미 삼백 석에 팔려가게 했다거나 아니면 심 봉사가 딸을 팔아먹었다고 하여, 심 봉사를 부모의 위치도 망각한 채 자기 욕심만을 챙기는 이기적인 인물로 묘사하기도 한다. 이에 비해 매신賣身을 당하는 심청은 심 봉사에 대해 추호의 원망이나 망설임이 없다. 이것은 부모를 위한 효행이 맹목적으로 이루어지는 효행설화와 일맥상통한다.

소설과 차이를 보이며 전개되던 설화가 심청이 인당수에 투신하는 대목과 그로 인해 얻어진 결과는 소설과 동일하게 그려지고 있다. 그런데 소설에서는 심청의 효행이 전생의 죄를 대속하기 위한 것이라면, 설화에서는 순수하게 효행을 실천하기 위한 목적으로 인당수에 제물로 바쳐진다. 심청이 제물이 되는 동기에서 설화와 소설은 차이를 드러낸다. 그래서 '심청설화'에는 소설과 달리 인당수에서 일어난 재난이 누구에 의해 무엇 때문에 일어나는 것인지가 분명하지 않다. 화자들은 장산곶의 지형적 특성을 이야기하면서 인신공희가 주기적으로 일어났다고 이야기한다. 인당수에서 인신공희가 주기적으로 일어났다면, 〈지네장터〉와 〈김녕 뱀굴〉에서와 마찬가지로 제물 수령자는 민중들에게 해를 끼치는 제치除治의 대상이다. 그럼에도 불구하고 적대적인 대상이 등장하지 않고 이를 물리치는 구원자도 등장하지 않는다. 인신공희의 목적이 민중의 이익을 대변하는 것이 아니라 선인과 심청의 개인적인 목적을 달성하기 위한 것이기 때문이다.

『심청전』에서 심청은 인당수에 투신하여 용궁에 들어감으로써 이전까지의 고난과 불행으로 가득 찬 현실을 버리고 행복한 미래를 약속 받고 고귀한 신분을 획득하게 된다. 이에 비해서 '심청설화'에서 용궁이 등장하는 설화는 모두 12편이다. 이 12편 중에는 단지 용궁이나 용왕만 언급한 경우도 포함되어 있다. 이 중에서 용궁이 심청의 효를 상징하는 공간으로, 그리고 연꽃이 고귀한 신분을 예지할 수 있는 표지물로 이용된 설화는 모두 6편이다. 나머지 6편은 심청이 연꽃을 통해 인간 환생하지만 왕과 결혼하는 단락이 탈락되어 있다.

연꽃이 등장하지만 용궁에 대한 언급이 없는 설화는 모두 34편이다. '심청설화'에서는 연꽃이 용궁의 역할을 대신하고 있다. 이 중에서 8편만이 왕과 결혼하였다. 따라서 연꽃이 등장하는 46편의 설화 중에서 연꽃이 심청과 왕이 결혼하는 표지물로 사용된 경우는 모두 14편이며, 32편은 심청이 인간으로 재생하는 매개물로 사용된 경우이다. '심청설화'에서 연꽃은 신분의 표지標識가 아닌 재생의 상징임을 알 수 있다. 그리고 화자들 중에는 심청이 인당수에 빠졌지만 죽지 않고 살아났다고 구술한 설화가 3편이 있다. 비록 편수는 적지만, 이러한 구술상에 따른 변화는 시대가 변함에 따라 설화의 전개 양상도 달라질 수 있음을 보여주는 것으로 자연스러운 변이 현상이라고 하겠다.

연꽃에 있는 심청이 왕에 의해 발견되는 11편의 설화를 중심으로, 심청과 왕의 결혼 그리고 심 봉사의 개안을 살펴보았다. 그리고 왕이 심청을 발견하는 부분은 다시 간략하게 된 것과 흥미롭게 구술된 경우로 나누었다. 심청이 왕에 의해 발견되는 부분을 흥미롭게 구술한 설화는 모두 8편이었다. 이 중에서 3편은 『심청전』과 유사하게 이야기가 전개된다. 나머지 5편 중에서 2편은 『콩쥐팥쥐』에서, 3편은 〈우렁 미인(각시)〉에서 모티프를 차용하였다. 이들 5편은 심청이 왕에 의해 발견되는 부분이 소설과 유사하게 구술된 것보다 흥미롭게 재구되어 있었다.

맹인 잔치가 열리는 부분은 크게 1) 『심청전』과 유사한 경우, 2) 왕이 적극적으로 심 봉사를 찾는 경우, 3) 심청이 아버지를 찾고자 해서 열린 경우로 나누어 살펴보았다. 2)의 1편을 제외하고 맹인 잔치를 소청하는 부분에서 심청은 적극적으로 아버지를 찾고자 하는 노력을 기울이고 있었다. 이것은 화자들의 의도가 심청의 효행을 강조하는 부분과도 연관이 있다. 맹인 잔치에 참석한 심 봉사는 1편을 제외하고는 심청을 만나 개안하였다. 화자들은 이 단락에서 이야기를 끝마치고 부연설명단락으로 넘어간다. '심청설화'에는 소설과 달리 후일담이 없는 것이 특징이다.

부연설명 단락에서 화자들은 연화리와 연봉을 심청과 관련되어 생긴 지명으로 설명하고 있다. 화자들은 연화리의 연꽃이나 연밥 등을 증거로 내세우며 심청의 연꽃과 연계시키고 있다. 그런데 문헌 기록을 살펴보았을 때, 화자들이 제시한 증거들은 역사적 사실을 기반으로 허구화 한 것임을 알 수 있었다.

제 4장에서는 '심청설화'에 나타난 특징을 3가지로 나누어 살펴보았다. 첫째는 '심청설화'에 나타난 설화전승집단의 전승 의식을 살펴

보았다. '심청설화'는 설화전승집단이 효의 관점에서 소설을 설화화한 것임을 알 수 있었다. 그런데 전설적인 색채를 띤 '심청설화'의 경우는 교훈적인 관념 이외에 전설적인 특성이 가미되어 있었다. 설화전승집단은 첫째 '심청설화'에 진실성을 부여하고, 둘째 허구적 사실을 역사적 사실과 혼동하며, 셋째 증거물을 제시하여 설화의 진실성을 뒷받침하고 있었다.

둘째는 '심청설화'의 등장인물 중에서 뺑덕어미는 설화전승집단의 기억 속에서 사라지게 될 것으로 보았다. '심청설화'에서 뺑덕어미는 소설과 마찬가지로 악한 인물로 구술되고 있었다. 이러한 뺑덕어미는 전승 과정에서 망각될 소지가 있다. 그것은 첫째 '심청설화'가 심 봉사의 개안과 함께 끝나고 후일담이 없다는 점, 둘째 지역 정서상 악인형 인물인 뺑덕어미가 백령도와 연계되어 전승될 수 없다는 점에서 그렇다.

셋째는 설화전승집단이 '심청설화'를 습득한 경로에 따라 구술한 설화의 내용과 전개 과정에 차이가 있음을 알 수 있었다. 설화전승집단이 소설을 읽은 화자보다는 정차의 입장에서 '심청설화'를 듣고 이를 다시 구술한 화자의 경우가 전체적인 구성면에 있어서는 소설과 유사하였다. 설화전승집단이 설화를 습득하는 과정도 설화에 변화를 일으키는 요인임을 알 수 있었다.

지금까지 백령도를 중심으로 전승되고 있는 '심청설화'를 위주로 하여 '소설의 설화화' 과정을 살펴보았다. 설화전승집단이 구연 현장에서 고전소설을 민담이나 전설처럼 구술하는 것은 설화의 범주에 포함된다. 앞으로 '소설의 설화화' 과정을 거친 설화들에 대한 폭넓은 연구가 진행되어야 할 것으로 생각한다. 이 글은 '심청설화'에 국한된 관계로 '소설의 설화화' 과정에 대한 전반적인 규명에까지는 이르지 못하였다. 이는 차후의 과제로 남긴다.

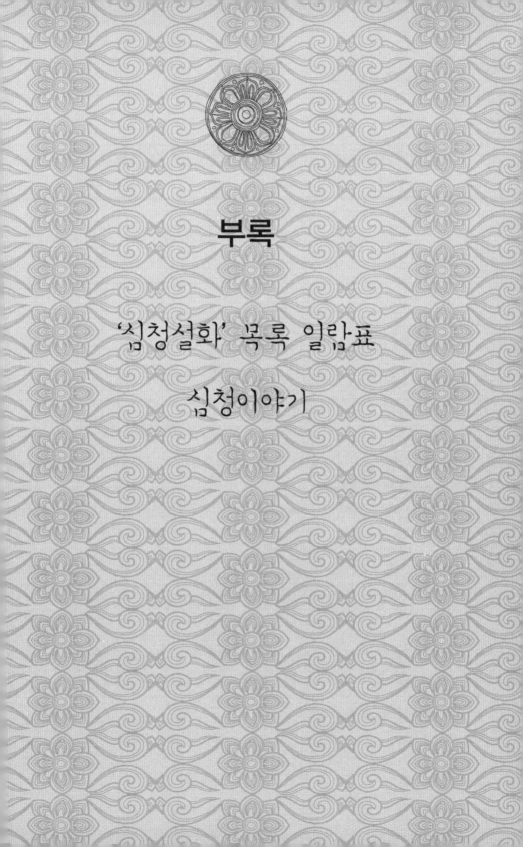

부록

'심청설화' 목록 일람표

심청이야기

'심청설화' 목록 일람표*

일련 번호	각 편의 고유번호	설 화 명	자료집	채록 장소	비고
1	이-1	이두칠의 심청이야기		백령도	필자채록
2	이-2	김정원의 심청이야기		"	"
3	이-3	이동필의 심청이야기		"	"
4	이-4	장옥신의 심청이야기		"	"
5	이-5	장태명의 심청이야기		"	"
6	이-6	김종섭의 심청이야기		"	"
7	이-7	김복순의 심청이야기		"	"
8	이-8	김보아의 심청이야기		"	"
9	이-9	김보득의 심청이야기		"	"
10	이-10	장성녀의 심청이야기		"	"
11	이-11	박성두의 심청이야기		"	"
12	이-12	장형수의 심청이야기		"	"
13	이-13	김현규의 심청이야기		"	"
14	명-3	심청전①	『명칭과학』 5	"	
15	명-4	심청이 이야기②	"	"	
16	명-14	연화1리 마을 명칭유래	"	"	
17	명-22	연봉(蓮峰)의 유래 이야기	"	"	
18	최-1	이성일 우체국장 이야기	『「심청전」 배경지 고증』	"	
19	최-2	이응규 백령면장 이야기	"	"	
20	최-3	박용운 지역개발위원장 이야기	"	"	
21	최-5	김봉식씨 이야기	"	"	
22	최-6	김진화씨 이야기	"	"	
23	최-7	유봉렬씨 이야기	"	"	
24	최-9	박형래씨 이야기	"	"	
25	최-10	김광호씨 이야기	"	"	
26	최-12	김정연 교감 이야기	"	"	
27	최-13	김칠보씨 이야기	"	"	
28	최-14	이탄종씨 이야기	"	"	
29	최-15	이준택씨 이야기	"	"	
30	최-16	김상훈 소령 이야기	"	"	
31	최-17	김동일 소령 이야기	"	"	

* 각 편의 자료들은 '이', '명', '최', '설'로 표기를 하였다. '이'는 필자, '명'은 『명칭과학』, '최'는 『「심청전」 배경지 고증』, '설'은 『설화 화자 연구』를 표시한 것이다. 그리고 이들 뒤에 붙은 숫자는 필자가 채록한 설화는 임의로 부여한 것이며 활자화된 설화는 이들 설화가 수록되어 있는 자료집을 근거로 한 것이다. 이 책에서 자료를 인용할 경우에는 일련번호에 의거한다.

일련 번호	각 편의 고유번호	설 화 명	자 료 집	채록 장소	비고
32	최-18	김봉필씨 이야기	〃	〃	
33	최-21	손신애씨 이야기	〃	〃	
34	최-22	오표환씨 이야기	〃	〃	
35	최-23	김주형씨 이야기	〃	〃	
36	최-24	이선녀씨 이야기	〃	〃	
37	최-26	조재율씨 이야기	〃	〃	
38	최-27	박형민 총무계장 이야기	〃	〃	
39	최-30	박진석씨 이야기	〃	〃	
40	최-31	박자정씨 이야기	〃	〃	
41	최-32	장선비씨 이야기	〃	〃	
42	최-33	전응류 목사 이야기	〃	〃	
43	최-34	박춘수씨 이야기	〃	〃	
44	최-35	오승찬씨 이야기	〃	〃	
45	최-36	유원봉씨 이야기	〃	〃	
46	최-37	박영하씨 이야기	〃	〃	
47	최-38	백원배 교감 이야기	〃	〃	
48	최-39	김봉식씨 이야기	〃	〃	
49	최-40	박임식씨 이야기	〃	〃	
50	최-41	장세주씨 이야기	〃	〃	
51	최-42	김응관 경장 이야기	〃	〃	
52	최-43	김정국 경장 이야기	〃	〃	
53	최-44	최치오 농협 조합장 이야기	〃	〃	
54	최-45	김종택 백령회 회장 이야기	〃	〃	
55	최-47	이관성 서무과장 이야기	〃	〃	
56	최-48	윤석진씨 이야기	〃	〃	
57	최-50	이동필씨 이야기	〃	〃	
58	최-51	이종성씨 이야기	〃	〃	
59	최-54	조숙자씨 이야기	〃	〃	
60	최-60	문순곤씨 이야기	〃	대청도	
61	최-61	장덕찬 총무계장 이야기	〃		
62	최-62	최명수 통일사 주지 이야기	〃	영흥도	
63	설-97	심청전	『설화 화자 연구』	구리시	

심청이야기

1. 이두칠의 심청이야기

(조사자가 심청각을 물어서 올라가는 길에 화자를 만났다. 조사자가 심청각에 대해 묻자)

공양미 삼백 석에 딸이 팔려간 거야. 그러니께. 거기서 결국은 말하자면 효 효녀상을 탄 거지. 그러고 중국 갔다 오면서 말하자면 연꽃으로 거기서 나타나 가지고서는 무언가. 이 부모에게 효도한 여자야, 사실은. 지금 이 저 심 봉사는 그 다음 눈을 떴다고 했잖아.

(부인: 지금 그 문을 안 열어났을걸.)

(화자: 문 아직 안 열어났지)

근데 앞으로 그 유래를 잘 아는 분이 와서는 설명해서는 듣구 할 겁니다.

(조사자가 조금 더 자세하게 이야기를 해달라고 하자, 화자가 다시 이야기를 들려주었다.)

심청이가 공양미 삼백 석에 팔려가지구. 중국 들어가는 이 선원들에게설랑 이 이서 그게 제물로 말하자면 갖다 였다가 뱃선원들이 돌아올 적에 꽃이 되어서 심청이가 나타난 것을 건져가지구 와서 아버지 구출하고. 심 봉사 내가 심청이가 살아왔으니까 아버지가 거짓말이라구 할 거 아니예요. (조사자: 예)

그러니까 아버님. 나ㅡ 살아왔시다. 나 심청이가 왔다니까. 아니 누가 심청이가 죽었는데. 심청이가 어디서 왔냐구 하구서 눈을 번쩍 떴다는 유래가 있어요. 그래요.

앞으로 다 설명 잘 하는 분이 나와요. 이제. 심청이 그래서 살아온 거야, 사실은. 그래서 효녀상타구. 다 뭐 심청이가 그렇게 살아서 와가지구 맹인잔치를 열어줬다구. 맹인잔치를 열어가지구 맹인 돌아간다매 아버지 했습니다만 심청이 내가 살아왔습니다. 네가 심청이냐며 눈을 번쩍 떴따는데. 아니 눈을 뜨면서(부인: 치마를 이렇게 가지고 있더만.) 네 심청이냐 하고서 눈을 보면서 그때 눈을 떴다고 했어. 심청이 아버지가.(부인의 재촉으로 이야기가 중단됨) 유래를 할려면 심청전을 다시 봐야돼. 심청전이 있다고 심청전, 심청전 보면 다 나와 있지.

성 명: 이두칠(68세)

사는곳: 진촌 2리

채록일시: 1999. 8. 25.

2. 김정원의 심청이야기

(심청각에 도착했을 때, 심청각 공사를 하는 화자를 만났다. 화자에게 심청 이야기를 해달라고 하자 자신 없다고 하면서 들려준 이야기이다.)

효심이 지극해 가지구 뭐 자기 아버지를 눈을 뜨게 한다구 절에 가서 들은 이야기 아니예요. 절에 가서 스님한테 들으니까 중국으로 무역하는 선원들이 저 용신제를 지낸다고 그래서 삼백 석에 팔려가는 건데. 그 자세한 이야기야 너무 오래전에 들은 이야기니까 뭐 기억하겠어요.

(조사자: 기억나시는 데까지만….)

다 들은 이야기지요. 뭐 그 얘기가 그 얘기 줘 뭐. 다르게 있어요. 고증을 수집하실려면요 저보다도 여기 백령도 원주민들 나이 드신 분들-. 저희들이야 상식적인 이야기줘. 국민학교 책에 나오는거나 똑같죠.

(조사자와 몇 마디 이야기를 나누다가 다시 이야기를 시작했다.)

여기서 보이는 몽금포 앞 보이는 저 촛대바위가 지금 여기서 사는 사람들 말로는 심청이가 저기서 뛰어내렸다는 저 따이빙때라구 그러죠. 저 잘 보이잖아요. 저 따로 떨어져 있는 섬. 거기서 뛰여 내려가지구 이제 썰물이면 물이 이렇게 빠지거든요. 남쪽으로(조사자: 양쪽으로 흐른다고 하던데요.)

갈라지잖아요, 이렇게. 갈라져가지구 저 만나는 곳이 저 대청도 앞에 연봉바위에요. 거기서 연화리 사람들이 건져가지구-. 연꽃을 연꽃봉우리를 주서 왔다죠. 그래 가지구 거기서 피어난게 지금 지금도 연꽃이 백령도에서 유일하게 연화리 연못 연꽃이 피잖습니까. 지금 그 단지를 만들려고 근데 아마 연꽃단지를 만들 모양이예요. 지금은 그 농로 정리하느라고 많이 메워졌어요. 그래 가지고 다시 정리하고 있어요. 그거죠 뭐 자세한 것은 저도 여기 노인네에게…(말끝을 흐린 화자는) 전설이라도 전혀 근거 없는 것은 아닌 것 같다. 엉터리없는 얘기는 아닌 것 같다. 연봉바위라고 하는 데를 가보면 정말 연꽃처럼 보인다고 하였다.

성 명: 김정원(58세)

사는 곳: 관창동-인천에서 대학까지 나왔음.

채록일시: 1999. 8. 25.

3. 이동필의 심청이야기

필자가 심청이야기를 청하자 화자는 굉장히 길다고 하면서 간략하게 구술하겠다고 하고서는 시작하였다.

남방장사에게 공양미 삼백 석에 팔려 가지고 인당수에 나갈 적에 얘기한 것. 그렇게 한 다음에 그 장사꾼이 불쌍하니까 쌀을 더 줘 가지고 삼백 석을 주는 것 갖다가 불공하구 그 심 봉사가 쌀을 더 주니까니 먹을 것을 더 주니까니 뺑덕어미라고 첩을. 할머니를 얻어 가지구 그 할머니가 그것을 다 흘어 먹고 됐어. 심청이가 인당수에 빠져서 용궁에 들어가서 즈그 어마니 만나보구 즈 어마니 젖도 빨아보구 그렇허구 용궁에서 내보내서 고 장삿꾼들이 장삿꾼이 정말 장사 갸 가지구 정말 잘 해가지구 돌아올 적에 돌아올 적에 용궁에서 크은 맹꼬리 같은 거기다가서 심청이를 띠줘 가지구서 고 남방장사 해가지고 장산곶에 돌아올 적에 돌아올 적에 거기다가 큰 연꽃에다가서 심청이를 엿코서 그 연꽃을 바다에다 띄워서 대강대강 섞어 알아 둬 잉.(화자: 녹음을 한다구.)(조사자: 네.) 그것부터 얘기하면 안되구. 그 것을 띄우는 데 이 장사꾼들이 신당이 인당수에 심청이를 넣구서 돌아가서 장사를 잘 해가지고 돌아오는 데, 바다에 장산곶을 요래 돌아오니까니 아주 꽃이 큰게 아이 떴단 말이야. "야야 저게 무슨 꽃이냐" 가서 그걸 건져 주섰어요. 아 꽃이 너무나 아 멋이고 크구 하니까니 갔다가. 이를테면, 지금으로 말하면 대통령한테 나라 임금한테 바쳤다. 근데 그게 뭐 전설은 전설인데. 임금님이 큰 옥상에다 갔다 놓구서. 아-, 아무튼 있는데. 아아 그 책에는 그렇게 했다. 아니 어디 좀 식장을 나갔다 돌아오믄, 아- 밥상도 차려 있고, 야야 이상하다. 하루는 지켜서 있으니까니, 아, 그 꽃이 흔들리더니 거기서 아, 처녀가 나와가지고는 상을 차려 놓고 그렇하니께 나와 가지고 꼭 붙잡아 가지구, "사람이냐, 원숭이냐", "사람이냐 짐승이냐" 아 그 다음 심청이가 지 아버지 눈 띠울라고 인당수에 제물로 들어갔던 그 이야기를 주욱 했어. 그렇게 가지구 우리 아버지가 살았을텐데, 우리 아버지를 좀 찾아 뵈야겠다구. 그렇게 해서 삼년 맹인잔치를 했지, 나라에서. 헌데 뭐 뭐 그게 다 그렇게 아슬아슬하게 맨들었다구. 그 삼년을 하는데 뭐뭐 그렇게 많이 맹인들이 와도 어드메 좌우간 막판 가는 날 그날 심 봉사가 그걸 아 올라갈 적에 물에도 빠지고 고생 많이 하고서 찾아갔어. 찾아가서 막판 들어었는데, 멀리서 보니께 얘기를 들어보니께. 아, 심청이 얘기를 하거던. 허니께, 아. 이분이러구나. 아 목간통 가져가서 옷을 다 벗겨서 목간을 시키라니께. 저 죄인이라고 죽일라구 하는 그러는 줄 알고 영감은 죄 없다고 그냥 비는 것을 목간을 시켜서 다 깨끗이 해가지구서는 심청을 마주했어. 심청이 물어보니께 지 아버지거든. 근데 "아니 심청이라면 알건냐"고 하니께, 아 우리 딸, 죽은 죄 없다고. 그런 것 없다고. 없어 없어 아 자꾸 없다구 하니께 심청이가 아니 아버님 제가 심청이예요. 인당수에 빠졌다가 용궁에 들어갔다가 지금 살아나와서 아버지를 지금 찾는거웨다. 아 그러니까 아, 아무래도 핏줄이 같으니까 마음이 피던지 "네가 심청이냐" 하니까 심청이라고 하니까 아 그래 손을 잡으면서 우리 심청이면 어디보자꾸나 하구 어디보자꾸나 하면서 그날 눈을 떴다는 거지. 근데 씻구나가면서 씻구나가면서 임당수에 가서 고 빠질 자리에 그 전에 는 그게 배를 못되게 되었어. 물이 넘어 세서. 때문에, 제사 꼭 지내고 야 그때는 인고사. 사람을 사다가 제사를 엿고야 그 너머가면 그거만 돌아가면 장사가 크게 하니까니 그렇게 비싸게 주고도 사람을 사다 가서 엿다는데. 그래 심 봉사가 낳던 모양이야.

성 명: 이동필(79세) - 이두칠 할아버지의 말씀을 듣고 댁으로 찾아가서 만났음.

사는 곳: 진촌1리

채록일시: 1999. 8. 25.

4. 장옥신의 심청이야기

(앞부분은 녹음하지 못했음)

지아바이 눈 띨라고 뭐 삼일만에 돌아간 다음에 허허(웃음) 동냥해서 뭐여가지구(조사자: 네) 지아버지 눈 띨라구 팔았대요(조사자: 예) (옆에 계신 할머니가 무슨 소리를 하자) 그런 건 잘 모르겠는데. 공양미 쌀 삼백 석에 팔아 가지구 팔아서라니 구걸해가지구 젖먹여 길러놓으니까 지아버지 눈 띄우겠다구. 공양미쌀 삼백 석에 팔아서 팔아가지구서는 (장태명 할머니: 연당. 꽃을 꺽어오니까, 연꽃을 꺽어오니까.) 아니 그러니까니 배를 실어. 빠뜨릴려니 아니 저기 있잖아요, 빠지는 거요.(조사자: 인당수요?) 고거, 빠질라고 그렇게 하니까, 처음에 빠지니까 그거 빠지는데 거시기한 사람이니까 안 죽고 꽃이 되야서 나와서 임금ㅡ, 바치니까. 임금님한테 바쳐서 그거, 지아버지 눈 띄웠다고 하잖아요. 전설에는 그렇게 나왔어요.

　　한 가정 그 애 식구 세 사람
　　기집에는 심청이요, 눈ㅡ 먼 병시 심핵교

일곱절인데 그거 다 알았는데, 다 모르겠어요.

　　부처님께 불공하면 어둔 눈을 뜬다네
　　심 봉사가 가난 딸을 안구서
　　동네 집에 댕기면서 동네 젖을 먹여서

부처님께 불공해서 지아버지 눈을 띄웠대요.

(조사자: 심청각 가보셨어요.)

심청각. 심청이 눈을 띄웠데요 아버지. 심청이가 그 심 봉사, 심 봉사가 아버지죠. 그러니께 그래 가지구, 띄워가지구 그 얼마 그런 것은 잘 몰라요. 나 몰라요, 그것밖에.

말을 끝마친 할머니는 자기들 같았으면 하나님이 살려내지 않았을 것으로 이야기하면서 효녀였기 때문에 하나님이 살리신 것이라고 말씀하셨다. 할머니에게 심청이 노래를 언제들었느냐고 하자 쪼그맜을 때라고 하면서 다 알고 있었는데 지금은 잘 모른다고 하였다.

성 명: 장옥신(73세)
사는 곳: 백령도 연화 1리
채록일시: 1999. 8. 26.

5. 장태명의 심청이야기

공양미쌀 삼백 석에 심청이를 팔아서 그 거지 뭐. 그렇게 해가지구.(장옥신 할머니: 맹인잔치 해가지구 지아버지를 눈 띄웠잖아요.) 연당에 갖다가 엿코서는 연꽃이 피어서나리 또 어드런 그 어떤 사람이 아마 어부가 가서 그걸 갖다 임금님에게 바치다까니 거기서 꽃이 심청이가 되야가지구 도로 살아 나가지구서는 지아버지 그렇게 했다잖아요.(장옥신 할머니: 꽃 안에서 사람이 나와가지구 그렇게 됐잖아서요.) 그렇게 해가지구 맹인잔치를 해달라고 해서 찾았잖아요.

성 명: 장태명(65세)

사는 곳: 백령도 연화 1리(이 이야기를 1.4후퇴때 황해도 장산곶 넘어 살던 곳에서 어렸을 때 들었다고 함.)

채록일시: 1999. 8. 26.

6. 김종설의 심청이야기

심청에 대해서는 심 봉사, 심청의 아바이가 심학규. 심학규씨가 눈이 멀어가지구 심청이를 낳아가지구. 지 어마이가 죽으니까, 그건 책에서 본 그대로.(조사자: 예.) 몸이 실려가지구 중국 장사꾼에가 공양미 삼백 석에 그 허락을 했는데. 공양미 삼백 석을 시주를 바치면 눈을 뜬다고 그러니까니. 그럼 우리 딸이 하나 있는데, 그렇게 하갔습니다 허구. 그러면 너의 딸을 이 희생물로 바치면 제물로 바치면 우리가 공양미 삼백 석을 주갔노라고. 눈만 뜰 욕심으로 그렇게 했는데. 이 지금 한반도가 이렇게 되었다구.(조사자: 예.) 이곳이 장산곶이야. 이 배가 여기서 이것을 돌아야 되는데. 이 바람만 쌩하니 불믄 후끈 넘어오거든, 빨라요. 기계배보다 더 빠른데. 배가. 장산도곶말래 노래가 있다고.

　　　　장산도곶말래 북소리 나더니

이게 곶인데 뿌리가.(조사자: 예.)

　　　　바람씨 좋다고 곶돌지 마세요.

이 옛날부터 그 노래가 전해져 있어요.

　　　　장산도곶 말래- 북소리 나더니

뭐 그래가지구는,

바람씨 좋다구 곳 돌지마세요.

이런 노래도 멋있어요. 영감들이 옛날에 구슬프게 하면서. 이렇게 물쌀이 세요. 파도가. 조금만 바람만 불었다하믄 도무지 빙글빙글 돌아. 돌아가지구서 잉 이런 배 같은 것 쑤욱 기어들어가요.

바람만 조금만 불었다하믄 배가 후딱 뒤집혀지고 말아, 거기서. 그러니까니 그걸 돌아야 되는데 그걸 돌고 무사히 갈려면; 용왕 용왕 한테 제물로 처녀를 바쳐야 되거든. 이 사람들이 장삿꾼들이라 항시 배를 무대로 하고 사는 사람이기 때문에 꼭 제물로 처녀가 필요하거든. 그래서 희생물이 심청이야.

해서 심청 그 심학규가 집에 와서 심청이 보구서

"나는 그 중국사람들 한테 그런 언약을 했는데. 이 노릇을 어떻게 하갔느냐" 하니까.

"아버님, 잘 하셨습니다. 아버지 눈만 뜨신다면 제가 투신 하겠습니다." 했단 말이야. "야, 이럴 수가 있느냐. 하나 밖에 없는 외동딸을 내가 에– 너를 어떻게 길렀는데 말야" 하니까니, "아니올시다. 아버질 위해서 내가 투신하겠습니다." 그랬어. 공양미 삼백 석을 받구서 자기가 몸이 팔려간 거야. 갔다. 그래 그 사람들이 가지구 가서는 그 뿌리, 장산도곶에 물이 빙글빙글도는 곳에 "네가 여기 빠져라." 그래, 치마를 뒤집어쓰고 빠졌어.

그랬는데, 용왕이 떠억 봤을 적에 "네가 어떻게 여길 들어왔느냐."

하니까 사실 그 얘기를 했단 말이야. "참 착한 효녀다." 그때 심청의 어머니가 용왕의 뭘로 있었느냐 하면, 그저 왕이라고 하나. 왕, 왕비라구. 뭐 하나의 전설이니까. 왕비로 있었거든, 뭐 우리 심청이가 그 심청이가 지아버지를 위해 투신했다고 하니까. 그 용왕께서 연꽃을 하나 주면서 "너 이 안에 들어가라." 연꽃을 띄웠다고. 장산곶에 띄우면 물이 막 떨어먹어. 여 두무진에 와서는 연꽃을 띄운 것이, 그곳에서 여기서는 내바다 내바다, 백련도 두무진 앞에서는 물이 왕창 기어들어오거든. 썰물이 들어오는 물줄기에 끌려와서는 이 연화리에 들어왔단 말이야.

연화리 바닷가에 꽃이 밀쳐 왔으니까. 그때 인구가 살았겠지. 이 연화리에 그렇게 아름다운 연꽃이 하나 들어왔다구. 그 왕한테 이제 보고를 했지. 계통 계통으로. 해가지구 하니까니, 중히 모셔 가지고 가져오너라. 갖다 왕실 앞에 놓구서 그때 박정희만치럼 아마 왕이 왕비가 아마 세상을 뜨구서 왕이 혼자였던 모양이야. 육여사 죽구서 박정희 혼자 산 것처럼.(조사자: 예.)

근데 아- 꽃을 앞에다 놓구서 꽃- 아름답다 하구서 쓰욱 헤쳐보니까, 아 거기서 아 어여쁜 처녀가 거 있거든. "너 사람이냐 뭐냐." 하니까니 그 얘기를 쭈욱했단 말이야. 아. 그러냐. 그땐 아버지 대한민국의 조선인의 맹인들은 다 모아놓구서 잔치를 하자 해서 다 모아놓았어. 모아놓구서 여기 "심학규씨가 누구냐." 하니까, 이 영감이 뒤에서 손을 이렇게 들구서 "접니다." 고개를 왕앞에서 고개를 들 수가 있어. 고개를 못들구서 먼 말치에 이렇게 서 있는데 "가차이 오너라" 하니까 가차이 갖다 놓구서 그 앞에는 인자 심청이를 앉아놓구선,

"고개를 들어라." "심청이가 다시 살아왔으니 한 번 보아라." 하니께, 심청이는 응, 자기가 팔아먹었거든. "아버님" 하니까니 "니가 내 딸이냐, 심청이냐" 하고서 꽉 끼어 앉으면서 이렇게 눈이 번쩍 띄었단 말이야. 그렇게 된 역산데, 그럼 꼭 그것이 그 연꽃이냐.(조사자: 예) (화자가 여기까지 이야기를 마친 다음에 화자는 장시간에 걸쳐서 이것저것 이야기를 했다. 이야기를 하는 동안에 연화리에 핀 연꽃이 심청과 관련되어 있다는 것을 은연중에 강조하였다.)

여기는 옛날부터 심은 사람도 없고, 원래 또 아는 사람도 없어요. 그랬는데 이 본래 연화리에 애 시초부터 사람이 이야기를 전해온 것이라고 했다. 그리고 자신이 여러 책을 찾아보았지만 『심청전』에 나오는 연꽃이 떠내려온 것이 연화리가 맞는다고 강조하였다. 그리고 연화리라는 지명이 그냥 생긴 것이 아니라, 이 연꽃과 관련이 있기 때문에 생긴 것이라고 하였다.

성 명: 김종설(70세)

사는 곳: 백령도 연화 1리

채록일시: 1999. 8. 26.

7. 김복순의 심청이야기

(녹음한 것이 잘못되어 다시 한번 이야기해 주실 것을 청했음)

에 그러니까니 북한사람이 이를 돌아오고 또 여기 백령도 사람들이 또 북한에 갈려고 할려무는 배는 지금이나 그전이나 사궁이 있어요. 사궁이. 사궁이 있는데(주변이 시끄러워서 화자에게 청하여 부엌문을 닫고 이야기를 계속하게 함.) 사궁이 있는데, 그 사궁이 그 험한 물고개를 타고 넘어갈려면 힘들잖아요. 그러니께 그거에는 원래 원래 처음부터 아무런 치니라도 잘난 치니거나 못난 치니거나 하나씩 갖다 여어야만 그 장산곶이라는 곳을 지나가기 때문에. 인제, 인제 치니를 하나 마련하려니까.

인제 다 뭐 넉넉하게 사는 사람은 나부터램도 자기 자식을 그런 속에 넣으라고 줄 사람 없죠.(조사자: 예) 그렇죠. 그러니까니 이런 분을 하나 좀 하나 택할란다고 하니까니 심청이란 분이 먹을 것도, 입을 것도 없구. 그러니까니 이-. 조금 들은 말에는 심청이가 에 옛날에 지아버지 손을 잡고 얻어 먹었죠. 얻어 먹어 먹었어요. 얻어 먹다가 이제 뱃사공이- 쌀 백석을 줄 테니, 이런 분이 여기 들어가서 생명을 생명을 잊을 사람은 좀 택한다 하니까니. 심청이 나섰죠. 지아버지 먹고 입고 살라구. 그러니까니 심청이가 그러니까, 쌀 백석을 지아버지 갖다 쌓아올리구. 심청이는 거기가서 이제 죽었죠.

어어, 죽었는데, 그것을 에 임금님이 거기 간다는 것도 얘가 아니고. 이제 거기 돌아가노라면 그 뱃사람도 있고, 뱃사공이 있을 거 아니예요. 또 아무런 배가 지나가도. 거러니까 그곳에 연꽃을 하나 이렇게 물위에 놨도스까니 건져가지고. 이제 그 뱃사공이라든지 아무런 사람이든지 갖다 그걸을 이 유명하니까니 그것을 갖다 이제 놓고 보았겠지요. 했는데, 그것이 이 연꽃이 이 기적으로 변홰 되아가지고 사람이 되었잖아요.

그러니까니 이제 아무개네집에서는 거기다가 꽃을 건져다가 놓았는데, 그것이 이 변화가 되야가지구 사람이 되았다 하군. 이제 자꾸 퍼져서 임금님의 귀에도 들어갔을 거 아니예요.(조사자: 예.) 그러니까니 임금님이

"그 치니를 데려오너라" 하고.

데려왔죠, 하니 이쁘죠. 하니까 잔치를 해야 되잖아요.(조사자: 예) 자기 색시를 하려면, 잔치를 해야 되는데, 잔치를. 잔치를 해야되는데 이 상을 다해 놓고

"이제 모든 분들을 다 불러오너라." 하니까니,

심청이가 이 세상에 거렁뱅이라는 사람은 다 모아 오겠금 해라. 해야 지아버지가 오잖아요. 그래서 어 잔치상을 차려 놓고, 임금님이 이 세상에 나가서 거렁뱅이라는 분들은 다 모아오너라 하니까. 하인들이 많잖아겠어요. 임금님의. (조사자: 예)

하인들이 나가 갔고, 이제 거렁뱅이라는 사람들은 다 모아났지요. 모아놓으니까니, 심청이가, 아-, 아버지르 알죠. 아버지, 아버지는 딸을 모를지라도.(조사자: 그렇죠.)

아버지는 분명히 이 딸은 그 장산곶이라는 데 갖다 여어서 죽은 줄을 분명히 아는데. 에 죽었거니 했는데. 심청이가 아버지 앞에 가서,

"아버지" 하니께

"나 심청이웨다." 하니께, 심청이는 내 딸은 거기가서 죽었다 하니께. 그래도 딸은,

"아버지, 내가 심청이웨다." 허니께,

"내가 심청이냐" 하고 감았던 눈을 "심청이냐" 하며 떴잖아요. 그래 쓰니까니, 임금님이 각시 아바이가 되고 임금님이 딸이 시약시가 됐으니까니, 그-저-, 눈 감은 친청아버이를 혼자 살라 하갔시까? 임금님이 잘 모셨갔지요.(조사자: 예.)

(조사자: 연화리하고는 상관 없는지요?)

연꽃이란 상관 없죠. 예-, 옛날에 연지동가면는 반 중간쯤 연꽃이라는 나무가 굵직한 것이 있었는데요. 큰 것 있는데. 그 연꽃이 깨끗한 거기 때문에 그 위에 똥물도 내려가고, 발간 구정물도 내려가고, 개 기르는 거, 돼지 기르는 것, 소 기르는 거, 전부 지저분한 물은 내려가니까. 깨끗한 거이 좀 아무리 이 나무라도 괴롭잖아요. 그러니까니 그 연나무가 그냥 뿌리채 뽑혀 그냥 그냥 이제 연못 장술로 뚝을 터서 내달아 나갔데요. 울면서 나갔데요. 왕소리를 내면서. 울면서 나가면서 연씨는 이렇게 끌어나가는 순간에 연못 논들 많죠. 거기에 떨어뜨리면서 연등을 터뜨리면서 나가서 그 나무는 그렇게 해서 나가고. 그 씨는 아직도 깊이파면 그 깊이 파면, 그 씨족은 있는데요. 그래가지구 그래서 가지구 그렇게 안에 있는 논 틀은 연못연, 연못논, 연못논 그렇게 하지요.

옛날부터 거기는, 연화리, 연못연 연나무가 있었기 때문에 연화리. 또 그 논들 또 연못 연못 그런다고요. 그 씨가 있던 곳은 거시기는 그런다고요. 그것이 기적이죠. 그 씨가 5, 6년전에 그 씨가 화려하게 피

더라구요. 저희들도 한 번 구경갔었는데. 연꽃 한 송이가 이맛치 하데요.

성 명: 김복순(64세)
사는 곳: 가을 2리
채록일시: 1999. 8. 26.

8. 김보아의 심청이야기

옛날 노친네들이, 장산곶말래는 노을이 심해서 배가 못지나간다.
배가 못지나가면(김보득할머니: 잔잔하던 것도 배가 지나가며는 물쌀이 쩨
다.) 잔잔한데도 그냥 넘어갈려면 배가 못넘어가고 배가 뒤집어 엎어
서, 치니를 한 놈씩 사가지고, 씰어 넣고야 무사히 잘너머간다. 바다
가 고와서. 그렇게 했는데 심청이를 한 놈 사서 판사 아바이가 먹을
게 없는데 딸 하나가, 인물도 뭐 곱고 한데 우리 아버지 살려야지 하
고 거시기 백미를 백가마니를 달라고 했대요. (조사자: 예) 백가마니
를 주며는 내가 팔려서 거 장산곶말래서 죽갔다 하니까, 백미 백가
마니를 받아서 지아바이를 주고. 그 심청이가 거기가 빠졌는데 배가
뭐 지나오다가서 보니까니 꽃이 낳더랬데요. 꽃을 떠다가 보니까니
그 심청이가 그 속안에서 체니가 나와서 또 뭐 거지들 다 뫼아라 해
서 인제, 우리 아버지를 찾을라면, 그 임금님네 마누라가 돼야서 인
제 잔치를 해야, 다 먹으러 오면, 즈 아버지를 오면 찾겠다 하구서 왔
는데 보니까니 지아버지가 같더라잖아요. 잉- 아바이가 와서 심청이
딸이, 심청이가,
　"아버지. 나야" 하니까
　"우리 심청이 죽었다."구 하니께
　"내가 살았어, 아버지"하니까니
　"심청이냐. 거시기냐 뭐야 심청이냐" 하고서 눈을 판사가 떴다잖
아요. 잉 떠서 그렇게 한 것 밖에는 몰르구요.
　뭐 바람씨 좋다고 곶돌지 마라 그곳이 곶이야 장산곶이야요.

바람씨 좋다고 곳돌지 마라 몽금메기 한 포 들렸다나 가라 했는데 그렇게들 밖에 모르죠. 그렇고 소리도 있죠.

북소리 나났다고 뭐이 없다고 하나. 그렇하는데, 중간에 들어서 알든 사람은 백에 들어서 가서 죽었잖아. 중간의 사람들이지. 들은 풍월이죠. 그렇게 해서 몰라.(조사자: 예) 그렇게 헌데 연빵은 연화리에 가서 일러달라고 나이 많은 사람보구. 할마이 허리 꼬부라진 할마이, 할마이에게 여기 연나무가 어디가 있다가 어떻게 울면서 나갔냐, 연꽃이 어떻해서 떨어졌냐, 하고 물어보면 똑똑이 들 알거예요. 예- 예, 그렇지 몰라요.

성 명: 김보아(75세)
사는 곳: 가을 2리
채록일시: 1999. 8. 26.

9. 김보득의 심청이야기

그저 저 장산곶 돌아갈라면 아무리 바람이 자두. 그게 그냥은 못 돌아간다고 했어요. 몽고매기 기한포를 둘랐다가 가야 가지. 바루 그 냥 바람 조용하다고 그게 배가 무으로 돌아가는 법은 없다고 했거든 요. 그래서 그거-나 알지. 뭐, 아무 것도 몰라요.(조사자: 심청이를 집어 넣다고 하는 것은?) 심청이 집어넣고 뭐 한거 난 정신없어서 들었어도 다 잊어버렸어.

성 명: 김보득(70세)
사는 곳: 인천 송림5동
채록일시: 1999. 8. 26.

10. 장성녀의 심청이야기

(고추밭에서 고추를 따고 있는 화자에게 심청이야기를 청함)

심청이가 지아버지 눈이 뜬다고 하니까니. 에 저게 장산곶에 가다 빠져 죽으면 눈 뜬다고 하니까니. 우리는 그것밖에 들은게 없어.(조사자: 그 다음에는요.) 그 다음에는 심 봉사가 딸 아니 잊어버렸으니까 얼마나 거시기 하겠어. 하니까 에- 심청이를 찾으면서 지아버지가 눈을 떴다고 그러대요. 그런 얘기만 들었지 우리는 몰라. 옛날 노인네들이 알지. 우리는 옛날 사람이 아니니까 몰라. 아주 옛날 사람이 알지.

(조사자: 혹시 연화리 연꽃하고 심청이 하고는 관련이 있을까요.)

연화리 연꽃은 심청이 하고 관련이 없어. 연화리는 그 연꽃은 전에 옛날에 무신 사람이 살다가 나가라고 하니까. 연봉이라고 바위가 있거든. 연꽃이 떠내려가다가 거기가 머물렀다. 연봉이라구 한다. 하니까 연화리서 연꽃이 있었는데, 그때 홍수에 떠내려갔는지 떠내려 갔디야. 우리는 아주 옛날 사람이 아니라 몰라. 공부를 많이 핸 것 같으면 책을 보고 알지. 근데 공부를 못한 사람들이라 몰라.(웃음)

성 명: 장성녀(69세)

사는 곳: 가을 2리(하동에서 태어났음)

채록일시: 1999. 8. 26.

11. 박성두의 심청이야기

(조사자가 심청이야기에 대해서 물어보았다.)

그거 아득한 옛날에 이루어진 일이기 때문에 저희들도 못해요.(조사자: 알고 계신대로 이야기 해주세요.) 그거 책자루 발간된 것이라 그거죠. 그렇게 하지구서 잘 몰라요. 지금 혹간 일설에는 그 꾸민 조작이다 하는 그런 이야기도 있잖아요. 사실이 아니고. 그런 이야기도 있는데, 그걸 누가 압니까, 후대 분들이. 내 눈으로 못 봤으니까. 그런 형편이야요. 그런데 옛날부터 전해 내려오는 그런 일설로 보아서는. 요기가 저기가 바라다 보이지요. 장산곶이라고요. 거기가 물졸이가 셉니다 아주. 심지어는 들물, 그겐 밀물이죠. 밀물 올라오고 썰물 내려가고 할 때 부지일이 되기 때문에요, 구 구녕이 뻥뚫려서 그냥 물이 내려가요. 하두 조류가 쎄니까니, 이런 도랑에 물 내리갈 적에 물 쎈데서는 구녕이 뻥뻥 뚫리잖아요. 조그마니, 거기는 큰 바다니께 큰 구녕이 뚫려서 빙빙 돌면서 내려간다는 말이 있읎디다. 한데 내가 못 가봤어요. (조사자: 예) 근데 에 거기서 옛날에 거 뭐 고래라 뜻이 진남포 아니예요. 진남포하가 이 인천지방하가 뭐 그전에 범선 가지고 무역을 했으니까, 그렇하면서 소위 여기서 곳돈다 곳돈다 하는데, 음- 거기를 돌다가, 뭐 좀 풍랑이 심하고 또 물줄기가 쎄니까니 조용, 바람이 조용하다고 해더라도 파도가 일어요, 거기는.(조사자: 예) 그래서 아마 고게 갈 적에는 제사를 지내구 그러던 모양이예요. (조사자: 예) 아마 지금 그때 이야기 한대로 심청이를 그때(웃음) 지금은 시대가 하다 못해 너무 바뀌니까 술잔이나 부어 놓구 그런 제사를 지내구하겠지만, 옛날 그 심청이를 사람을 거기다가 인고사를 지내는 그런 것이 있었던 모양이죠. 이런 것을 보니까 믿어지지는 않습니다. 사실은 뭐. 그래서 그 심청이를 이제 공양미를 사가지고 거기다가 제사지내기 위해서 뱃사공들이, 이제 그 심 봉사에게서 사가지고 했다는 책자의 내용 그대로죠. 그렇게 해서 그 만약 강물에 뛰어들어가서 그 효성이 너무 지극해서 용왕님이 부활시켜가지구서 연꽃으로 변해가지고 연꽃이 나오다가서 요기가, 요기 연봉이라고 있죠. 그것이 돌출되야서 연봉이, 연꽃이 떠서 가라 앉아서 지금 연봉이 되었다는 그런 이야기도 있어요. 이렇게 하고 이 넘어 동네가 연지동이죠. 옛날에는 저희들은 그것을 몰랐는데, 작년에, 지금도 연꽃이 있어요. 옛날에는 연꽃이 피어가지구 그렇해가지구 그것이 만발했던 못이예요. 못인데, 자꾸 시일이 경과되고, 흙도 내려가고 홍수가 나서 미구 하니까니 한갓 연못이 논으로 변했습니다, 지금은. 그래 정리해가지고 논이 좋아졌는데, 옛날에는 그 모를 못 심고 연못이었어요. 그래서 연꽃이 피고, 엉- 그러던 댄데. 그래서 연지동이라는 것은 그러한 시루 전설이 내려어오는 거죠. (조사자: 심청이 하고 연관이 있는 거죠.) 에, 심청이 하고 연관, 연지동 저 벌판은 심청이하고 별 연관이 없는 모양이예요. 연꽃으로 변해서 심청이가, 연꽃으로 떠내려오다가 연봉에 가 정착을 했다하는 전설만 전해오지 연지동이라는 동네하구 별 모르겠어요. 연지동 동네에서 알아보면 뭔깐 이야기가 있겠죠. 그렇하고 다 아시겠지만 진촌리 심청각 있잖아요. 그리 알송달송합니다, 뭐. 우리 백령도에도 종교계가 두어 서너 파가 있는데, 장로교파에서는 극구 반대합니다. 왜 사실이 아닌 것을 가지고 조작할려고 하느냐, 그러하고.

또 일반측에서는 이-이, 뭐- 조작이라고 단정해서 이야기할 수는 없지마는 옛날부터 있던 사실 이젠 이야기한 것일 줄 모르지만 만약 있었지 아니했던 일을 조작한다고 해서 후대 사람에게 나쁜 것이 무엇이냐. 효심을 일깨우기 위해서 그 심청각을 짓고, 또 여기를 찾아오시는 분 또 그런 효심을 일깨우고, 또 뭐- 하갓 관광지를 만들고 이런 게 나쁜 일은 없다 해서 이렇게 되어서 추진이 되는 모양인데, 자금관계로 중단이 되었는가 보다.(조사자: 지금 거의 지었습니다.)

　- 화자에게, 잘 추진해서 거져 우리 심청각을 잘 만들어 가지고 후대손들이 잘 이용하고 효심을 일깨우도록 노력해 달라는 부탁의 말씀을 하셨다.

성 명: 박성두(71세)

사는곳: 가을 2리

채록일시: 1999. 8. 26.

12. 장형수의 심청이야기

　뭐 심청이 관계는 우리가 어떤 뭐 실지 있었던 게 아니고, 이게 어떤 전설이라고 할까. 이게 판소리 한마당이잖아요. 뭐 작가- 미상-으로 해가지고 지금 현재 전해져 내려온단 말이요. 그래 여게 인당수. 새길 인자에 나라 당자를 썼더라구요. 새길 인자에 나라 당자. 그러니까 당나라 다니면서 지금 인당수라는 데가 왜 인당수가 생겼나면, 우리나라에서 조류가, 강한 강한 곳이 여기에요, 물의 흐름이. 바다물의 흐름이 백령도가, 장산곶이 가장 쎄고 그리고 두 번째가 진도 울독목이란 말이예요. 조류의 흐름이 가장 쎄게 흐르데가요. 그다보니까 북쪽에서 내려오는 물과 남쪽에서 가는 물이 합쳐지는 부분이 있을 거 아니예요. 그래 바로 장산곶인데, 인당수. 그게는 커다란 소용돌이가 생긴데요. 큰 물길이 마주치는 곳에는 반드시 소용돌이가 생길게 아니예요.(조사자: 예) 그래서 거-게, 이제-. 지금은 그런 거기가 없지만, 옛날에는 소형 선박들. 소용돌이에 휘말리며는, 소용돌이에 휘말리며는 그 아마 침몰되고 그랬던 모양이예요. 그래서 거게 이제 처녀, 우리 전설에 보며는, 처녀 제사를 지내는 곳이 굉장히 많았잖아요- 예. 그래 당나라를 쪽으로- 장사하는 상선들이, 거 뱃길 무사 귀환을 기원하기 위해서, 기원을 위해서 아마 처녀 제사를 지냈던 모양이예요. 그래가지고 심청이를 갔다 넣겠끔 되는데, 그래서 심청전이라는 게 이제 생겨났는데, 그게 어떤 소설적이란 것이 돼도, 백령도에는 어떤 거 역사적인 거 심청이에 얽힌, 저 대청도하고 백령도 사이에, 연봉이라는 것이 있단 말이예요.(조사자: 예) 그 연봉은 심청이가 연꽃을 타고 떠-올-랐는데, 그 연꽃이 연봉이 되었다 하는 거하고. 실질적으로 연화리라는 곳으로, 심청이가 꽃을 타고 들어왔다 해가지고 자생, 그게 사람이 심은 연꽃이 아니예요. 자생 연꽃이 아직도 피고 있단 말이예요. 그래서 그 연화리. 이런 등등- 볼 때는 그- 심청전이 소설적인 것도 있지만, 사실적인 것도 있잖다고 얘기하는 사람도 많다고요. (조사자: 예, 예.) 그래 이런 심청전은 황해도를 무대를 했기 때문에, 장연을. 무대로 했기 때문에, 백령도에는 고- 정도의 전설만 전해지고 있지, 깊이 있는 것까지는 전해진 게 없어요.

동국대 교수팀들이 장촌마을이 뺑덕어미의 고향이다라고 이야기하고 갔는데, 어떤 근거로 이야기했는지 모르겠어요. 배경이 황해도 장산곶을 기준으로 한 것이란 말이예요. 여기 사람들도 몰라요. 뭘 근거로 했는지 그건 모르겠어요.

성 명: 장형수(57세)
사는곳: 진촌 2리
채록일시: 1999. 8. 25.

13. 김현규의 심청이야기

(조사자가 길을 가다가 진촌에 있는 "꿈의 궁전 앞에서" 화자를 만나 심청이 야기에 대해서 묻자, 심청전설이 진짜인가 가짜인가를 물었다.)

뭐냐면, 백령도가 이렇게 있잖아요. 저게 장산곶 몽금포가 이렇게 있다구요. 거게 몽금포, 장산곶이 몽금포가 뾰족하고 이렇게 되어 있죠. 그러면 요기가 물 조류가 우리나라에서 제일 쎄다고 그러는데, 이게 이제 사리때 이제 아주 쎌 때는 한 35노트 이렇게 물, 속력이 된다고 그래. 실제 우리가 봐도 그 파도가 이렇게 치는게 보인다구요. 물 한참 조용한 날도. 물 흐름이. 이게 뭐 완전히 폭포 내려오는 것같이, 그것 때문에 이게 설환지 실환지 몰라도. 지금 백령도에 보면(탁자 위에서 백령과 장산곶 그리고 연봉을 그리면서) 요기에 연봉이라는 곳이 있고 연화리라는 곳이라는 데가 있고, 요기에 심청이가 빠진 자린란 말이예요. 그러면 심청이가 여기서 빠졌다고 하는데, 이리 떠밀려와서 어부가 연꽃을 주서셔 연화리로 들어왔다고 그러는데. 그 저게 우리가 볼 적에는 이게 조류가 쎄니까 이것을 배경으로 소설로 쓴 거겠지, 실화로 그렇게 보이지는 않아요. 헌데 저거는 관광 상품으로 만드는지, 실화로 기리기 위해서 그러는지, 심청각을 만들어 놓고 심청이, 상 하나 만들구 그랬는데(아는 아주머니가 나타나서 잠시 구술이 끊김) 그래 심청각 안가봐서요.(조사자: 갔다 왔습니다.) 그거 아직- 준공도 안 나왔어요.(조사자: 예, 알고 있습니다.) 고 안에 진열품도 봤어요.(조사자: 문이 닫혀 있어 못 봤습니다.) 못 봤어요. 그게 실제로 옛날에 있었다는 그 근거는 하나도 없잖아요. 소설에 준해서 만들어 놨지.(조사자: 있을 수도 있다고 생각합니다. 옛날에 황해도 지역에 전란과 병마가 많이 돌았됍니다.) 그렇죠. 많이 돌았죠.(조사자: 그래서 그 인고사를 지내는 것들이 실제로 있었을 거라는거죠.) 그것이 실제로 있은 것이 뭐냐 하면, 옛날에 백령도에서 중국이나 이제 대련, 중국이런대로 무역을 많이 했어요. 그게 바로 먼 옛날이 아니고 우리 아버지때, 그때까지도 무역을 많이 했는데, 이제 고마(청취 불능) 그 무역을 하게 되면, 백령도에서 가게 되면 중국을 가게 되도 이렇게 가고, 북한을 가도 이리 이렇게 가는 거고. 길목은 길목이었어요. 이 아래로 만약에 해주나 옹진같은데서 또 장연에서 무역을 간다면는 이 길을 안 거치고는 못 가는 거지. 물이 쎈자리를. 또 그런 것을 보면 실화 같고. 인고사는 최근에도 지낸 적이 있잖아요.(화자 친구: 연봉이라는 게 이름이 되어 있는 곳을 보면, 연화리도 그렇고) 헌데, 그 우리가 보며는 조류가 들물에 쎈게 아니라 썰물에 쎄거든요. 그러면 여기서 떠내려오면 분명히 연봉으로 와요. 지금도 우리가 백령도에 살았으니까 바다에 나가서 보며는 이 물이 이렇게 여기서 만약에 심청이가 빠져서 흘러간다며는 이리 올 확률이 한 60프로, 이리 올 확률이 한 40프로(화자 친구: 그거 저게 두무진, 두무진 바깥으로 빠져서 글리간나-이.) 그렇지. 글루 썰물에 바로 빠지면 물 돌적에 바로 글루 들어가는 거지.(화자 친구: 그런데 그 들물에는, 이 저 거게 대청도 그 쪽의 등대 그 물이 장산곶으로 빠진다고) 다 그래. 들물에는 이쪽 물이 다, 이쪽이 북한으로 이렇게 가고, 썰물에는 헌데 썰물에 파도가 쎄기 때문에 그때 제사를 지냈을 거란 말이예요. 그러면 분명히 이리 왔죠.(조사자: 최근에 지냈다는거는) 그런 것은 없고. (웃음) 물 조류가 그렇게 흘러요.(조사자: 예에) 헌데 지금 연화리에 가보면, 옛날에 연꽃 피던 자리, 안가봤을 거요. (조사자: 봤습니다.) 갈대밭으로 우거진 자리. 지금 연꽃 피는 자리.(조사자: 그으-) 지금 연꽃 있는 자리가 아니고. 지금 연꽃 있는 자리가 아니고 해변가에 보며는 연못이 있어요. 이제 연화리 자갈밭이 이렇게 있고, 요기 초소막 같은 것이 있고, 요기 쪼그만 자갈밭이 있어요. 그러면 요기는 벼랑이고, 그러면 요기가 쪼그만 해안가가 옛날에 포구였어요 여게. 옛날에 배들이 조그만, 범선들, 돛다닌는 배들. 요 포구였는데, 요기 보면 큰 저수지가 있거든요. 거기가 옛날에 연꽃이 있던 자리야. 지금은 갈대가 꽉차고 무슨 풀이- 너무 번성해서 이게 연꽃이 없어지고, 이 우에 동네 뒤에 보면 논 쪽에 거기에만 연꽃이 있는데, 이 연꽃이 여기서 옮긴 것이예요. 여기가 원래 있었는데. 그걸 보며는 실화같으라구. 거기가 옛날에는 포구였어요. 연화리까지.

성 명: 김 현 규(51세)-고향은 백령도

사는곳: 인천

채록일시: 1999. 8. 25.

14. 장산곶 이야기

그거야 내가 조강의(녹음 상태 불량) 그 할아바이가 우리 집에 사니까. 저의 사람 깨러왔더라구. 그렇게. 아니 새벽에 그때 너댓-시 되었을 꺼야. 그냥 이모심니까 그러기니까. "근데 왜 오냐" 어머니가 그러니까,

"놀래지, 놀라지 말아요. 나 그냥, 게니 옵니다." 그러하더라구. "왜 오냐." 불켜놓고 "왜 오냐. 왜 그렇게 새벽에 오냐" 그러니까 "아니 초저녁이부팀 사과가 상자루, 가마니루 그냥. 밀리드니 시방도 무신 사과가 그냥 사과가 저 상자, 가마니가 터져서 그냥 이 장수를 쪽- 덮었어요." (조사자: 예.) 눈이 많이 왔댔거던. 눈이 많이 왔는데 그냥 사과가 새빨게요, 도무지. 장수리가 그냥 물이, 댐을 치니(발음 부정확) 장수리를 꼭 찾는데. 그렇게 해두 사과 개벼운지 줍나. 학고짝으로 가마니루 그런거로 주울라고 들만하구 그러 하는데, 아이 넘어가니까 이 저희는 집으로 채서 이 방안 같은데 이 이렇게 복고개로 챘더라구, 사과를 주워 다가. 그렇게 해서 그때는 내려가니까 사과가 무진장 밀렸드라고 해서 사과를 집에 까정 가지고 오면, 한 분이나 한 가마니나 두어 상자나 지구서 한 분이 집에 오면 다 가져가게 되어 있어. 고만해서 이 육지 사람이 친정에 와서 달구지 고친구, 뭐 그런거 하던 사람이- 있댔는데, 그 할아바이가 힘이 장사 질긴질긴 시댔어, 한데. 그 할아바이가 그냥 머리를 씬다하는 것을 어떻게 씼냐 하면, 나무가 좋았으니까, 큰 솔포구루다가 솔나무 좋았는데 거기다가 꼼쳐둔다고. 핫-.(웃음)꼼쳐둔다구 갔다가 쪄다가 꼼쳐두군, 쪄다가 꼼쳐

두군, 져다가 꼼쳐두군 했거든 하니까. 냉중에 그것 찾으러 오는 사람이 그걸 봤다 가서 그 할아바이 갖다 둔 것을 다 가져갔어요. 아이-, 그렇게 해서 밤, 새벽에 낫대륙 져다가 둔 것을 다 잊어버리고 몇 상자 못 가지고 오고. 그때 사과는 그냥 난생 정말, 배밖에 나와서 처음 사과 그렇게 밀려서 집을 채안냥 보았어요. 그때 놈들은, 이 신옥이 작은 집이는 사과 주워 다가 팔아 가지고 지가밭, 밭을 하나 샀댔어. 그렇게 해서 그렇게 한 냥은 보았댔어요, 한데. 그거 그리 이 장산곶은 보통 지내다니면 큰 배를 뒤집어 엎던지 죽던지 그렇게 하노라고 그냥 안만, 저희들이 고사를 드리고 가두, 못 간다고 했어요, 거길. (조사자: 예) 그 몽고매리 기한포를 가서, 그 제사를 지내고 저희가 먹구서 거길 돌아가도 말듯 못말듯한데, 거기를 그냥 돌아간다는 것은 말도 안되고 생각을 못 먹는다고 했어요. 그런데, 사과를 그렇게 한 배주 실었다가 깨져서, 그냥 이 동니 사람들, 누구라면 누군지, 임자 없는 물건인데 뭐. 잔뜩 바다에 밀린 거이 사관데 뭐. 주-실워 가져서 그때 이 소갈리 사람, 북포리 사람, 가을리 사람, 뭐 할 거 없어. 사과들 그때 실컨 주워다 쌓아두구서 한번 저기하고. 깔치 또 시방은 인천은 수입 깔치가 많댔잖아요. 시방 많잖아요. 그래 조선 칼치는 크구도 쥐둥이가 작 작아, 수입 칼치는 대가리가 크구. 그렇하는데 볼지 모르는 사람이 덥어놓구 칼치 크다구 잘 사요, 싸구. 그렇게 하니께 사두 아는 사람은 이 조선 갈치 사지, 그거 안사구거든 하는데. 아 갈치가 밀렸다는데 그냥. 처음에 넘에 칼치가 둥둥 떠다니는데 그걸 이거 이북서 약을 쳐서- 들이 보냈으면 못먹냐 먹냐 문제가 많아가지구. 미처 그냥 퍽닥을 못하고 있다가서 먹어도 아무찮다 해가지구.

그때 끔직이 졀였댔어. 칼치배가 깨졌댔는지 어떻했는지 칼치가 그렇게 밀려들어와서 그때 이상했어. 그때 칼치 한 번 주워보구, 사과 주워드리보고(웃음) 사과 주워드리보고 한 번 해봤는데. 이북서 그렇게 했는지.(김복순할머니: 그때 조수가 바뀌서 그때 깨졌어.) 그 어떻게 했는지 모르겠어요.

성 명: 김보득(70세)
사는 곳: 인천 송림5동
채록일시: 1999. 8. 26.

〈참 고 문 헌〉

1. 자료집

서울대학교 문리과대학 학술조사단, 『백령·대청·연평·소청 제도서학술조사보고』, 1958.

연세대학교 국학·고전연구실, 심청선양회, 『효녀심청』 팸플릿.

이수자, 『설화 화자 연구』, 박이정, 1998.

한국민속학회, 「『심청전』 배경지 고증」.

최인학, 백령도 전설, 『명칭과학』 5, 명칭과학연구소, 1998.

이대기, 「백령도지」, 『옹진군지』, 1989.

임동권, 『한국의 민담』, 서문당, 1996.

장덕순 외, 「콩쥐팥쥐」, 『한국고전문학전집』 3, 희망출판사, 1965.

정상박·유종목, 『한국구비문학대계』 8-8, 한국정신문화연구원, 1983.

정하영 역주, 『심청전』, 고려대 민족문화연구소, 1995.

최상수, 『한국민간전설집』, 통문관, 1984.

최운식, 『충청남도 민담』, 집문당, 1984.

_____, 『옛이야기에 나타난 한국인의 삶과 죽음』, 한울, 1997.

한국민속학회 편, 『한국속담집』, 서문당, 1975.

현용준, 『제주도 전설』, 서문당, 1996.

「백령진지」, 『옹진군향리지』, 1996.

2. 저서

김대숙, 『한국설화문학연구』, 집문당, 1994.

김부식 저, 『삼국사기』 상, 과학원 고전연구실, 과학원, 1958.

김선풍·김경남, 『강릉단오제연구』, 보고사, 1999.

김열규·성기열·이상일·이부영 공저, 『민담학개론』, 일조각, 1995.

김태곤, 『황천무가연구』, 창우사, 1966.

민속학회 편, 『한국민속학의 이해』, 문학아카데미, 1994.

민족추진위원회 편, 『신증 동국여지승람』 5, 솔, 1996.

박대복, 『고소설과 민간신앙』, 계명문화사, 1995.

성기열, 『한국구비전승의 연구』, 일조각, 1982.

손진태, 『한국민족설화의 연구』, 을유문화사, 1991.

오백진, 『백령도』, 샘터사, 1979.

이병도, 『한국사(중세편)』, 을유문화사, 1961.

이부영, 『한국민담의 심층분석』, 집문당, 1995.

이상택·성현경 편, 『한국고전소설연구』, 새문사, 1983.

이어령, 『한국인의 신화』, 서문당, 1996.

이중환, 『택리지』, 이익성 역, 을유문화사, 1994.

일 연, 『삼국유사』, 이민수 역, 을유문화사, 1993.

장덕순, 『설화문학개론』, 이우출판사, 1980.

_____, 『한국설화문학연구』, 박이정, 1995.

장덕순·조동일·서대석·조희웅 공저, 『구비문학개론』, 일조각, 1985.

정병욱, 『한국 고전문학의 이론과 방법』, 신구문화사, 1999.

조동일, 『서사민요연구』, 계명대학교 출판부, 1970.

조희웅, 『조선후기문헌설화의 연구』, 형설출판사, 1982.

_____, 『설화학강요』, 새문사, 1989.

_____, 『이야기문학 모꼬지』, 박이정, 1995.

최길성, 『한국의 조상숭배』, 예전사, 1986.

최래옥, 『한국구비전설의 연구』, 일조각, 1981.

최운식, 『심청전연구』, 집문당, 1982.

_____, 『한국설화연구』, 집문당, 1994.

최운식·백원배 공저, 『백령도』, 집문당, 1997.

최인학, 『한국설화론』, 형설출판사, 1982.

_____, 『한국 민속학 연구』, 인하대학교 출판부, 1989.

최인학, 『구전설화연구』, 새문사, 1994.

_____, 『한국민담의 유형 연구』, 인하대학교 출판부, 1994.

최인학 외, 『한국민속학』, 새문사, 1988.

한국문화상징사전편찬위원회, 『한국문화상징사전 1·2』, 동아출판사, 1992·1995.

홍태한, 『인물전설의 현실인식』, 민속원, 2000.

황패강, 『조선왕조소설연구』, 단국대학교출판부, 1981.

『옹진군지』, 옹진군, 1989.

『옹진군향리지』, 옹진군향리지편찬위원회, 1996.

M. 엘리아데, 『종교형태론』, 이은봉 옮김, 한길사, 1996.

말리노우스키, 『원시신화론』, 서영대 옮김, 민속원, 1996.

블라디미르 프로프, 『민담형태론』, 유영대 옮김, 새문사, 1987.

_____, 『구전문학과 현실』, 박전열 역, 교문사, 1990.

_____, 『민담의 역사적 기원』, 최애리 역, 문학과지성사, 1990.

월터 J. 웅 지음, 『구술문화와 문자문화』, 이기우·임명진 옮김, 문예출판사, 1995.

3. 논문

강진옥, 「전설의 역사적 전개」, 『한국구비문학사연구』, 박이정, 1998.

강재철, 「설화의 개념·갈래·명칭」, 『설화문학연구』 상, 단국대학교 출판부, 1998.

김대숙, 「우부현녀 설화와 "심청전"」, 『판소리연구』 4, 판소리학회, 1993.

김복희, 「심청전의 신화비평적 연구(1)-탄생담 분석을 중심으로-」, 이화어문논집』 3, 이화여대 이화어문
        학회, 1980.

_____, 「심청전 주제고」, 『국어국문학』 84, 국어국문학회, 1980.

_____, 「심청전의 신화비평적 연구(2)-부녀분리를 통한 세속적 효의 극복과 자기현실의 주제를 중심으
        로-」, 『이화어문논집』 4, 이화여대 한국어문학연구소, 1981.

_____, 「심청전의 신화비평적 연구(3)-개안과 희생과 효의 논리를 중심으로-」, 『이화어문논집』 8, 이화
        여대 한국어문학연구소, 1986.

김석배, 「심청가의 범피중류(범피중류) 연구」, 『문학과언어』 14, 문학과언어연구회, 1993.

김영기, 「심청전에서 적도제까지」, 『현대문학』 205(18-1), 현대문학사, 1972.

김영진, 「왜곡된 효와 남녀차별-윤리학자가 본 심청전-」, 『문학사상』 128, 문학사상사, 1983.

김우종, 「심청탄생설화고(상·중·하)-국문학의 사상적 계보를 찾아서-」, 『현대문학』 83-85, 현대문학사, 1961. 11.~12. 1962. 1.

김일열, 「8. 설화의 소설화」, 『한국문학연구입문』, 집문당, 1994.

김태곤, 「무가를 통해서 본 심청전의 근원설화」, 『문리학보』 4, 경희대, 1966.

_____, 「심청전의 근원설화-무가를 통한 고찰-」, 『문리학총』 4, 경희대, 1967.

_____, 「고소설의 순환체계 연구」, 『경희어문학』 5, 경희대 국어국문학과, 1982.

김태준, 「고소설의 재생 모티프」, 『문학과 비평』 9, 문학과 비평사, 1989.

김홍자, 「어이없는 환생-심청고-」, 『국어국문학연구』 4, 이화여대 국어국문학회, 1962.

김흥규, 「판소리의 이원성과 사회사적 배경, 신재효와 '심청전'의 경우를 중심으로-」, 『창작과 비평』 31, 창작과비평사, 1977.

_____, 「판소리에 있어서의 비장」, 『구비문학』 3, 한국정신문화연구원, 1980.

박정세, 「희생설화의 구조와 희생관」, 『설화』, 교문사, 1989.

박진태, 「심청전신연구」, 『국어국문학』 87, 국어국문학회, 1982.

백원배, 「백령도(백령도)의 역사와 지역적 특성」, 『「심청전」 배경지 고증』.

서영대, 「백령도의 역사」, 『서해도서민속학』 1, 인하대학교 박물관, 1985.

_____, 「'백령도지' 해제」, 『박물관지』 2, 인하대학교 박물관, 1997.

사재동, 「심청전연구서설」, 『한국고전소설』, 계명대출판부, 1982.

서종문, 「판소리 '이면'의 역사적 이해」, 『국어교육연구』 19, 경북대 국어교육연구회, 1987.

설중환, 「심청전 재고」, 『국어국문학』 85, 국어국문학회, 1981.

성현경, 「심청은 효녀인가」, 『한국문학사의 쟁점』, 집문당, 1986.

송경락, 「심청전연구」, 고려대학교 대학원 석사학위논문, 1967.

신동익, 「완판 심청전의 주인공에 관하여」, 『논문집』 11, 육군사관학교, 1973.

신동일, 「심청전의 설화적 고찰」, 『논문집』 7, 육군사관학교, 1969.

_____, 「심청전 형성에 관한 한 연구-단오절제의의 수신제적 성격과 관련하여-」, 『논문집』 8, 육군사관학교, 1970.

양희철, 「'심청전'(경판 24장본) 연구-그 수제의 두 기능적 의미-」, 『어문논집』 3, 경남대 국어교육학회, 1988.

_____, 「'심청전'의 변신 모티프」, 『문학과 비평』 5, 문학과 비평사, 1988.

유병하, 「부안 죽막동유적의 해신과 제사」, 서울대학교 대학원 석사학위논문, 1996.

유우선, 「심청전의 근원설화와 배경사상」, 『용봉논총(인문과학연구)』 11, 전남대 인문과학연구소, 1981.

_____, 「심청전의 배경사상과 효에 대하여」, 『용봉논총』 7, 전남대 인문과학연구소, 1977.

이경복, 「심청가 · 심청전 · 심청굿의 차이점 고찰-그 내용을 중심으로-」, 『새국어교육』 18~20합집호, 한국국어교육학회, 1974.

이문규, 「심청전의 문학적 특질 검토-경판본을 중심으로-」, 『한국고전산문연구』, 동화문화사, 1981.

이영수, 「'인간수명담'의 일고찰」, 『인하어문연구』 3, 인하대학교 인하어문연구회, 1997.

_____, 「심청설화'의 전승과 형성 배경」, 『인하어문연구』 4, 인하대학교 인하어문연구회, 1999.

_____, 「손돌목 전설에 나타난 역사성과 민중성」, 『설화와 역사』, 최래옥 외, 집문당, 2000.

_____, 「한국설화에 나타난 인신공희의 유형과 의미」, 『한국학연구』 13집, 인하대학교 한국학연구소, 2004.

_____, 「전승 시기에 따른 설화의 변이 양상에 관한 연구-〈콩쥐팥쥐〉 설화를 중심으로」, 『인하어문연구』, 인하대학교 인하어문연구회, 2006.

_____, 「저승설화의 전승 양상에 관한 연구」, 『비교민속학』 33집(비교민속학회, 2007.

_____, 「'풍기문란'형 설화 연구-인천 지역을 중심으로-」, 『비교민속학』 36집(비교민속학회, 2008.

_____, 「〈장화홍련〉 설화 연구」, 『강원민속학』 26집, 강원도민속학회, 2012.

이인경, 「화자의 개성과 설화의 변이」, 서울대학교 대학원 석사학위논문, 1991.

이혜화, 「심청전'의 용사상적 고찰-백령도 전승을 중심으로-」, 『한국고전소설사의 시각』, 국학자료원, 1996.

인권환, 「심청전 연구사와 그 문제점」, 『한국학보』 9(3-4), 일지사, 1977.

임재해, 「현장론적 방법」, 『한국민속학의 과제와 방법』, 성병희 · 임재해 편저, 정음사, 1987.

_____, 「존재론적 구조로 본 설화 갈래론」, 『한국 · 일본의 설화연구』, 성기열 · 최인학 공편, 인하대학교 출판부, 1992.

장덕순, 「심청전연구」, 『한국고전소설』, 이상택 · 서대석 · 성현경 편, 계명대출판부, 1982.

장석규, 「심청전'에 나타난 만남과 헤어짐의 문제」, 『판소리연구』 4, 판소리학회, 1993.

_____, 「심청전의 서사구조연구」, 경북대학교 박사학위논문, 1993.

장석연, 「심청전의 구조와 제의성」, 『어문논총』 6 · 7합집, 청주대학교 국어국문학과, 1989.

장양섭, 「심청전고-그 어원의 측면에서-」, 인하대학교 석사학위논문, 1979.

전준걸, 「고전소설의 용궁설화 연구」, 『동악어문논집』 12, 동국대 동악어문학회, 1980.

정병욱 · 이어령 대담, 「심청전」, 『고전의 바다』, 현암사, 1977.

정병헌, 「심청가연구」, 『선청어문』 11·12합병호, 서울사대 국어교육과, 1981.

정출헌, 「"심청전"의 민중정서와 그 형상화 방식」, 『고소설연구』, 태학사, 1997.

정하영, 「속죄의식의 문학적 전개, 「심청전」을 중심으로-」, 서울대학교 석사학위논문, 1974.

＿＿＿, 「심청전'에 나타난 악인상-뺑덕어미론-」, 『국어국문학』 97, 국어국문학회, 1987.

＿＿＿, 「심청전」, 『한국고전소설작품론』, 집문당, 1990.

＿＿＿, 「심청전」, 『고전소설연구(황패강교수정년퇴임기념논총 2)』, 일지사, 1993.

＿＿＿, 「심청전 주제재고」, 『백영정병욱선생환갑기념논총』, 신구문화사, 1982.

＿＿＿, 「심청전의 제재적 근원에 관한 연구」, 서울대학교 박사학위논문, 1983.

최동현, 「심청전'의 주제에 관하여-여성주의(feminism)적 관점에서-」, 『심청전연구』, 최동현·유영대 편, 태학사, 1999.

최래옥, 「설화 구술상의 제문제에 대한 고찰」, 『한국민속학』 4, 한국민속학회, 1971.

＿＿＿, 「7. 설화구조론」, 『한국문학연구입문』, 지식산업사, 1982.

＿＿＿, 「심청전'의 총체적 분석」, 『한국학논집』 5, 한양대 한국학연구소, 1984.

＿＿＿, 「설화와 그 소설화과정에 대한 구조적 분석-특히 장자못 전설과 옹고집전의 경우-」, 『국문학연구』 7, 서울대학교 국문학연구회, 1987.

최운식, 「백령도 지역의 '심청전설' 연구」, 『한국민속학보』 7, 한국민속학회, 1996.

＿＿＿, 「심청전'의 배경이 된 곳 고증을 위한 현지 조사 자료」, 『「심청전」 배경지 고증』.

＿＿＿, 「인신공희 설화 연구」, 『한국민속학보』 10, 한국민속학회, 1999.

＿＿＿, 「심청설화'와 「심청전」의 관계」, 『고소설의 사적 전개와 문학적 지향』, 보고사, 2000.

＿＿＿, 「심청전'의 배경이 된 곳」, 『반교어문연구』 11, 반교어문학회, 2000.

황패강, 「심청설화의 분석-인류적 향수를 중심으로-」, 『국어국문학』 31, 국어국문학회, 1966.

＿＿＿, 「심청전의 구조」, 『한국학보』9(3-4), 일지사, 1977.

＿＿＿, 「심청전'의 원형-원시설화-」, 『한국문학의 이해』, 새문사, 1991.

심청설화연구

1판 1쇄 펴낸날 2014년 4월 20일

지은이 이영수

펴낸이 서채윤
펴낸곳 채륜
책만듦이 김승민
책꾸밈이 Design窓

등록 2007년 6월 25일(제25100-2007-000025호)
주소 서울 광진구 능동로23길 26
대표전화 02-465-4650 | **팩스** 02-6080-0707
E-mail book@chaeryun.com
Homepage www.chaeryun.com

© 이영수, 2014
© 채륜, 2014, published in Korea

책값은 뒤표지에 있습니다.
ISBN 978-89-93799-80-4 93800

※ 잘못된 책은 바꾸어 드립니다.
※ 저작권자와 출판사의 허락 없이 책의 전부 또는 일부 내용을 사용할 수 없습니다.
※ 저작권자와 합의하여 인지를 붙이지 않습니다.

이 도서의 국립중앙도서관 출판시도서목록(CIP)은 서지정보유통지원시스템 홈페이지(http://seoji.nl.go.kr)와
국가자료공동목록시스템(http://www.nl.go.kr/kolisnet)에서 이용하실 수 있습니다.(CIP제어번호: CIP2014011075)